工业和信息化高职高专"十二五"规划教材立项项目

 21世纪高职高专机电工程类规划教材

21 SHIJI GAOZHIGAOZHUAN JIDIANGONGCHENGLEI GUIHUA JIAOCAI

电子技术实践教程

■ 朱绍伟 主编

朱广冕 副主编

人民邮电出版社

北 京

图书在版编目（CIP）数据

电子技术实践教程 / 朱绍伟主编. -- 北京 ：人民
邮电出版社，2011.9
工业和信息化高职高专"十二五"规划教材立项项目
. 21世纪高职高专机电工程类规划教材
ISBN 978-7-115-25897-7

Ⅰ. ①电… Ⅱ. ①朱… Ⅲ. ①电子技术－高等职业教
育－教材 Ⅳ. ①TN

中国版本图书馆CIP数据核字(2011)第154440号

内 容 提 要

本书共分9章，主要包括电子元器件、常用电子仪器仪表、印制电路板、电子电路的手工焊接技术、表面安装与微组装技术、电子产品的设计制作与工艺流程、 调试与检测、电子技术综合实践训练、电子线路CAD Protel 99 的使用。

本书可作为高职高专院校电子及相关专业的教材，也可供电子技术自学爱好者参考使用。

工业和信息化高职高专"十二五"规划教材立项项目
21 世纪高职高专机电工程类规划教材

电子技术实践教程

◆ 主 编 朱绍伟
  副主编 朱广冕
  责任编辑 赵慧君

◆ 人民邮电出版社出版发行　　北京市崇文区夕照寺街 14 号
  邮编 100061　　电子邮件 315@ptpress.com.cn
  网址 http://www.ptpress.com.cn
  三河市海波印务有限公司印刷

◆ 开本：787×1092　1/16
  印张：11.5　　　　　　　2011 年 9 月第 1 版
  字数：293 千字　　　　　2011 年 9 月河北第 1 次印刷

ISBN 978-7-115-25897-7

定价：24.80 元

读者服务热线：**(010)67170985**　印装质量热线：**(010)67129223**
反盗版热线：**(010)67171154**

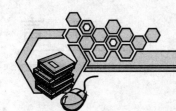

总　序

　　为适应教学改革的需要，切实加强内涵建设，增强应用型人才培养的针对性，确保使用的教材符合学生实际。学校决定启动"名书"工程，由具有高级职称、从事教学工作多年、有丰富教学经验、教学效果好的教师担任主编，出版一批自编教材，从而带动学校的教材建设，进一步提高教育教学质量。

　　该教材具有如下特点：一是教材定位创新。定位目标"新颖、实用、全面、精确"。主要以学习知识为基础，创新人才培养新模式为前提，培养能力为目的，提高综合素质为保证。二是教材内容创新。教材内容注重紧密结合社会需求实际，重点突出技能、技巧和方法的练习，突出内容的创新性及实践指导性。三是教材体系创新。打破传统教材的老模式，建立理论与实践相结合的新体系："一条主线"（基本素质和应用能力培养）、"两个重点"（理论体系和实践体系）、"三大结构"（知识、能力和素质）。

　　该教材符合学校教学改革的总体精神，反映和体现了学校在教学改革中取得的最新成果，具有较强的教学实用性，按照培养应用型人才的要求合理取材，简明易懂，深入浅出，有启发性，学生能够比较轻松地掌握较深的专业理论知识。在夯实学生理论基础的同时，注重培养学生的创新思维，有意识地培养学生分析问题和解决问题的能力。

　　敬请广大读者提出宝贵意见！

烟台南山学院

二〇一一年五月

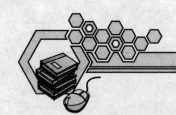

前　言

　　《电子技术实践教程》是高等职业院校电子类专业的实践教材，本书力求体现以应用为目的的高等工程技术教育特点，既着眼于电子技术的基本技能和能力的培养，又努力反映新技术，采用新元器件，无论在内容上还是形式上都有特色、有新意，它凝聚了编者所在学校教学改革的成果和经验。

　　全书共分 9 章，在内容的设计上使学生在熟悉电子技术的常用元器件和基本电路形式的基础上，把基本技能和能力的培养融于电路的组装调试过程中，最后以实训课题为媒介来讲解电子线路从设计到调试的全过程。全书针对性强，实用性强，具有工程技术教育特色。本书力求各章内容的相对独立性，使学生可以有选择地去学习。同时，在内容的设计上由浅入深、由易到难、循序渐进。本书实施教学的方式灵活，既可作为相应理论课的配套教材，与《模拟电子技术》、《数字电子技术》的教学配合进行，也可单独设课，还可用于电子实习以及学生的课外科技活动。全书共 9 章，第 1章、第 3 章由陶可瑞编写，第 2 章由朱绍伟编写，第 4 章、第 5 章由朱广冕编写，第 6章、第 7 章由王玉静编写，第 8 章、第 9 章由姜丽军编写。朱绍伟任主编，负责全书的策划、组织和定稿。朱广冕主审了全书。

　　本书是烟台南山学院电工电子实训中心长期实践教学的积累，书中尚有许多不妥之处，恳请广大读者批评指正。

编　者

2011 年 6 月

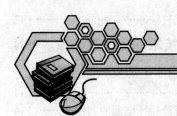

目　录

第1章

电子元器件

基本电子元器件是构成电子电路的基础。任何一个实际的电子产品，都是由或多或少不同种类的电子元器件组合而成的。了解常用元器件的电性能、规格型号、组成分类及识别方法，用简单的测试方法判断这些元器件的好坏，是选择、使用电子元器件的基础，也是组装、调试电子电路必须具备的技术技能。下面分别介绍电阻器、电容器、电感器、继电器、晶体管、光电器件、集成电路等电子元器件的基本知识。

1.1 电阻器

电阻器是为电路提供一个电阻（此电阻为一个物理量）的电子元件，又称电阻。它是组成电子线路不可缺少的元件，在电子设备中应用最为广泛。电阻器在电路中起限流、分流、降压、分压、负载、阻抗匹配的作用和电容器构成 RC 充放电回路等作用。电阻的基本单位是欧姆，用符号"Ω"表示。在电子工程中通常还使用由欧姆导出的其他单位，如千欧（$k\Omega$）、兆欧（$M\Omega$）等。

1.1.1 电阻器的分类

电阻器的种类有很多，通常可分为三类，即固定电阻器、可变电阻器（电位器）和敏感电阻器。常见电阻器外形如图 1.1 所示。

按电阻体材料的不同，又可分为线绕型电阻器，以及碳膜型、金属膜型、金属氧化膜型、玻璃釉膜型、有机实心型、无机实心型等非线绕型电阻器。

敏感电阻器常见的有熔断电阻器、热敏电阻器、压敏电阻器等。

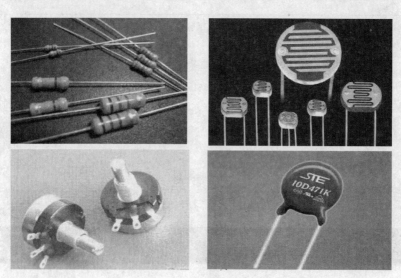

图 1.1　常见电阻器外形

1.1.2　电阻器的型号和命名方法

我国国家标准规定，电阻器型号命名由以下 4 个部分组成：

序号（用数字表示）
分类（用数字或字母表示）
电阻体材料（用字母表示）
主称（R）

第一部分为主称，用字母 R 表示；
第二部分为电阻体材料，用字母表示，如表 1.1 所示；

表 1.1　　　　　　　　　电阻器型号中主称和电阻体材料的部分符号及意义

第一部分：主称		第二部分：电阻体材料	
符号	意义	符号	意义
R	电阻器	H	合成碳膜
		I	玻璃釉膜
		J	金属膜
		N	无机实心
		G	沉积膜
		S	无机实心
		T	碳膜
		X	线绕
		Y	氧化膜
		F	复合膜

第三部分为分类特征，用数字或字母表示，如表 1.2 所示。

表 1.2　　　　　　　　　　电阻器型号中分类特征部分的符号及意义

符号	电阻器分类特征意义	符号	电阻器分类特征意义
1	普通	8	高压
2	普通	9	特殊
3	超高频	G	高功率
4	高阻	I	温度补偿用
5	高湿	J	精密
6	高湿	T	可调
7	精密	X	小型

第四部分为序号，用数字表示，以区别外形尺寸和性能参数。

例如，RJ40 型高阻金属膜电阻器的型号命名：

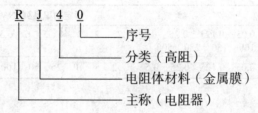

R J 4 0
序号
分类（高阻）
电阻体材料（金属膜）
主称（电阻器）

1.1.3　电阻器的参数

电阻器的参数很多，通常考虑的有标称阻值、允许偏差、额定功率等。对有特殊要求的，还要考虑它的温度系数、稳定性、噪声系数、高频特性等。

1. 标称阻值

在理论计算时，电阻器的阻值可以是 $0 \sim \infty$ 中的任意数值，但在实际工程中，尽管生产厂家生产了很多种阻值的电阻器，也无法做到使用者想要什么阻值的电阻器就会有什么阻值的电阻器成品。因此，为了便于生产和使用，国家统一规定了一系列阻值作为电阻器阻值的标准，这一系列阻值叫做电阻器的标称阻值系列。表 1.3 所示为常用的电阻阻值系列标准，电阻器的阻值应符合表中标称值或是标称值乘以 10^n，其中 n 为正整数。精密电阻器则采用 E48、E96、E192 阻值系列。

表 1.3　　　　　　　　　　标称阻值

阻值系列	误差等级	电阻标称值（Ω）												
E24	I	1.0	1.1	1.2	1.3	1.5	1.6	1.8	2.0	2.2	2.4	2.7	3.0	3.3	3.6
		3.9	4.3	4.7	5.1	5.6	6.2	6.8	7.5	8.2	9.1				
E12	II	1.0	1.2	1.5	1.8	2.2	2.7	3.3	3.9	4.7	5.6	6.8	8.2		
E6	III	1.0	1.5	2.2	3.3	4.7	6.8								

2. 允许偏差

在实际生产中，加工出来的电阻器的阻值很难做到和标称值完全一致，实际阻值相对于标称阻值所允许的最大偏差范围就是电阻器的允许偏差，它标识着电阻器的阻值精度。表 1.4 所示为电阻器的精度等级与允许偏差的对应关系。市场上成品电阻器的精度大都为Ⅰ、Ⅱ级，Ⅲ级的很少采用。005、01和02精度等级的电阻器仅供精密仪器或特殊电子设备使用，它们的标称阻值属于E192、E96、E48系列。

表1.4　　　　　　　　　　　　　电阻器精度等级与允许偏差的关系

精度等级	005	01或00	02或0	Ⅰ	Ⅱ	Ⅲ
允许偏差	±0.5%	±1%	±2%	±5%	±10%	±20%

3. 额定功率

电阻器的额定功率指电阻器在正常的气候条件下（如大气压、温度等），长期连续工作所允许消耗的最大功率。

电阻器的额定功率系列如表1.5所示。

表1.5　　　　　　　　　　　　　　电阻器额定功率系列

类别	额定功率系列（W）																	
线绕电阻器	0.05　0.125　0.25　0.5　0.75　2　3　4　5　6　6.5　7.5　8　10　16　25　40　50　75 100　150　250　500																	
非线绕电阻器	0.05　0.125　0.25　0.5　1　2　5　10　25　50　100																	

1.1.4　电阻器的规格标识方法

电阻器常用的规格标识方法有直标法和色标法两种。

1. 直标法

直标法就是将电阻器的类别、标称阻值、允许偏差及额定功率等直接标注在电阻器的外表面上，如图1.2所示。

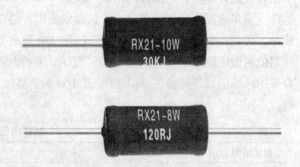

图1.2　电阻器规格直标法实例

需注意的是，在标识电阻值单位的文字符号中，R表示10^0，120R表示阻值为120Ω。R10则表示0.1Ω，4R7则表示4.7Ω。

2. 色标法

色标法是用不同颜色的色带或色点标注在电阻器的表面上，以表示电阻器的标称阻值和允许偏差，如图1.3所示。

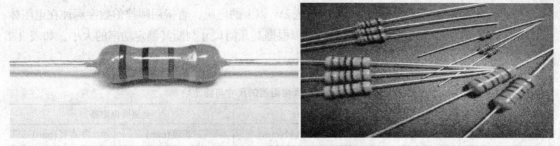

图 1.3 电阻器规格色环法实例

色标法中不同颜色的色环代表的意义不同，相同颜色的色环排列在不同位置上的意义也不同，色标法各种颜色所表示的意义如表 1.6 所示。

表 1.6 电阻器色标法各种颜色所表示的意义

颜色	有效数字	倍乘数	允许偏差
黑色	0	10^0	—
棕色	1	10^1	±1%
红色	2	10^2	±2%
橙色	3	10^3	—
黄色	4	10^4	—
绿色	5	10^5	±0.5%
蓝色	6	10^6	±0.25%
紫色	7	10^7	±0.1%
灰色	8	10^8	—
白色	9	10^9	—
金色	—	10^{-1}	±5%
银色	—	10^{-2}	±10%
无色	—	—	±20%

色标法根据标识的有效数字位数，分为两位有效数字和三位有效数字的色标法。

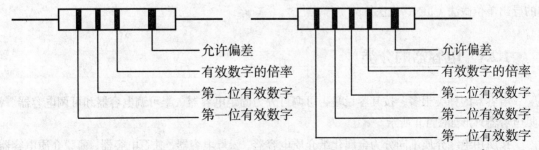

例如，有一五环电阻，其色环颜色分别为黄、紫、黑、红、棕，则其阻值为 $470×10^2Ω=47kΩ$，允许误差为±1%。

一般情况下，表示允许偏差的色环距离其他色环较远，且其宽度应是其他色环宽度的 1.5～2 倍。对于不规范的电阻器不能用上面的特征判断时，只能借助万用表进行测量。

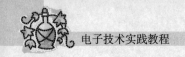

电阻器的额定功率有两种表示方法，一是 2W 以上的电阻，直接用阿拉伯数字标注在电阻体上；二是 2W 以下的碳膜或金属膜电阻，可以根据其几何尺寸判断其额定功率的大小，如表 1.7 所示。

表 1.7　　　　　　　　　碳膜电阻器和金属膜电阻器的尺寸与额定功率

功率(W)	尺寸	碳膜电阻器		金属膜电阻器	
		L 长度(mm)	D 直径(mm)	L 长度(mm)	D 直径(mm)
0.125		4～11	1.8～3.9	7～10.8	2.2～4.2
0.25		6.5～18.4	2.5～5.5	8～13	2.5～6.6
0.5		28	5.5	10.8～18.5	4.2～8.6
1		28～30.5	6～7.2	13～18.5	6.6～8.6
2		46～48.5	8～9.5	18.5	8.6

1.1.5　电阻器的简单测试

电阻器的好坏可以用仪表测试，电阻器阻值的大小也可以用有关仪器仪表测出，测试电阻值通常有两种方法，一种是直接测试法，另一种是间接测试法。

① 直接测试法就是直接用欧姆表、电桥等仪器仪表测出电阻器阻值的方法。通常测试小于 1Ω 的小电阻时可用单臂电桥，测试 1Ω 到 $1M\Omega$ 电阻时可用电桥或欧姆表（或万用表），而测试 $1M\Omega$ 以上大电阻时应使用兆欧表。

② 间接测试法就是通过测试电阻器两端的电压及流过电阻中的电流，再利用欧姆定律计算电阻器的阻值，此方法常用于带电电路中电阻器阻值的测试。

1.2　电容器

电容器也是电子设备中不可缺少的电子元件，在电子电路中发挥着重要作用，应用十分广泛。两个相互靠近的导体中间隔以绝缘介质便构成电容器。电容器是一种储能元件，在电路中用于耦合、滤波、旁路、调谐、能量转换等。电容器的单位为法拉，用字母"F"表示，工程上常用它的导出单位微法（μF）、皮法（pF）等。

1.2.1　电容器的分类

电容器的种类很多，按其容量是否可调可分为固定电容器、半可调电容器和可调电容器。常见电容器外形如图 1.4 所示。

按所用绝缘介质不同分为金属化纸介质电容器、云母电容器、独石电容器、薄膜介质电容器、陶瓷电容器、铝电解电容器、钽电解电容器、空气和真空电容器等。其中独石电容器、云母电容器具有较高的耐压，电解电容器具有较大的容量。

电解电容器具有极性，使用时不可接反，否则将引起电容器的电容量减小、耐压及绝缘电阻降低，影响其正常使用。

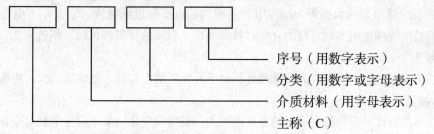

图 1.4　常见电容器外形

1.2.2　电容器的型号命名方法

我国国家标准规定，电阻器型号命名由以下 4 个部分组成：

序号（用数字表示）
分类（用数字或字母表示）
介质材料（用字母表示）
主称（C）

电容器介质材料代号和分类表示方法如表 1.8 所示。

表 1.8　　　　　　　　　　　电容器型号组成部分的符号意义

第一部分：主称		第二部分：材料		第三部分：特征分类					第四部分：序号
符号	意义	符号	意义	符号	意义				
					瓷介	云母	电解	有机	
C	电容器	C	瓷介	1	圆片	非密封	泊式	非密封	
		Y	云母	2	管形	非密封	泊式	非密封	
		I	玻璃釉	3	叠片	密封	烧结粉、非固体	密封	
		O	玻璃膜	4	独石	密封	烧结粉、固体	密封	
		Z	纸介	5	穿心	—	—	穿心	
		B	聚苯乙烯	6	支柱	—	—	—	
		L	涤纶	7	—	—	无极性	—	
		S	聚碳酸酯	8	高压	高压	—	高压	
		H	复合介质	9	—	—	特殊	特殊	
		D	铝	G	高功率	—	—	—	
		A	钽电解	W	微调	—	—	—	
		G	合金						

1.2.3 电容器的参数

1. 标称容量及允许偏差

为了生产和使用的方便，国家规定了一系列电容器容量值，这一系列容量值就称为标称容量，它反映了电容器储存电荷能力的大小。

在实际生产过程中，生产出来的电容器容量不可能同标称容量完全一致，标称容量与实际容量的最大允许偏差范围称为电容量的允许偏差。常用电容器的允许偏差有±2%、±5%、±10%、±20%等几种。

2. 额定电压

额定电压是指电容器在规定的温度范围内，能够连续可靠工作的最高电压，有时又分为额定直流电压和额定交流电压（有效值）。

额定电压的大小与电容器所使用的绝缘介质和使用环境温度有关。

在实际使用时，工作电压最大值一定要小于电容器的额定电压，通常取额定电压的三分之二以下，如果工作电压大于电容器的额定电压，电容器就易损坏，呈被击穿状态。

3. 绝缘电阻

电容器绝缘电阻的大小等于加在电容器两端的电压除以漏电流，它表示了电容器的漏电性能。电容器的绝缘电阻与电容器的介质材料和面积、引线的材料和长短、制造工艺、温度、湿度等因素有关。

绝缘电阻越大，表明电容器质量越好。对于同介质的电容器，电容量越大，绝缘电阻越小。

4. 温度系数

电容器的温度系数是指在一定的温度范围内，温度每变化 1℃电容量的相对变化值。电容器温度系数主要与电容器介质材料的温度特性和电容器的结构等因素有关。

在使用中，为使电子电路能稳定地工作，应尽量选用温度系数小的电容器。

5. 损耗因数

理论上，加在电容器上的正弦交流电压与通过电容器的电流之间的相位差为 $\pi/2$，而由于电容器损耗的存在，使相位差不是 $\pi/2$，而是稍小于 $\pi/2$，形成了偏离角 δ。δ 称为电容器的损耗角。习惯上以损耗角正切 $\tan\delta$ 表示电容器损耗的大小，称为损耗因数。

电容器损耗因数是衡量电容器品质优劣的重要指标之一。各类电容器都规定了在某频率范围内的损耗因数允许值，在选用脉冲、交流、高频等电路使用的电容器时应考虑这一参数。

1.2.4 电容器的规格标识方法

根据国标规定，电容器的容量、允许偏差、精度等级、工作电压等特性参数常采用直标法、文字符号法和色标法进行规格标识。

1. 直标法

这种方法是将容量、允许偏差、额定电压等参数值直接标注在电容体上。

例如：CB41 250V 2 000pF±5%

标识的内容是：CB41 型精密聚苯乙烯薄膜电容器，其额定电压为 250V，标称电容量为

2 000pF，允许偏差为±5%。

2. 文字符号法

文字符号法就是将文字和数字有规律地组合起来，在电容器表面上标识出主要特征参数。常用来标识电容器的标称容量及允许偏差。

使用文字符号法时，容量的整数部分写在容量单位符号的前面，容量的小数部分写在容量单位符号的后面。例如，0.5pF 写做 p50，6 800pF 写做 6n8。

3. 色标法

电容器色标法原则上与电阻器色标法相同。标志的颜色符号级与电阻器采用的相同，其单位为 pF。电解电容器的耐压有时也采用颜色表示：6.3V 用棕色，10V 用红色，16V 用灰色，色点标志在正极。

例如：标称容量为 0.047μF 允许偏差为±5%的电容器。

色环为：黄色（第一位有效数字 4）、紫色（第二位有效数字 7）、橙色（倍率 10^3）、金色（允许偏差±5%），即 $47×10^3$=47 000Pf=0.047μF。

1.2.5　电容器的简单测试

电容器的常见故障是击穿短路、断路、漏电、容量变小、变质失效、破损等。电容器引线断线、电解液泄漏等故障可以从外观看出。对电容器内部质量的好坏，可以用仪器检查。常用的仪器有万用表、数字电容表、电桥等。一般情况下可以用万用表判别其好坏，对质量进行定性分析。

1. 用万用表测电容器

（1）固定电容器漏电阻的判别

将万用表电阻挡置于 10k 挡，用万用表表笔接触电容器的两极，表头指针应向顺时针方向跳动一下（5 000pF 以下的小电容看不出跳动），然后逐渐逆时针恢复，退至 R=∞处。如果不能复原，则稳定后的读数表示电容器漏电阻值，其值一般为几百至几千千欧，阻值越大表示电容器的绝缘电阻越大，其绝缘性越好。注意判别时不能用手指同时接触电容器的两个电极，以免影响判别结果。

（2）电容器容量的判别

5 000pF 以上的电容器，可用万用表电阻挡粗略判别其容量的大小。用表笔接触电容器两极时，表头指针应先是一跳，然后逐渐复原。将两表笔对调以后，表头指针又是一跳，且跳得更高，而又逐渐复原，这就是电容器充、放电的情况。电容器容量越大，指针跳动越大，复原的速度也越慢。根据指针跳动的大小可粗略判断电容器容量的大小。同时，所用万用表电阻挡越高，指针跳动的距离越大。若万用表指针不动，则说明电容器内部断路或失效。对于 5 000pF 以下的小容量的电容器，用万用表的最高电阻挡已看不出充、放电现象，应采用专门的仪器进行测试。

（3）电解电容器极性的判别

根据电解电容器正接时漏电流小、反接时漏电流大的特性可判别其极性。测试时，先用万用表测一下电解电容器漏电阻值，再将两表笔对调，测一下对调后的电阻值，通过比较，两次测试中漏电阻值小的一次，漏电流大，为反接，则黑表笔接的是负极，红表笔接的是正极。

2. 用电容表测电容

要测出电容器准确的容量，可以用电容表测试。测试时，首先根据所测电容器容量的大小，选择合适的量程，再将电容器的两脚分别接到电容表两极，直接读出电容器的容量即可。

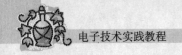

1.3　电感器

电感器俗称线圈，与电阻器、电容器一样也是电子电路中常用的重要元件之一，应用广泛。电感器是导线在绝缘骨架上绕制而成的一种能够存储磁场能量的电气元件。

电感器在电路中有通直流、阻交流，通低频、阻高频的作用。

按照外形电感器可分为：空心线圈，实心线圈。按照工作性质电感器可分为：高频电感器，低频电感器。按照封装方式电感器可分为：普通电感器，色环电感器，环氧树脂电感器和贴片电感器等。按照电感量电感器可分为：固定电感器和可调电感器。常用电感器外形如图 1.5 所示。

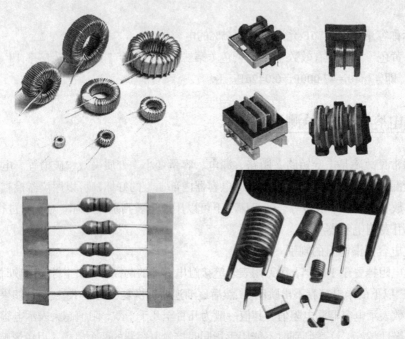

图 1.5　常见电感器外形

1.3.1　电感器的基本参数

1. 电感量及允许偏差

电感量是衡量线圈产生电磁感应能力的物理量。电感量的大小取决于线圈的匝数、结构、有无铁心及绕制方法等因素。电感量的单位为亨利，用字母"H"表示，常用的还有毫亨（mH）和微亨（μH）。

电感量的允许偏差是指线圈的实际电感量与要求电感量的偏差，也称电感量精度。对电感量精度的要求，要视用途不同而不同。一般来说，对于振荡电感线圈，允许误差为 0.2%～0.5%；对于一般耦合、扼流线圈等，允许误差为 10%～20%。

2. 品质因数

线圈中存储能量与消耗能量的比值称为品质因数，用 Q 表示，品质因数是表示线圈质量的一个重要参数，Q 值的大小表明电感线圈损耗的大小，Q 值大，线圈损耗小；反之，损耗大。

品质因素定义为线圈的感抗 ωL 和直流等效电阻 R 之比，即 $Q=\omega L/R$。

3．额定电流

电感线圈的额定电流是指线圈长期工作所能承受的最大电流，其值与材料和加工工艺有关。

4．分布电容

电感线圈的匝与匝之间、多层绕组的层与层之间、线圈与底座之间所具有的电容，统称为电感线圈的分布电容。

分布电容影响着线圈的稳定性，并使线圈的损耗增大，质量降低。可通过采用蜂房绕法、减小线圈骨架直径等降低分布电容。

1.3.2　电感器的简单测试

使用万用表可以对电感器的好坏进行简单测试，其方法是用万用表的欧姆挡直接测试电感线圈的直流电阻值，若所测得的电阻值等于或十分接近正常电感器的直流电阻值，则说明电感器是好的；若测得电阻值为无穷大，则说明电感线圈内部断路；若测得直流电阻值远小于正常值，则说明被测线圈内部匝间击穿短路，不能使用。若想测出电感线圈的准确电感量，则必须使用万用电桥、高频 Q 表或数字式电感电容表。

1.4　开关

开关是应用十分广泛的一种电子元件，它在电路中用来接通、断开和转换电路。

1.4.1　开关的分类

开关种类繁多，分类方式也各不相同。按照控制方式，可分为机械式开关和电子开关两大类；按照结构特点，可分为按钮开关、钮子开关、滑动开关、微动开关等；根据开关接点的数目可分为单极单位、单极多位、双极双位、多极多位等。

1.4.2　开关的主要技术指标

一型号为 KN32 的钮子开关，其技术指标为：额定电压：250VAC；额定电流：5A；接触电阻：≤10mΩ；绝缘电阻：≥1 000MΩ；耐压：1 500VAC；电气寿命：20 000 次；环境温度：−40℃～+70℃。

其各项技术指标含义如下。

1．额定电压

额定电压是指在正常工作状态下开关允许施加的最大电压。

2．额定电流

额定电流是指正常工作状态下所允许通过的最大电流。

3．接触电阻

当开关接通时两个触点导体间的电阻值。一般机械开关的接触电阻在 20MΩ 以下。

4. 绝缘电阻

指定的不相接触的开关导体之间的电阻。一般开关的绝缘电阻大于 100MΩ。

5. 耐压

耐压又叫做抗电强度，是指定的不相接触的导体间所能承受的最大电压。

1.4.3 常用开关简介

1. 按钮开关

按钮开关分为大、小型，形状有圆柱形、正方形和长方形，如图 1.6 所示。按钮开关有自锁和不自锁之分。有的按钮开关带有指示灯，具有开关和指示灯的组合功能。

按钮开关安装方便，性能可靠。适用于各类仪器仪表及电子设备通断电源和转换电路。

2. 钮子开关

钮子开关有大、中、小型和超小型多种，触点有单刀、双刀和三刀等几种，接通状态有单掷和双掷等。它体积小，操作方便，是电子设备中常用的一种开关，工作电流从 0.5A～5A 不等，如图 1.7 所示。

图 1.6　按钮开关

图 1.7　钮子开关

3. 船型开关

船型开关也称拨动开关，广泛应用于各种仪器、仪表、家用电器中。具有开关通断容量大、可靠性高、安全性好的特点，有的船型开关还带有指示灯，使用方便。其触点多分为单刀单掷、单刀双掷、双刀单掷和双刀双掷等几种，如图 1.8 所示。

4. 波段开关

波段开关有旋转式、拨动式和按键式三种。每种形式的波段开关又可分为若干种规格的刀和位。在旋转开关结构中，铆接在旋转轴绝缘体上的金属片叫做动片，固定在绝缘体上不动的接触片叫做定片。定片可以根据需要做成不同的数目，其中始终和开关动片相连的定片叫做 "刀"，其他的定片称为 "位"。开关的刀和位，通过机械结构，可以接通或断开。波段开关有多少个刀，就可以同时接通多少个点；有多少个位，就可以转换多少个电路，如图 1.9 所示。

5. 微动开关

微动开关是一种通过小行程、小动作力，使电路接通和断开的开关器件，适用于各种自动控制装置中。微动开关除电气参数外，还有动作压力、反向动作力、动作行程等机械参数，机械参数在选择、使用或安装微动开关时都是很重要的，如图 1.10 所示。

图 1.8 船型开关

图 1.9 波段开关

图 1.10 微动开关

1.4.4 开关的选用

选用开关时应注意以下事项。

① 应根据负载的性质选择开关的额定电流值。例如，白炽灯的冲击电流是稳态电流的 10 倍，电动机负载的冲击电流是稳态电流的 6 倍。如果选择的开关在要求的时间内承受不了启动电流的冲击，就会造成损坏。

② 开关的额定电压应留有一定的余量。

③ 尽可能选用接触电阻小的开关。

④ 在开关频繁，负载不大的场合选择开关时应注重它的机械寿命；在较大功率的场合，则应注重它的电气寿命。

1.5 接插件

接插件又称连接器，是为了方便改变两个电路之间进行连接而设计的一种特殊的电子元器件。连接器主要有两种类型：一种是电子设备与外部设备进行连接的接插件；另一种是用于电子设备内部线路之间连接的接插件。

接插件的种类很多，分类方法各不相同。按工作频率可分为低频接插件和高频接插件；按其结构形状可分为圆形接插件、矩形接插件、印制板接插件、带状扁平排线接插件等。

接插件的基本结构件有接触件、绝缘体、外壳（视品种而定）、附件。

接插件的技术指标一部分与开关类似，如接触电阻、绝缘电阻、耐压、力矩、寿命等。接插件的寿命一般远低于开关，但其接触可靠性则远高于开关。

1. 圆形接插件

圆形接插件的插头、插座大都采用螺纹连接，其接线端子可从两个到上百个不等。其插拔力较大，连接方便，抗震性好，可靠性高，容易实现防水密封、电磁屏蔽等特殊要求。该插件适用于大电流连接，额定电流可以从一安培到数百安培。一般用于不需要经常插拔的电路板之间或整机设备之间的电气连接，如图 1.11 所示。

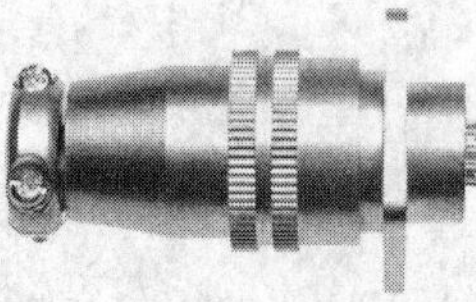

2. 矩形接插件

矩形排列能充分利用空间，所以，矩形接插件被广泛应用于机内元器件的互连。当其带有外壳或锁紧装置时，也可用于机外电缆和面板之间的连接，如图 1.12 所示。

图 1.11 圆形接插件

3. 印制板接插件

为了便于印制板的更换、维修,印制板之间或印制板与其他部件之间的互连经常采用此类接插件。印制板接插件按其结构形式分为簧片式和针孔式。簧片式插座的基体用高强度酚醛塑料压制而成,孔内有弹性金属片,这种结构比较简单,使用方便。针孔式可分为单排、双排两种,插座可以装焊在印制板上,引线数目可从 2 根到 100 根不等,常用于小型仪器印制板的对外连接中,如图 1.13 所示。

4. 带状扁平排线接插件

带状扁平排线接插件是由几十根以聚氯乙烯为绝缘层的导线并排黏合在一起的。它占用空间小,轻巧柔韧,布线方便,不易混淆。带状电缆的插头是电缆两端的连接器,它与电缆的连接不用焊接,而是靠压力使连接端上的刀口刺破电缆的绝缘层实现电气连接。其工艺简单可靠,电缆的插座部分直接焊接在印制电路板上。带状扁平排线接插件常用于低电压、小电流的场合,适用于微弱信号的连接,多用于计算机及其外部设备,如图 1.14 所示。

图 1.12　矩形接插件　　　　图 1.13　印制板接插件　　　　图 1.14　带状扁平排线接插件

5. 其他连接件

① 接线柱。常用于仪器面板的输入、输出接点,种类很多,如图 1.15 所示。

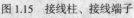

图 1.15　接线柱、接线端子

② 接线端子。常用于大型设备的内部接线,如图 1.15 所示。

1.6　继电器

继电器是一种当输入量(电、磁、声、光、热)达到一定值时,输出量将发生跳跃式变化的自动控制器件，是自动控制电路中常用的一种元件。它可以用较小的电流来控制较大的电流，在电路中起着自动操作、自动调节、安全保护等作用。

继电器种类繁多，通常将继电器分为直流电磁继电器、交流电磁继电器、舌簧继电器、时间继电器、固体继电器等，下面介绍使用得较多的电磁式继电器和固体继电器。

1.6.1 电磁式继电器

电磁式继电器是继电器中应用最早、最广泛的继电器类型。按照电磁继电器的触点额定电流大小，可以将其分为微功率继电器、弱功率继电器、中功率继电器和大功率继电器四类。常见电磁式继电器外形如图 1.16 所示。

图 1.16 常见电磁式继电器外形

1. 结构及工作原理

电磁式继电器一般由铁芯、线圈、动触点、常开静触点、常闭静触点、衔铁、返回弹簧等几部分组成，如图 1.17 所示。

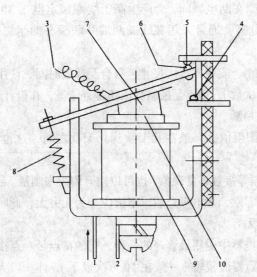

1、2、8-线圈 3、4-静触点 5-动触点 6-衔铁 7-返回弹簧 9-铁芯

图 1.17 型电磁式继电器内部结构图

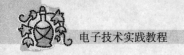

电磁继电器的工作原理主要是利用电磁感应原理工作的。当线圈通电后，铁心被磁化而产生足够的电磁吸力，吸动衔铁，使动触点 6 与常闭静触点 5 断开，而与常开静触点 4 闭合，这叫继电器"动作"或"吸合"。当线圈断电后，电磁力消失，衔铁受返回弹簧作用而返回，动触点也恢复到原先的位置，这叫继电器"释放"或"复位"。

2. 电磁式继电器的主要参数

继电器的参数在产品手册中有详细说明，下面仅介绍数据中常见的有关参数。

① 额定工作电压（电流）。它是指继电器正常工作时线圈需要的电压和电流。可以是交流，也可以是直流，随型号的不同而不同。一种型号的继电器为能适应不同电路的使用要求，都有多种额定工作电压或工作电流，并用规格代号加以区分。

② 吸合电压（电流）。它是指继电器能够吸合的最小电压或电流值。此时继电器吸合是不可靠的。

③ 线圈电阻。它是指线圈的直流电阻值。

④ 释放电压（电流）。它是指继电器由吸合状态转换到释放状态时的最大电压或电流值。

⑤ 触点负荷。它是指继电器触点允许的最大负载能力。

⑥ 动作时间。又称吸合时间，是指继电器从通电到触点全部由释放状态到达吸合状态的时间。

3. 电磁式继电器的选用

继电器有很多参数，必须根据实际电路选择参数合适的继电器，选择时主要考虑以下几个方面的问题。

① 线圈工作电压是直流还是交流，电压大小应不低于额定工作电压的 80%，但不能大于额定工作电压，否则容易损坏继电器线圈。

② 线圈工作时所需要的功率与实际需要切换的触发驱动控制电路所输出的功率是否相当。

③ 继电器触点数量及形式必须根据继电器所控制的电路特点来确定，触点的负载不能超过触点的容量。

④ 电磁式继电器的线圈在断电瞬间，会产生高于线圈额定电压 30 倍以上的反峰电压，该电压对电子线路有极大的危害，通常采用在线圈两端并联瞬态抑制二极管或电阻的方法加以抑制。

此外，继电器的体积大小、安装方式、尺寸、吸合及释放时间、使用环境、绝缘强度、接点数、接点形式、接点寿命（次数），接点是控制交流还是直流等，在设计时都需要考虑。

4. 电磁式继电器质量判断

① 首先测量继电器线圈阻值，一般在几十欧到几千欧之间，这也是判断线圈引脚的重要依据。

② 观察触点有没有发黑等接触不良现象，也可以用万用表来测量。线圈在未加电压时，动触点与常闭触点引脚电阻应为零欧，加电吸合后，阻值应变为无穷大，此时测量动触点与常开触点电阻应为零欧，断电后变为无穷大。

电磁式继电器是各种继电器中应用最普遍的一种，它的特点是触点接触电阻很小，缺点是动作时间较长（ms 以上），接点寿命较短（一般在 10 万次以下），体积较大，为克服以上缺点，可使用固态继电器。

1.6.2　固态继电器

固态继电器（Solid State Relay，SSR）是指由固态电子元件组成的无触点开关器件。

固态继电器体积小、开关速度快、无触点、寿命长、耐震、无噪声、安装位置无限制，并具有良好的防潮、防腐蚀、防爆、防臭氧污染等特点，性能极佳，广泛应用于军事、航天、航海、计算机外围接口装置、家电、机床、通信、化工等领域。常见固态继电器外形如图 1.18 所示。

固态继电器按照负载电压类型可分为交流和直流两种。交流固态继电器又分为过零导通型和随机导通型两种。直流固态继电器根据输出分为两端型和三端型两种，两端型应用较多。下面重点介绍交流过零导通型和直流两端型固态继电器。

图 1.18　常见固态继电器外形

1．固态继电器的结构和工作原理

图 1.19 所示为一种交流过零导通型固态继电器原理图，它由光电耦合输入、触发电路、过零控制电路、吸收电路和用双向可控硅作为开关的输出电路五部分组成。过零控制电路主要由 VT 等构成，它的作用是保证触发电路在有输入信号且在开关器件两端交流电压过零点附近时触发开关器件导通，而在零电流处关断，从而把通断瞬间的峰值和干扰降到最低，减少对电网的污染。吸收电路一般用 RC 串联电路组成，目的是防止从电网传来的尖峰及浪涌电压对开关器件的冲击和干扰。

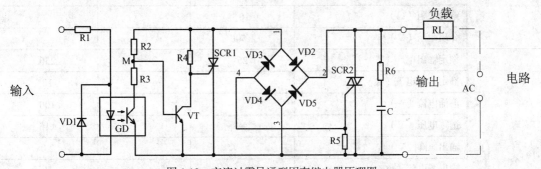

图 1.19　交流过零导通型固态继电器原理图

2．固态继电器的特点

固态继电器成功地实现了弱电 Vsr 对强电（输出端负载电压）的控制。由于光电耦合器的应用，使控制信号所需的功率极低（约十余毫瓦就可正常工作）。而且 Vsr 所需的工作电平与 TTL、HTL、CMOS 等常用集成电路兼容，可以实现直接连接，这使固态继电器在数控和自控设备等方面得到了广泛应用。在相当程度上，它可以取代传统的"线圈—簧片触点式"继电器（简称"MER"）。

固态继电器由全固态电子元件组成，与电磁式继电器相比，它没有任何可动的机械部件，工作中也没有任何机械动作。固态继电器由电路的工作状态变换实现"通"和"断"的开关功能，没有电接触点，所以它有一系列电磁式继电器所不具备的优点，即工作高可靠、长寿命（有资料表明 SSR 的开关次数可达 $10^8 \sim 10^9$ 次，比一般电磁式继电器的 10^5 次高几千倍）；无动作噪声；

耐震、耐机械冲击；安装位置无限制；很容易用绝缘防水材料灌封做成全密封形式，而且具有良好的防潮、防霉、防腐性能；在防爆和防止臭氧污染方面的性能也极佳。这些特点使得 SSR 可在军事、化工、井下采煤和各种工业、民用电控设备的应用中大显身手，具备超越电磁式继电器的技术优势。

交流型固态继电器由于采用过零触发技术，因而可以安全地用于计算机输出接口上，避免了采用电磁式继电器时产生的一系列对计算机的干扰问题。

此外，固态继电器还具有承受在数值上可达额定电流十倍左右的浪涌电流的特点。

固态继电器虽然具有以上优点，但和电磁式继电器相比仍有不足之处，如漏电流大、输出电压降大、触点单一、使用温度范围狭窄、过载能力差及价格高等。

3．固态继电器的主要参数及选用

功率固态继电器的特性参数包括输入和输出参数，如表 1.9 所示为常用的 GX-10F 型固态继电器的主要参数。

表 1.9　　　　　　　　　　　　GX-10F 型固态继电器主要参数

参数名称（单位）	参数值		
	最小值	典型值	最大值
输入端 直流控制电压（V）	3.2		14
输入电流（mA）		20	
接通电压（V）	3.2		
关断电压（V）			1.5
反向保护电压（V）			15
绝缘电阻（Ω）	10^9		
介质耐压（V）	1 500		
输出端 额定输出电压（V）	25		250
额定输出电流（A）			10
浪涌电流（A）			100
过零电压（V）			±15
输出压降（V）			2.0
输出漏电流（mA）			10
接通时间（ms）			10
关断时间（ms）			10
工作频率（Hz）	47		70
功率损耗（W）		1.5	
关断 du/dt（V/μs）		200	
晶闸管结温（℃）			110
工作温度（℃）	-20		+80

从表中可以看出，固态继电器输入参数包括直流控制电压、输入电流、接通电压、关断电压、绝缘电阻等。

输出参数主要有以下几种。

（1）额定输出电压

它是指一定条件下能承受的稳态阻性负载的最大允许电压有效值。如果受控负载是非稳态或非阻性的，必须考虑所选产品是否能承受工作状态或条件变化时（冷热转换、静动转换、感应电势、瞬态峰值电压、变化周期等）所产生的最大合成电压。例如，负载为感性时，所选固态继电器额定输出电压必须大于两倍电源电压值。

（2）额定输出电流

额定输出电流是指在给定条件下（环境温度、额定电压、功率因素、有无散热器等）所能承受的电流的最大有效值。一般生产厂家都提供热降额曲线。如周围温度上升，则应按曲线降额使用。

（3）浪涌电流

浪涌电流是指在给定条件下（室温、额定电压、额定电流和持续时间等）不会造成永久损坏所允许的最大非重复性峰值电流。

一般交流固态继电器的浪涌电流为额定电流的 5～10 倍（一个周期），直流产品的浪涌电流为额定电流的 1.5～5 倍（1s）。很多负载在接通的瞬间会产生很大的浪涌电流，如白炽灯、电阻丝、电磁铁、中间继电器、变压器、交流电动机等。对于上述场合使用的固态继电器，应选用增强型固态继电器。

固态继电器对温度的敏感性很强，其输出负载能力随环境温度的升高而下降，因而在环境温度大于 50℃的条件下工作的固态继电器，选用的负载能力必须留有一定的余量。额定电流大于 30A 时需加散热器并强行风冷，如图 1.20 所示。

图 1.20　加装风冷散热

1.7　半导体分立器件

半导体分立器件包括二极管、三极管、场效应管等器件。它们具有体积小、重量轻、耗电省、启动快、寿命长、成本低、使用方便等优点。半导体分立器件自 20 世纪 50 年代问世以来，已为电子产品的发展起了重要作用。目前，虽然集成电路已广泛使用，并在许多场合代替了分立器件，但分立器件不会被全部废弃，它还会以自身的特点，继续在电子产品中发挥作用。下面重点介绍它们的分类方法、型号命名、测试方法及使用注意事项。

1.7.1　二极管

二极管是半导体分立器件中最基本的一种，应用十分广泛。它是利用半导体 PN 结的单向导电性制成的器件。在电路中主要用于整流、检波、保护、稳压等。常见二极管图形如图 1.21 所示。

1. 二极管的分类

二极管的规格品种很多。按所用半导体材料的不同，可分为锗二极管、硅二极管和砷化镓二极管；按结构及制作工艺不同，可分为点接触型和面接触型二极管；按用途分有整流二极管、检波二极管、稳压二极管、恒流二极管、开关二极管等。按封装形式，可分为玻璃封装二极管、金属封装二极管、塑料封装二极管、环氧树脂封装二极管等。

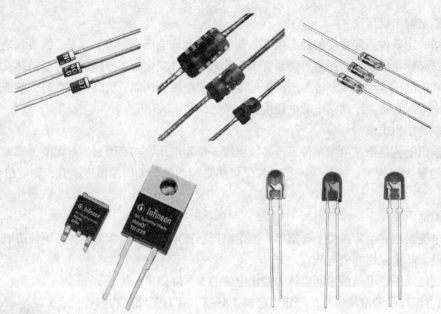

图 1.21　常见二极管外形

2．二极管型号命名方法

国产二极管的型号命名规定由五部分组成，具体意义如表 1.10 所示。

表 1.10　　　　　　　　　　　　国产二极管的型号命名

第一部分		第二部分		第三部分		第四部分	第五部分
用数字表示器件的电极数目		用汉语拼音字母表示器件材料和极性		用汉语拼音字母表示器件的类别		用数字表示器件序号	用汉语拼音字母表示规格号
符号	意义	符号	意义	符号	意义		
2	二极管	A B C D	N 型锗材料 P 型锗材料 N 型硅材料 P 型硅材料	P V W C Z L S	普通管 微波管 稳压管 参量管 整流管 整流堆 隧道管		

示例：N 型锗材料普通二极管。

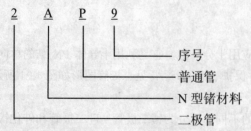

序号
普通管
N 型锗材料
二极管

3．二极管极性的判别和选用

（1）二极管极性的判别

普通二极管在电路中常用字母"VD"或"D"加数字表示，稳压二极管在电路中用字母"ZD"

表示，如 VD1、D3、ZD2 等。一般情况下，二极管有色环的一端为负极，有色点的一端为正极。如果是玻璃壳封装，可直接看出极性，即内部连触丝的一头是正极，连半导体片的一头是负极。发光二极管则通常用引脚长短来识别正、负极，长脚为正极。

普通二极管的极性除观察标识外，还可以用万用表来判别。根据二极管正向导通时导通电阻小，反向截止电阻大的特点，将万用表拨到欧姆挡（一般用 R×1k 挡，不要用 R×1 或 R×10k 挡，因为 R×1 挡的电流太大，容易烧毁管子，而 R×10k 挡电压太高，可能击穿管子），用万用表的表笔分别接二极管的两个管脚，测出一个电阻，然后将两表笔对换，再测出一个阻值，则阻值小的那一次黑表笔所接一端为二极管的正极，另一端即为负极。若两次测得阻值都很小，则说明管子内部短路；若两次测得的阻值都很大，则说明管子内部断路。用数字万用表测量时，将数字万用表挡位开关置于二极管挡，然后将二极管管脚同万用表表笔相接，当万用表显示 0.15V 至 0.7V 的电压值时，同万用表红表笔相接的是二极管的正极，同黑表笔相接的是二极管的负极，且显示的电压值是该二极管的正向压降值。不同材料的二极管，其正向压降值不同：锗二极管为 0.15～0.3V，硅二极管为 0.4～0.7V。

（2）二极管的选用

选用二极管时应首先考虑其在电路中的作用，根据作用选择相应类型的二极管，如点接触型二极管的结电容小，工作频率高，但不能承受较高的电压和较大的电流，多用于检波、小电流整流和高频开关电路。面接触型二极管结面积大，能承受较大的电流和功耗，但结电容较大，一般用于整流、稳压、低频开关电路，而不适于高频检波等高频电路。

其次，选用二极管时，要考虑其最大整流电流、最大反向工作电流、截止频率及反向恢复时间等参数。例如，普通串联稳压电路中使用的整流二极管，对截止频率和反向恢复时间要求不高，只要根据电路的要求选择最大整流电流和最大反向工作电流符合要求的整流二极管即可；而开关稳压电源整流电路及脉冲整流电路中使用的整流二极管，应选用工作频率较高、反向恢复时间较短的整流二极管或快速恢复二极管。

1.7.2　三极管

三极管又称为晶体三极管（简称晶体管）。它由两个 PN 结构成，有 PNP 型和 NPN 型两种结构。三极管有两个结（集电结和发射结）、三个区（基区、集电区和发射区）、三个电极（基极 B、集电极 C 和发射极 E）。三极管发射极电流可以被基极电流控制，从而使集电极电流随之改变，三极管的这种对电流的控制功能，决定三极管具有放大作用，这一特性被广泛应用于各种电子线路中。常见外形如图 1.22 所示。

图 1.22　常见三极管外形

1. 三极管的分类

三极管的规格品种繁多按半导体材料分，有锗三极管、硅三极管；按照导电极性，可分为 PNP型、NPN 型；按三极管耗散功率，可分为小功率管、中功率管、大功率管；按三极管的功能和用途，可分为放大管、开关管、复合管、高反压管；按三极管工作频率，可分为低频管、高频管、超高频管等；按封装材料不同，可分为金属封装管、塑料封装管、玻璃壳封装管、陶瓷封装管等。

2. 三极管型号的命名方法

（1）我国三极管型号的命名方法

根据国家标准规定，三极管型号由五部分组成，各部分的意义如表 1.11 所示。

表 1.11 三极管各部分意义

第一部分		第二部分		第三部分		第四部分	第五部分
电极数目		材料及极性		类型		产品序号	规格号
符号	意义	符号	意义	符号	意义		
3	三极管	A B C D E	PNP 型锗材料 NPN 型锗材料 PNP 型硅材料 NPN 型硅材料 化合物材料	X	低频小功率管（$f_a < 3\text{MHz}$，$P_{cm} < 1\text{W}$）	有时会被省略	
				G	高频小功率管（$f_a > 3\text{MHz}$，$P_{cm} < 1\text{W}$）		
				D	低频大功率管（$f_a < 3\text{MHz}$，$P_{cm} \geq 1\text{W}$）		
				A	高频大功率管（$f_a \geq 3\text{MHz}$，$P_{cm} \geq 1\text{W}$）		
				U	光电器件		
				K	开关管		
				T	晶闸管		
				Y	体效应器件		
				B	雪崩管		
				J	阶跃恢复管		

示例：

① 锗材料 PNP 型高频小功率晶体管。

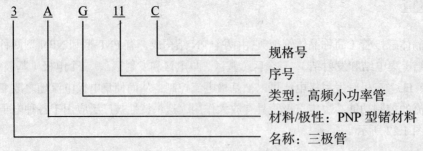

② 硅材料 NPN 型开关管。

（2）日本三极管型号的命名方法

日本企业生产的三极管在我国电子产品上应用广泛，它们的型号由七个部分构成，通常只用到前五个部分。下面以 2SC502A 为例，简述各部分符号意义。

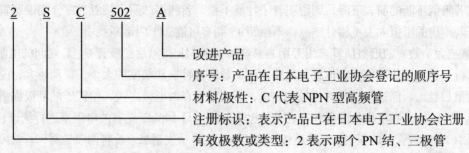

2　S　C　502　A

改进产品

序号：产品在日本电子工业协会登记的顺序号

材料/极性：C 代表 NPN 型高频管

注册标识：表示产品已在日本电子工业协会注册

有效极数或类型：2 表示两个 PN 结、三极管

（3）美国电子工业协会三极管型号命名方法

美国电子工业协会规定三极管型号命名由五个部分组成。下面以普通小功率晶体管 2N2097A 为例，简述各部分符号意义。

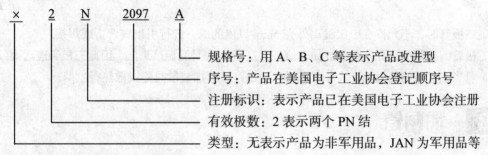

×　2　N　2097　A

规格号：用 A、B、C 等表示产品改进型

序号：产品在美国电子工业协会登记顺序号

注册标识：表示产品已在美国电子工业协会注册

有效极数：2 表示两个 PN 结

类型：无表示产品为非军用品，JAN 为军用品等

3. 三极管极性的判别和选用

（1）三极管类型和电极的判断

三极管由两个 PN 结构成，可以用万用表判别其管脚，对于 NPN 型三极管，其基极是 PN 结的公共正极，对于 PNP 型三极管，其基极是两个 PN 结的公共负极。而根据当加在三极管的 BE 结电压为正，BC 结电压为负，三极管工作在放大状态，此时三极管的穿透电流较大，R_{ce} 较小的特点，可以测出三极管的发射极和集电极。

首先应判断管子的基极和管型。测试时，假设某一管脚首先为基极，将指针式万用表拨在 R×100 或 R×1k 挡上，用黑表笔接触三极管某一管脚，用红表笔分别接触另外两管脚，若测得的阻值相差很大，则原先假设的基极不正确，需另外假设。若两次测得的阻值都很大，则该极可能是基极，此时再将两表笔对换继续测试，若对换表笔后测得的阻值都较小，则说明该电极是基极，且为 PNP 型。同理，黑表笔接假设的此三极管基极，红表笔分别接其他两个电极时测得的阻值都很小，则该三极管的管型为 NPN 型。

判断出管子的基极和管型后，可进一步判断管子的集电极和发射极。以 NPN 管为例，确定基极和管型后，假设其他两只管脚中一只是集电极，另一只即假设为发射极。用手指将已知的基极和假设的集电极捏在一起（但不要相碰），将黑表笔接在假设的集电极上，红表笔接在假设的发射极上，记下万用表指针所指的位置，然后再作相反的假设（即原先假设为 C 的假设为 E，原先假设为 E 的假设为 C），重复上述过程，并记下万用表指针所指的位置。比较两次测试的结果，指针偏转大的（即阻值小的）那次假设是正确的。（若为 PNP 型管，测试时，将红表笔接假设的集电极，黑表笔接假设的发射极，其余不变，仍然电阻小的一次假设正确）。

（2）三极管性能的鉴别

① 穿透电流 I_{CEO} 大小的判断。用万用表 R×100 或 R×1k 挡测量三极管 C、E 之间的电阻，电阻值应大于数兆欧（锗管应大于数千欧），阻值越大，说明穿透电流越小，若阻值越小，则说明穿透电流大，若阻值不断的明显下降，则说明管子性能不稳，若测得的阻值接近为零，则说明管子已经击穿，若测得的阻值太大（指针一点都不偏转），则有可能管子内部断线。

② 电流放大系数 β 的近似估算。用万用表 R×100 或 R×1k 挡测量三极管 C、E 之间的电阻，记下读数，再用手指捏住基极和集电极（不要相碰）观察指针摆动幅度的大小，摆动越大，说明管子的放大倍数越大。但这只是相对比较的方法，因为手捏在两电极之间，给管子的基极提供了基极电流 I_B，I_B 的大小和手指的潮湿程度有关。也可以接一只 $100k\Omega$ 左右的电阻来进行测试。

以上是对 NPN 型管子的鉴别，黑表笔接集电极，红表笔接发射极。若将两表笔对调，就可对 PNP 型管子进行测试。

（3）半导体三极管的选用

三极管的种类很多，应根据具体电路要求确定三极管的类型，然后根据三极管的主要参数进行选用。

装配三极管时，不允许在引出线离外壳 5mm 以内的地方进行引出线弯折或焊接。

在三极管的参数中，有一些参数如 β 值、I_{CEO}、I_{BEO} 等易受温度影响，因此三极管应远离发热元器件，且当三极管的耗散功率大于 5W 时，应给三极管加装散热器或散热板。

1.8 晶闸管

晶闸管是晶体闸流管的简称，又称可控硅，是一种大功率的半导体器件。

晶闸管具有体积小、重量轻、容量大、效率高、使用维护简单、控制灵敏等优点。同时，它的功率放大倍数很高，可以用微小的信号功率对大功率的电源进行控制和变换，广泛应用于可控整流、交流调压、无触点开关、电极调速、逆变及变频电路中。

晶闸管有多种种类，最常用的是单向晶闸管和双向晶闸管。常见晶闸管外形如图 1.23 所示。

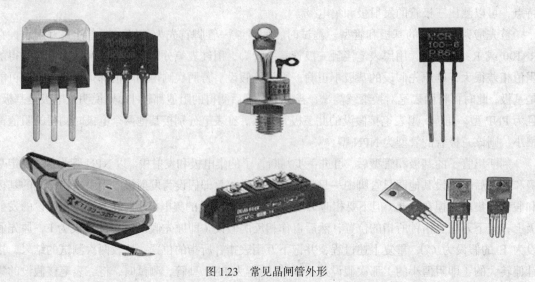

图 1.23　常见晶闸管外形

1.8.1　单向晶闸管

单向晶闸管的符号、结构如图 1.24（a）（b）所示。

单向晶闸管内有 3 个 PN 结，它们是由相互交叠的 4 层 P 区和 N 区所构成的，可等效为由一只 PNP 三极管和一只 NPN 三极管组成的组合管，如图 1.25 所示。它的三个引出电极分别为阳极 A、阴极 K 和控制极 G（又称栅极）。

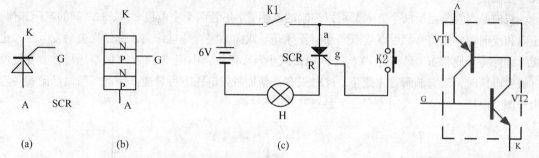

(a)　　　　　　　(b)　　　　　　　　　　　(c)

　　　　　图 1.24　单向晶闸管符号结构及测试电路　　　　　　图 1.25　单向晶闸管的等效图

根据其工作原理可知，单向晶闸管的导通条件是：除在阳-阴极间加上一定大小的正向电压外，还要在控制极-阴极间加正向触发电压。一旦管子触发导通后，控制极即失去控制作用，即使控制极电压变为零，可控硅仍然保持导通。要使可控硅阻断，必须使阳极电流降到足够小，或在阳极和阴极间加反向阻断电压。

晶闸管的电极可以用万用表进行判断。

晶闸管是一个四层三端元件，有三个 PN 结，其中控制极 G 和阴极 K 之间是一个 PN 结。先找到这个 PN 结，就可确定三个电极的位置。

方法是将万用表置于 R×1k 挡，将晶闸管其中一端假定为控制极，与黑表笔相接。用红表笔分别接另外两个脚，若有一次出现正向导通，则假定的控制极是对的，而导通那次红表笔所接的脚是阴极 K。无疑，另一只脚是阳极 A 了。如果两次均不导通，则说明假定的控制极是错的，可重新设定一端为控制极，这样就可以很快判别晶闸管的三个电极。

以上说明待判别的晶闸管是好的，否则该晶闸管是坏的。另外，判别晶闸管好坏可采用如图 1.24（c）所示的测试电路。图中 K1 为电源开关，K2 为按钮开关，SCR 为待测晶闸管，H 为指示灯，它不仅用来指示电路的工作状态，而且用来限制可控硅的控制极电流 I_g 和阳极电流 I_a。

测量时将电源开关 K1 闭合，如果待测晶闸管 SCR 质量是好的，应呈现"关断"状态。因为控制极在开路时，晶闸管正向不导通，所以电源电压几乎全部加在阳极 A 和阴极 K 之间，此时电路不通，指示灯不亮。若指示灯亮，说明该待测管在控制极开路时，阳极已导通，该晶闸管已损坏。

再按下按钮开关 K2，使阳极 A 与控制极 G 短路，原加在阳极 A 与阴极 K 之间的电压同时也加在控制极 G 与阴极间。若被测晶闸管质量是好的，则立即导通触发，阳极（或控制极 G）与阴极 K 之间的电压迅速降到 1V 左右，同时指示灯两端电压迅速上升，指示灯发光。这时按钮开关 K2 对晶闸管失去控制作用，因为晶闸管正向导通后，去掉控制极电流仍能维持导通，所以这时

K2 断开或闭合时，指示灯均发光。要关断晶闸管必须断开电源开关 K1。若按下按钮开关 K2 时指示灯不亮，或按下 K2 时亮，而放开时不亮，均说明该待测晶闸管已坏。

1.8.2　双向晶闸管

双向晶闸管的结构和符号如图 1.26 所示。它是一个三端五层半导体结构器件，从管芯结构上看，可将其看作是一对单向晶闸管反极性并联。其三个电极分别为主电极 T1、主电极 T2、和门极（控制极）G。

双向晶闸管是正反两个方向都可以控制的晶闸管。不管两个主电极（T1、T2）间的电压如何，正向和反向控制极信号都可以使双向晶闸管导通。双向晶闸管一旦导通，即使失去触发电压，也能继续保持导通状态。只有当 T1、T2 间电流减小至小于维持电流或 T1、T2 间电压极性改变且没有触发电压时，双向晶闸管才截止，此时只有从新加触发电压方可导通。因此，双向晶闸管一般用于调节电压、电流，或用作交流无触点开关。

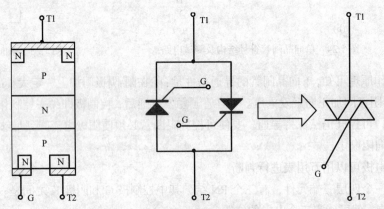

图 1.26　双向晶闸管结构和符号

通常情况下，双向晶闸管的触发方式有 4 种：Ⅰ+、Ⅰ-、Ⅲ+、Ⅲ-。

Ⅰ+ 触发方式：T2 为正，T1 为负，G 相对 T1 为正；

Ⅰ- 触发方式：T2 为正，T1 为负，G 相对 T1 为负；

Ⅲ+ 触发方式：T2 为负，T1 为正，G 相对 T1 为正；

Ⅲ- 触发方式：T2 为负，T1 为正，G 相对 T1 为负。

四种触发方式所需要的触发电流是不一样的，Ⅰ+和Ⅲ-所需要的触发电流较小，而Ⅰ-和Ⅲ+所需要的触发电流较大，一般采用Ⅰ+和Ⅲ-触发方式。

用万用表电阻挡测试双向晶闸管时，可先根据阻值关系判断出 T2 极。方法是将万用表置于 R×1 挡并校准，用一只表笔接假设的 T2 极，另一只表笔分别接其他两个电极，若所测得的阻值均为无穷大，假设的电极即为 T2 极。判断出 T2 极以后，可以采用触发导通的方法进一步判断 T1 极和 G 极。将黑表笔接 T2 极，红表笔接假设的 T1 极，电阻应为无穷大。接着用黑表笔把 T2 极和假设的 G 极短路，给 G 极加正触发信号，管子应导通，阻值应变小（约为 10Ω 左右），将黑表笔与 G 极（假设的）脱离后，阻值若维持较小值不变，说明假设正确；若黑表笔与 G 极脱离后，阻值也随之变为无穷大，说明假设错误，原先假设的 T1 极为 G 极，G 极为 T1 极。

也可将红表笔接 T2 极，黑表笔接假设的 T1 极，电阻也应为无穷大。接着用红表笔把 T2 极和假设的 G 极短路，给 G 极加负触发信号，管子也应导通，阻值应变小，将红表笔与 G 极（假设的），脱离后，阻值若维持较小值不变，说明假设正确；若红表笔与 G 极脱离后，阻值也随之变为无穷大，说明假设错误，原先假设的 Tl 极为 G 极，G 极为 Tl 极。用这种方法也可测出双向晶闸管的好坏。

用上述方法只能测出小功率双向晶闸管的电极及好坏，对于大功率管，由于其正向导通压降和触发电流都相应增大，万用表的 R×1 电阻挡所提供的电压和电流已不足以使其导通，所以不能采用万用表测试。测试大功率双向晶闸管与单向晶闸管的测试方法基本一致，此处不再赘述。

1.9　光电器件

半导体光电器件也叫光电器件，常用的有光敏电阻器、光电二极管、光电三极管、发光二极管、光电耦合器等。

1.9.1　光敏电阻器

光敏电阻器就是对光反应敏感的电阻器，其电阻值随入射光的强弱（光子的多少）而变化。当无光照射时，光敏电阻器的阻值很大；有光照射时阻值变小。光敏电阻器应用于光电自动控制、导弹制导、红外探测、红外通信、紫外线探测等。光敏电阻器常见外形如图 1.27 所示。

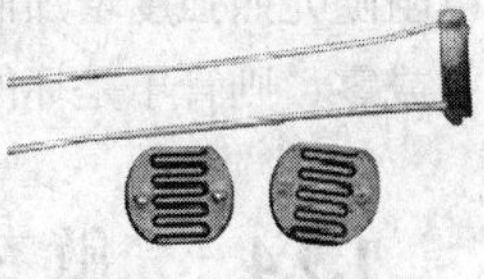

用来制作光敏电阻器的典型材料有硫化镉（CdS）和硒化镉（CdSe）两种。对可见光敏感的硫化镉光敏电阻器是最具代表性的一种。

图 1.27　光敏电阻器

光敏电阻器的主要参数有亮电阻、暗电阻、时间常数、额定功率、最高工作电压等。

光敏电阻器可以用万用表进行检测。其方法是：将万用表置于 R×1kΩ 挡，置光敏电阻于距 25W 白炽灯 50cm 远处（其照度约为 100Lx），直接测量光敏电阻的亮电阻；再在完全黑暗的条件下直接测量光敏电阻的暗电阻。如果亮电阻为数十欧姆至数千欧姆，暗电阻为数兆欧姆至几十兆欧姆，则说明光敏电阻质量良好。

1.9.2　发光二极管

发光二极管是采用磷化镓或磷砷化镓等半导体材料制成的，其内部结构为一 PN 结，具有单向导电性。当在发光二极管的 PN 结上加正电压时，会根据使用材料的不同发出不同颜色的光。如图 1.28 所示。

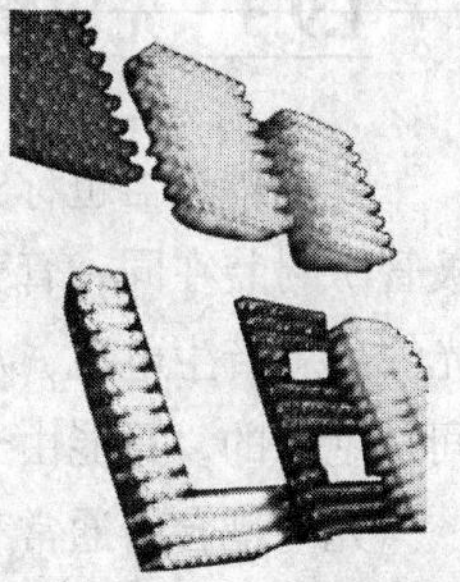

发光二极管的主要参数有最大工作电流、正向电压降、正常工作电流、发光强度和发光波长等。

发光二极管的长引脚为正极，短引脚为负极。用万用表检测时，可参考普通二极管的检测方法，但由于发光二极管的正向导通电压在 1.8V 以上，因此必须使用设有 R×10k 挡、内装 9V 以上电池的万用表进行测量。发光二极管的正向电阻值通常为 20kΩ 左右，反向电阻值

图 1.28　发光二极管

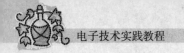

通常为无穷大。检测发光二极管发光性能时，可在发光二极管的一端串接一 300Ω 限流电阻，外加 3V 电压，观察其是否能够正常发光来判断发光二极管的好坏。

发光二极管因其驱动电压低、功耗小、寿命长、可靠性高等优点广泛用于显示电路。此外，LED 照明行业前景也是一片美好。

1.9.3　光敏二极管

光敏二极管又叫光电二极管，是一种根据硅 PN 结受光照后产生光电效应原理制成的特殊二极管，如图 1.29 所示，其作用是将接收到的光信号转换为电信号输出，通常用在自动控制电路中。

光敏二极管是在反向电压下工作，在没有光照时，反向电流很小（一般为 1×10^{-8}A～1×10^{-9}A），称为暗电流；当有光照射时，反向电流迅速增加，这个电流称为光电流。光的强度越大，反向电流也越大。

光敏二极管的主要参数有最高反向工作电压、暗电流、光电流、光电灵敏度、响应时间等。

光敏二极管的检测，可用万用表的 R×1k 挡测量。光敏二极管的

图 1.29　光敏二极管

正向电阻约为 10kΩ 左右，在无光照射时，反向电阻为 ∞，说明管子是好的；有光照射时，反向电阻随光照强度增加而减小，阻值可减小到几千欧姆或 1kΩ 以下，则管子是好的；若反向电阻为 ∞ 或零，则管子是坏的。

1.9.4　光敏三极管

光敏三极管依据光照的强度来控制集电极电流的大小，其功能可等效为一只光敏二极管和一只三极管相连，因此光敏三极管比光敏二极管具有更高的灵敏度。光敏三极管通常只引出集电极和发射极，如图 1.30 所示。

光敏三极管也可用万用表 R×1k 挡测试。用黑表笔接集电极，红表笔接发射极，无光照时，电阻应接近无穷大；随着光照增强，阻值会逐渐变小，光线较强时，阻值可降到几千欧姆或 1kΩ 以下。若将表笔对换，无论有无光照，阻值均应接近无穷大。

图 1.30　光敏三极管

1.9.5　光电耦合器

光电耦合器也称光耦合器，简称光耦。它是将发光元件（发光二极管）与光敏元件（光电三极管）封装在同一管壳内的四端器件。当输入端加电信号时，发光元件发出光线，光敏元件接受光线后就产生电流，从输出端流出，从而实现了"电→光→电"转换。光耦合器的输入和输出之间是绝缘的，只能由光来传输信号，如图 1.31 所示。

光电耦合器通常有两种用途，一是用于电路间的隔离，二是作为非接触式光电传感器使用。

光电耦合器是电流驱动型器件，需要足够大的电流才能使发光元件导通。如果输入信号太小，

则发光元件不会导通，输出信号将失真。光电耦合器的主要技术指标有发光二极管正向压降、正向电流、电流传输比、输入与输出级间的绝缘电阻等。

选用光电耦合器时主要根据用途选用合适的受光部分的类型。受光部分选用光电二极管时，线性度好，响应速度快，约为几十纳秒；硅光电三极管要求输入电流小，$I_F \geqslant 10mA$ 时，线性度较好，响应时间约为 $1\mu s \sim 100\mu s$；达林顿光电三极管适用于开关电路，响应时间为几十微秒至几百微秒，其传输效率高。

图 1.31　光电耦合器

光电耦合器也可用万用表检测，输入部分的检测方法和检测发光二极管的方法相同，输出部分的检测方法与受光器件类型有关，对于输出部分为光电二极管、三极管的，可按光电二极管、光电三极管的检测方法测量。

1.10　集成电路

集成电路是 20 世纪 60 年代发展起来的一种半导体器件，它的英文名称为 Integrated Circuites，缩写为 IC。它是在一块很小的硅单晶片上，利用半导体工艺制作出许多半导体二极管、三极管、电阻器、电容器等元器件，并连接成能完成特定电子技术功能的电子电路，然后封装在一个便于安装的外壳中，常见集成电路的封装形式如图 1.32 所示。

图 1.32　常见集成电路的封装形式

集成电路实现了元器件、电路和系统的三结合。因此具有体积小、重量轻、性能好、功耗小、成本低、适合于大批量生产等特点，同时缩短和减少了连线和焊接点，从而提高了产品的可靠性和一致性。几十年来，集成电路生产技术取得了迅速的发展，集成电路得到了非常广泛的应用。从某种意义上讲，集成电路是衡量一个电子产品是否先进的主要标志。

1.10.1　集成电路的分类

集成电路的种类繁多，且各自有不同的性能特点。不同的划分标准可以有多种具体的分类。按照制造工艺的不同，可以分为半导体集成电路、厚膜集成电路、薄膜集成电路和混合集成电路；

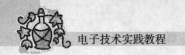

按功能和性质分，可分为数字集成电路、模拟集成电路和微波集成电路；按集成规模可分为小规模、中规模、大规模和超大规模集成电路等。

1. 按照功能分类

（1）数字集成电路

以"开"和"关"两种状态或以高、低电平来对应"1"和"0"二进制数字量，并进行数字的运算、存储、传输及转换的集成电路称为数字集成电路。

数字集成电路中最基本的逻辑关系有"与"、"或"、"非"三种，再由它们组成各类门电路和具有某一特定功能的逻辑电路，如触发器、计数器、寄存器和译码器等。

在实际工程中，最常用的数字集成电路有：以双极型晶体管为基本元件制成的 TTL 数字集成电路、以单极型晶体管为基本元件制成的 CMOS 场效应管型数字集成电路。

常用的双极型数字集成电路有 54 系列、74 系列；常用的 CMOS 型数字集成电路有 4000 系列、54/74HC×××系列、54/74HCT×××系列、54/74HCU×××系列四大类。

（2）模拟集成电路

用来产生、放大和处理各种模拟信号的集成电路称为模拟集成电路。模拟集成电路具有精度高、种类多、通用性小的特点。

模拟集成电路按用途可分为集成运算放大器、直流稳压器、功率放大器及专业集成电路等。模拟集成电路还可分为线性集成电路和非线性集成电路两种。

① 线性集成电路。线性集成电路是指输入、输出信号呈线性关系的集成电路。这类集成电路的型号很多，功能多样，最常见的是各类运算放大器。线性集成电路在测量仪器、控制设备、电视、收音机、通信和雷达等方面得到了广泛应用。

② 非线性集成电路。非线性集成电路是指输出信号随输入信号的变化不成线性关系，但也不是开关性质的集成电路。非线性集成电路大多是专用集成电路，其输入、输出信号通常是模拟—数字、交流—直流、高频—低频、正—负极性信号的混合，很难用某种模式统一起来。常用的非线性集成电路有用于通信设备的混频器、振荡器、检波器、鉴频器、鉴相器，用于工业检测控制的模—数隔离放大器、交—直流变换器、稳压电路，以及各种家用电器中的专用集成电路。

（3）微波集成电路

工作在 100MHz 以上的微波频段的集成电路，称为微波集成电路。它是利用半导体和薄、厚膜技术，在绝缘基片上将有源、无源元件和微带传输线或其他特种微型波导联系成一个整体构成的微波电路。

微波集成电路具有体积小、重量轻、性能好、可靠性高和成本低等特点，在微波测量、微波地面通信、导航、雷达、电子对抗、导弹制导和宇宙航行等重要领域得到了广泛应用。

2. 按集成规模分类

集成度少于 10 个门电路或少于 100 个元件的，称为小规模集成电路；集成度在 10～100 个门电路之间，或者元件数在 100～1 000 个之间的称为中规模集成电路；集成度在 100 个门电路以上或 1000 个元件以上，称为大规模集成电路；集成度达到 1 万个门电路或 10 万个元件的，称为超大规模集成电路。

1.10.2 集成电路的型号与命名

近年来，集成电路的发展十分迅速，特别是中、大规模集成电路的发展，使各种功能的通用、专用集成电路大量涌现。而国际上对集成电路型号的命名尚无统一标准，各生产厂商都按自己所规定的方法对集成电路进行命名。因此，在使用国外集成电路时，应该查阅手册或有关产品型号对照表，以便正确选用器件。

根据国家标准规定，国产集成电路的型号命名由五部分组成，如表 1.12 所示。

表 1.12　　　　　　　　　　　　　国产集成电路的型号命名

第一部分：国标		第二部分：电路类型		第三部分：电路系列和代号	第四部分：温度范围/℃		第五部分：封装形式	
字母	含义	字母	含义		字母	含义	字母	含义
C	中国制造	B	非线性电路	用数字或数字与字母混合表示集成电路系列和代号	C	0～70	B	塑料扁平
		C	CMOS 电路				C	陶瓷芯片载体封装
		D	音响、电视电路		G	−25～70	D	多层陶瓷双列直插
		E	ECL 电路				E	塑料芯片载体封装
		F	线性放大器					
		H	HTL 电路		L	−25～85	F	多层陶瓷扁平
		J	接口电路				G	网络阵列封装
		M	存储器					
		W	稳压器		E	−40～85	H	黑瓷扁平
		T	TTL 电路				J	黑瓷双列直插封装
		μ	微型机电路				K	金属菱形封装
		AD	A/D 转换器		R	−55～85	P	塑料双列直插封装
		DA	D/A 转换器					
		SC	通信专用电路		M	−55～125	S	塑料单列直插封装
		SS	敏感电路				T	金属圆形封装

命名示例：

① 肖特基 TTL 双四输入与非门。

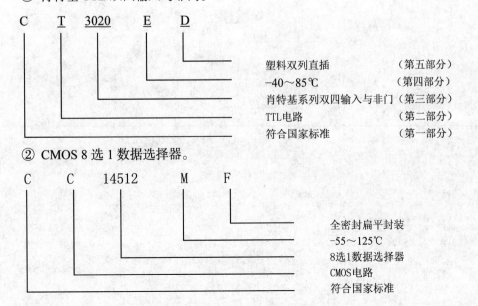

C　T　3020　E　D

塑料双列直插　　　　　　　（第五部分）
−40～85℃　　　　　　　　（第四部分）
肖特基系列双四输入与非门（第三部分）
TTL电路　　　　　　　　　（第二部分）
符合国家标准　　　　　　　（第一部分）

② CMOS 8 选 1 数据选择器。

C　C　14512　M　F

全密封扁平封装
−55～125℃
8选1数据选择器
CMOS电路
符合国家标准

1.10.3　集成电路的选用和使用注意事项

集成电路的种类五花八门，各种功能的集成电路应有尽有。在选用集成电路时，应根据实际情况，查器件手册，选用功能和参数都符合要求的集成电路。集成电路在使用时，如使用不当，极易损坏。特别是 CMOS 集成电路的栅极和基极间的二氧化硅绝缘层，厚度仅为 $0.1\mu m \sim 0.2\mu m$，而 CMOS 电路的输入阻抗很高、输入电容又很小，当不太强的静电加在栅极时其电场强度将超过 $10^5 V/cm$，这样强的电场极易造成栅极击穿，导致永久性损坏。因此，使用集成电路应注意以下事项。

① 首先要根据引脚排列次序规律或产品手册确定集成电路的引脚。

② 集成电路在使用时，不许超过参数手册中规定的参数数值。

③ 扁平型集成电路外引出线成型、焊接时，引脚要与印制电路板平行，不得穿引扭焊，不得从根部弯折。

④ CMOS 集成电路焊接时，宜使用 20W 内热电烙铁，电烙铁外壳应接地。为安全起见，也可先拔下电烙铁插头，利用余热进行焊接，每次焊接的时间不得超过 5 秒。

⑤ 电路操作者的工作服、手套等应由无静电的材料制成。工作台上要铺上导电的金属板，椅子、工夹器具和测量仪器等均应接到地电位。

⑥ 当要在印制电路板上插入或拔出大规模集成电路时，一定要先切断电源。

⑦ 切勿用手触摸大规模集成电路的端子（引脚）。

⑧ CMOS 集成电路所有不使用的输入端不能悬空，应按工作性能的要求接电源或接地。

⑨ 在存储 CMOS 集成电路时，必须将集成电路放在金属盒内或用金属箔包装。

⑩ TTL 集成电路电源范围很窄，一般为 4.5V～5.5V，典型值 Vcc=5V，使用时不得超出规定范围。

第2章

常用电子仪器仪表

2.1 模拟式万用表

2.1.1 模拟式万用表介绍

1. 模拟式万用表的测量内容

模拟式万用表可用来测量以下参数：直流电压、直流电流、交流电压、电阻、电感、电容、三极管直流放大系数等。

2. 模拟式万用表主要性能

（1）准确度

万用表的指示值与标准值之间的基本误差值。国标规定有 7 个等级，它们是 0.1、0.2、0.5、1.0、1.5、2.5、5.0。通常万用表主要有 1.0、1.5、2.5、5.0 4 个等级。

（2）电压灵敏度（简称灵敏度）

电压灵敏度是指测量电压与满量程电压之比。此数值越高，表明万用表的测量结果就越准确。此数值一般标注在万用表的表盘上。常用万用表的灵敏度一般为 10kΩ/V 或 20kΩ/V。

（3）频率特性

模拟式万用表测量交流电时，有一定的频率范围，如超出其规定的频率范围，就不能保证其测量准确度，一般为 45Hz～2 000Hz。

3. 模拟式万用表的类型

（1）按万用表的外形分类

按外形分类，万用表可分为袖珍式万用表、薄型万用表及便携式万用表。

（2）按万用表的功能分类

按功能分类，万用表可分为多功能万用表及简易型万用表。

4. 模拟式万用表的面板、表盘及内部线路结构

现以 MF47 为例进行说明，如图 2.1、图 2.2 所示。

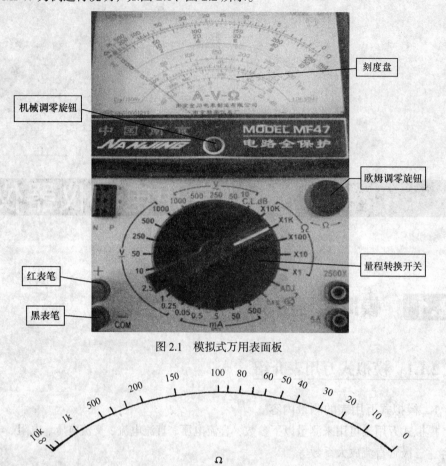

图 2.1　模拟式万用表面板

图 2.2　模拟式万用表电阻挡刻度线

　　模拟式万用表的面板包括表头、表盘、转换开关、机械调零旋钮和电阻挡调零旋钮、表笔插孔。表头是万用表的重要组成部分，决定了万用表的灵敏度。表盘由多种刻度线以及带有说明作用的各种符号组成。表盘上的符号 A—V—Ω 表示这只表是可以测量电流、电压和电阻的多用表。表盘上印有多条刻度线，其中右端标有"Ω"的是电阻刻度线，其右端表示零，左端表示∞，刻度值分布是不均匀的。符号"—"表示直流，"～"表示交流。h_{FE} 表示晶体管。转换开关用来选择被测电量的种类和量程（或倍率），是一个多挡拉的旋转开关。机械调零旋钮的作用是调整表针静止时的位置。表笔分为红、黑两支。使用时应将红色表笔插入标有"+"号的插孔中，黑色表笔插入标有"—"号的插孔中。

5. 模拟式万用表的使用注意事项

　　① 使用前必须把转换开关转到与测量量程相应的位置，否则可能烧毁万用表。

　　② 用完万用表之后，一定要把转换开关转到直流电压或交流电压中最高量程挡上，以免下次使用万用表时不小心损坏。

　　③ 携带或搬运万用表时，不要使万用表受到强烈冲击和震动，以免线圈或游丝等受损。

　　④ 如果万用表长期不使用，应把电池取出，以免电池漏液腐蚀表内元器件。

⑤ 当电阻挡不能调零时，应更换电池，否则会使测量误差过大。

2.1.2 模拟式万用表的使用

1. 电压挡的使用方法

（1）测量直流电压

① 选择合适的量程。

② 将万用表并联到被测电路的两端。

③ 选择合适的刻度线及读取实测数值。刻度线的选择应据所测电压值的大小进行选择。从刻度线读取的数与实测数是两个概念，两者有时相同，有时不相同。当读数不相同时其实测的数值为：

$$实测数值 = 读取的刻度数 \times \frac{所选量程}{满刻度数}$$

④ 当测量高电压时，应将表笔插入标有高电压数值的插孔内，量程开关应置于相应的位置。

⑤ 如要测量电视机回扫变压器输出的 25kV 左右的高压时，应采用与万用表相配的高压探头进行测量。

（2）测量交流电压

与直流电压的测量方法基本相同，但应考虑被测交流电压的频率不得超过万用表所允许的频率范围。

2. 直流电流挡的使用方法

① 测量电流时应将万用表串联到被测电路中。串联时应使被测电流从红表笔流入，从黑表笔流出；也就是说红表笔接被测电路的正极，黑表笔接被测电路的负极。

② 如不知被测电流的大小，应选用最大的电流量程挡进行测试，待测到大概范围之后，再选择合适的量程。

③ 测量直流电流时要根据被测电流的大小选择合适的量程。

④ 要选标有直流电流符号的刻度线去读测量值。

3. 电阻挡的使用方法

（1）电阻挡的刻度线

电阻挡的刻度线，如图 2.3 所示，是非线性的，即刻度线是不均匀的，并与其他刻度线反向。而电压、电流等的刻度线是均匀的。

（2）电阻挡的量程

电阻挡一般都设有 5 个量程，使用时根据被测电阻的大小进行选择。

（3）电阻挡的读数方法

读取测量数值的方法是：指针在 Ω 刻度线的读数乘以所采用量程挡位的倍率，就是被测电阻的电阻值。

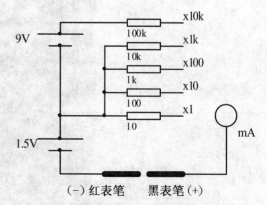

图 2.3 模拟式万用表欧姆挡电路示意图

（4）电阻挡的调零方法

其方法是：将红、黑表笔短路，然后调整"电阻调零旋钮"使指针指到 0Ω 位置即可。

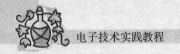

2.2 数字万用表

数字万用表与模拟式万用表相比,其准确度、分辨力和测量速度等方面都有着极大的优越性。下面以常见的 VC9801 为例介绍数字万用表的使用方法。

VC9801 数字万用表由液晶显示屏、量程转换开关和测试插孔等组成,最大显示数字为±1 999,为 3 位半数字万用表。VC9801 数字万用表有较宽的电压和电流测量范围。直流电压为 0～1 000V,交流电压为 0～700V,交直流电流均为 0～20A。

1. 数字万用表的种类

按工作原理（即按 A/D 转换电路的类型）分有：比较型、积分型、V/T 型、复合型。使用较多的是积分型,其中 3 位半的数字万用表的应用最为普遍。

2. 数字万用表的特点

数字万用表的特点有：读数清晰、准确、使用方便、准确度高、分辨力高 、测量速率快 、自动化和智能化程度很高 、具有完善的保护电路 、输入阻抗高 、测量参数多。

3. 数字万用表的基本结构

数字万用表主要由直流数字电压表（DVM）和功能转换器构成,其中数字电压表由数字部分及模拟部分构成,主要包括 A/D（模拟/数字）转换器、显示器（LCD）、逻辑控制电路等。

4. 数字万用表的技术特性

要查阅各种数字万用表的使用说明书。数字万用表的技术特性主要有：测量准确度,测量范围,测量速率,输入阻抗,测试功能齐全,量程,显示位数,分辨力、与分辨率,保护功能。

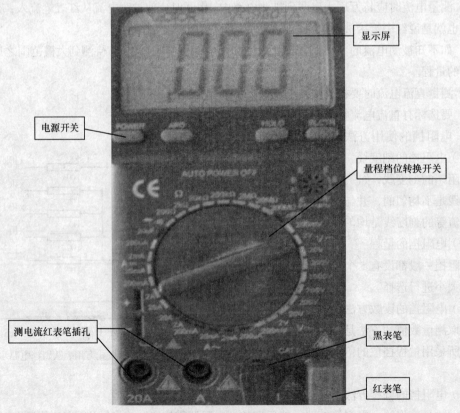

图 2.4　数字万用表面板

5.　数字万用表的使用

（1）数字万用表的面板

数字万用表的面板如图 2.4 所示。

（2）电阻挡的使用方法

① 使用电阻挡时应注意的问题及操作方法：

a）测量电阻时，应将红表笔插入 V/Ω 插孔，黑表笔插入 COM 插孔；

b）将量程开关置于"Ω"的范围内并选择所需的量程位置；

c）打开万用表的电源，对万用表进行使用前的检查：将两表笔短接，显示屏应显示 0.00Ω；将两表笔开路，显示屏应显示溢出符号"1"。以上两个显示都正常时，表明该表可以正常使用，否则将不能使用。

d）检测时将两表笔分别接被测元器件的两端或电路的两端即可。

② 在测试时若显示屏显示溢出符号"1"，表明量程选的不合适，应改换更大的量程进行测量。

③ 在测试中若显示值为"000"，表明被测电阻已经短路，若显示值为"1"（量程选择合适的情况下）表明被测电阻器的阻值为∞。

（3）电压挡的使用

使用电压挡应注意以下几点。

① 选择合适的量程，当无法估计被测电压的大小时，应先选最高量程进行测试。

② 测量电压时，万用表要与被测电路并联。

③ 在万用表的低电压位上会出现无规律变化的数字跳跃现象，此现象为正常现象。

④ 测量较高的电压时，不论是直流，还是交流都要禁止拨动量程开关。

⑤ 测量电压时不要超过所标识的最高值。

⑥ 在测量交流电压时，最好把黑表笔接到被测电压的低电位端。

⑦ 数字万用表虽有自动转换极性的功能，为避免测量误差的出现，进行直流测量时，应使表笔的极性与被测电压的极性相对应。

⑧ 被测信号的电压频率最好在规定的范围内，以保证测试的准确度。

⑨ 当测量较高的电压时，不要用手直接去碰触表笔的金属部分。

⑩ 测量电压时，若万用表的显示屏显示溢出符号"1"时，说明已发生超载。当万用表的显示屏显示"000"或数字的跳跃现象时，应及时更换挡位。

直流电压的实操方法。

① 将红表笔插入 V/Ω 插孔，黑表笔插入 COM 插孔。

② 将量程开关置于 DCV 挡的合适量程上。

交流电压的实操方法。

① 将红表笔插入 V/Ω 插孔中，黑表笔插入 COM 插孔中。

② 量程开关置于 ACV 挡的合适量程位上。

（4）电流挡的使用

使用电流挡应注意以下几个问题。

① 应把数字万用表串联到被测电路中，表笔的极性可以不考虑。

② 如果被测电流大于 200mA 时应将红表笔插入 20A 插孔。

③ 如显示屏显示溢出符号"1"，表示被测电流已大于所选量程，这时应改换更高的量程。

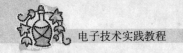

④ 在测量电流的过程中，不能拨动量程转换开关。

使用直流电流挡的操作方法。

① 将量程开关置于 DCA 或 A 挡的合适量程。

② 将红表笔置于 A 或 mA 插孔，黑表笔置于 COM 插孔。

使用交流电流挡的实操方法。

① 将红表笔置于 mA 或 20A 插孔，黑表笔置于 COM 插孔。

② 将量程开关置于 ACA 或 A～挡合适的量程。

（5）二极管挡的使用

① 使用二极管挡时，显示屏所显示的值是二极管的正向压降值，其单位为 mV。

② 正常情况下硅二极管的正向压降为 0.5V～0.7V，锗二极管的正向压降为 0.15V～0.3V。根据这一特点可以判断被测二极管是硅管，还是锗管。

③ 检测普通二极管好坏的方法：将红表笔接被测二极管的正极；黑表笔接测二极管的负极；将数字万用表的开关置于 ON，此时显示屏所显示的就是被测二极管的正向压降。如果被测二极管是好的，正偏时，硅二极管应有 0.5V～0.7V 的正向压降，锗二极管应有 0.15V～0.3V 的正向压降。反偏时，硅二极管与锗二极管均显示溢出符号"1"；测量时，若正反向均显示"000"，表明被测二极管已经击穿短路；测量时，若正反向均显示溢出符号"1"，表明被测二极管内部已经开路。

2.3 函数信号发生器

本节以 YB1602 函数信号发生器为例进行介绍。

1. 主要用途

YB1602 函数信号发生器是一种多功能、6 位数字显示的信号发生器。可产生正弦波、三角波、方波、对称可调脉冲波和 TTL 脉冲波。其中正弦波具有最大为 10W 的功率输出，并具有短路报警保护功能。YB1602 函数信号发生器还具有 VCF 输入控制、直流电平连续调节和频率计外接测频等功能。

2. 主要技术特性

① 频率范围。电压输出时的频率范围：0.2Hz～2MHz 分七挡。正弦波功率输出时的频率范围：0.2Hz～200kHz。

② 输出波形主要有：正弦波、三角波、方波、脉冲波、TTL。

③ 方波前沿小于 100ns。

④ 正弦波失真：10Hz～100Hz<1%；频率响应：0.2Hz～100kHz≤±0.5dB、100kHz～2MHz≤±1dB。

⑤ TTL 输出　电平：高电平大于 2.4V，低电平小于 0.4V，能驱动 20 只 TTL 负载。上升时间：小于等于 40ns。

⑥ 电压输出阻抗：50Ω±10%。幅度：小于等于 20Vp-p（空载）。

衰减：20dB、40dB、60dB。

直流偏置：0～±10V，连续可调。

正弦波输出功率：10Wmax（f≤100kHz）、5Wmax（f≤200kHz）。

输出幅度：小于等于 20 Vp-p。

保护功能：输出端短路时报警，切断信号并具有延时恢复功能。

⑦ 脉冲占空比调节范围：80：20～20：80 f≤1MHz。

⑧ VCF 输入电压：-5V～0V，最大压控比：1 000：1，输入信号：DC～1kHz。

⑨ 频率计。测量范围：1Hz～2MHz，6 位 LED 数字显示。

输入阻抗：不小于 1MΩ/20pF。灵敏度：100mV。

最大输入：150V（AC + DC）（带衰减器）。

输入衰减：20dB。

测量精度：5 位，±1%，±1 个字。

3. 面板标识说明及功能

YB1602 函数信号发生器的面板标识如图 2.5 所示。面板标识说明及功能介绍如下。

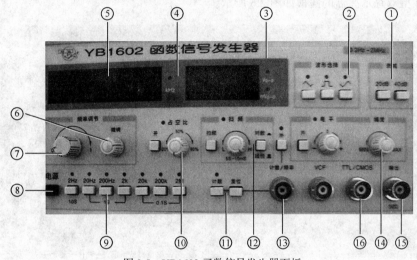

图 2.5 YB1602 函数信号发生器面板

① 衰减（dB）：按下此按钮可产生 20dB 或 40dB 的衰减；若两只按钮同时按下，则可产生 60dB 的衰减。

② 波形选择：可以进行输出波形的选择，当选择矩形波时，与⑩配合使用可以改变脉冲占空比。

③ 输出波形显示。

④ Hz、kHz：指示频率单位，灯亮时有效。

⑤ 数字 LED：所有内部产生频率或外测时的频率均由此 6 个 LED 显示。

⑥ 频率微调：微调工作频率。

⑦ 频率调节：选择工作频率。

⑧ 电源：按下电源开关接通，频率计显示。

⑨ 频率输出范围选择按键。

⑩ 占空比：当②选择脉冲时，改变此按键可以改变脉冲的占空比。

⑪ 计数、复位开关：按计数键，LED 显示开始计数；此时，按复位键，LED 显示清零。计数键弹出，LED 显示输出信号频率。

⑫ 扫频：按入扫频开关，电压输出端口输出信号为扫频信号，调节速率旋钮，可改变扫频速率，改变线性、对数开关可产生线性扫频和对数扫频。

⑬ 计数输入：对外测量频率时，信号从此输入。

⑭ 幅度：调节幅度按键可以同时改变电压输出和正弦波功率输出幅度。

⑮ 电压输出：电压输出波形由此输出，阻抗为 50Ω。

⑯ 同步输出：输出波形为 TTL 脉冲，可作同步信号。

2.4 YB4320型双踪示波器

2.4.1 双踪示波器旋钮和开关的作用

YB4320 型双踪示波器的面板如图 2.6 所示。

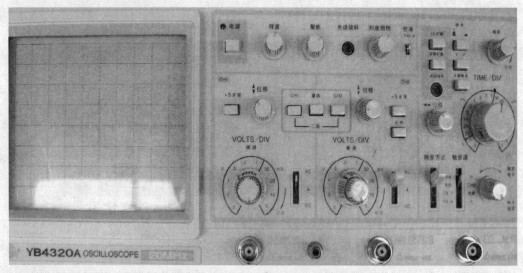

图 2.6 YB4320 型双踪示波器面板

1. 电源及示波管控制系统

① 电源开关：接通、断开电源。

② 辉度旋钮：此旋钮用来调节光迹亮度，顺时针方向旋转，亮度增加；反之，亮度减小。

③ 刻度照明旋钮：调节嵌在显示盘内的四只指示灯亮度，以便观察刻度盘读数。

④ 聚焦旋钮：用来调节光迹及波形的清晰度。

⑤ 扫迹旋转：控制扫描线与水平刻度线平行。

⑥ ⊥：接地符号。指输入信号源与本仪器连接时的接地端。

2. 垂直系统

① MODE：垂直通道方式选择开关，选择垂直通道工作方式。以下方式可供选择：

CH1 显示通道 1 的信号；CH2 显示通道 2 的信号；CH1、CH2 同时按下两通道的信号双踪显示。在这一方式下，将扫描速度置于低于 0.5ms/格范围时为断续显示，置于高于 0.2ms/格范围时为交替显示。

在此方式下工作时，示波管显示屏上显示通道 1 和通道 2 输入端的信号的代数和。通道 2 区域内的"极性"开关可使显示结果为 CH1 + CH2 或 CH1−CH2。

② 位移（POSITION）：控制所显示波形在垂直方向移动。顺时针方向旋转波形上移，逆时针方向旋转波形下移。

③ VOLTS/DIV：垂直灵敏度选择开关，该开关按 1-2-5 序列分 11 挡选择垂直偏转灵敏度，使显示的波形置于一个易于观察的幅度范围。要获得校正的偏转灵敏度。位于开关中心的"微调"旋钮必须置于校正（右旋到底）位置。当 10∶1 探头连接于示波器的输入端时，荧光屏上的读数要乘以 10。

④ VARIABLE：微调旋钮，位于"VOLTS/DIV"开关中心，提供在"VOLTS/DIV"开关各校正挡位之间连续可调的偏转灵敏度，常用于示波器的校准过程。

⑤ INPUT：垂直输入插座，通道 1、通道 2 偏转信号的输入端。

⑥ ×5 扩展：控制显示扫描速度扩展 5 倍。

⑦ AC-GND-DC：耦合方式选择开关。

AC：在此方式时，信号经过一个电容器输入，输入信号的直流分量被隔离，只有交流分量被显示。

GND：在此方式时，垂直轴放大器输入端接地。

DC：在此方式时，输入信号直接送至垂直轴放大器输入端而显示，包含信号的直流成分。

⑧ INV/NORM：极性转换开关，用以转换通道 2 显示信号的极性。当按钮处于按下位置时输入到 CH2 的信号极性被倒相。

3. 水平系统

① 位移（POSITION）：此旋钮用于调整扫描线在水平方向上移动，顺时针旋转时，扫描线向右移动；反之扫描线向左移动。

② ×5 扩展：控制显示扫描速度扩展 5 倍。

③ TIME/DIV：水平扫描速度开关，以 1-2-5 顺序分 18 级选择扫描速度。要得到校正的扫描速度。位于 TIME/DIV 开关中央的"微调"旋钮必须置于校正（右旋到底）位置。

④ VARIABLE：微调旋钮，位于 TIME/DIV 开关中央，提供在"TIME/DIV"开关各校正挡位之间连续可调的扫描速度。

⑤ SOURCE：触发源选择，用来选择触发信号。

⑥ CH1/CH2：置于这两个位置时为内触发。当"垂直方式选择"开关置于双踪时，下列信号被用于触发；当触发源开关处于 CH1 位置时，连接到 CH1 INPUT 端的信号用于触发；当触发源开关处于 CH2 位置时，连接到 CH2 INPUT 端的信号用于触发；当"垂直方式选择"开关置于 CH1 或 CH2 时，触发信号源开关的位置也应相应置于 CH1 或 CH2。

⑦ EXT：外触发信号加到外触发输入端作为触发源。外触发用于垂直方向上的特殊信号的触发。

⑧ LEVEL/SLOPE：电平/触发极性旋钮，此旋钮通过调节触发电平来确定扫描波形的起始点，亦能控制触发开关的极性。按进去时为正极性，拉出时为负极性。

⑨ SWEEP MODE：扫描方式。有以下几种方式。

"AUTO"：扫描可由重复频率 50Hz 以上和在"耦合方式"开关确定的频率范围内的信号所触发。当"电平"旋钮旋至触发范围以外或无触发信号加至触发电路时，由自激扫描产生一个基准扫描线。

"NORM"：扫描可由"耦合方式"开关所确定的频率范围内的信号触发。当"电平"旋钮旋至触发范围以外或无触发信号加至触发电路时，扫描停止。

"COUPLING"：耦合方式，选择引入触发信号的耦合方式。

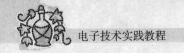

"AC（EXT DC）"：选择内触发时为交流耦合，选择外触发时为直流耦合。

"TV—V"：这种耦合方式通过积分电路选出全电视信号的场同步脉冲，适合测量全电视信号。

⑩ INPUT：输入插座，外触发信号或外水平信号输入端。

⑪ CALOUT（0.3V）：校正信号输出端。

2.4.2　双踪示波器的基本操作方法

1. 准备

① 确认所用市电电压符合本仪器电压范围。

② 断开"电源"开关，把附带的电源线接到交流电源输入插口和电源插座上。

③ 将下列控制器置于相应的位置：垂直"POSITION"：中间位置。水平"POSITION"：中间位置。辉度：顺时针旋到底。垂直"MODE"：CH1。扫描方式"SWEEP MODE"：AUTO。"TIME/DIV"：1ms。扫描长度"SWEEP LENGTH"：顺时针旋到底。

④ 接通"电源"开关。大约 15s 后，出现扫描线。

2. 聚焦

① 调节垂直"位移"旋钮，使扫描线移至荧光屏观测区域的中央。

② 用"辉度"旋钮将扫描线的亮度调至所需要的程度。

③ 调节"聚焦"旋钮，使扫描线清晰。

3. 加入信号触发

① 将下列控制器置于相应的位置：垂直方式：CH1；AC-GND-DC（CH1）：DC；V/DIV（CH1）：5mV；微调（CH1）：CAL；耦合方式：AC；触发源：CH1。

② 用附带的探头将"校正输出"信号连接到通道 1 输入端。

③ 将探头衰减比置于 ×10，调节"电平"旋钮使仪器触发。

2.4.3　双踪示波器的测量方法

1. 电压测量

（1）定量测量

将"VOLTS/DIV"开关中间的微调旋钮置于校准位置，就可进行电压的定量测量。测量值可由以下公式计算。

① 用探头的 ×1 位置测量：电压（V）= "VOLTS/DIV"设定值（V/格）×输入信号显示幅度（格）。

② 用探头的 ×10 位置测量：电压（V）= "VOLTS/DIV"设定值（V/格）×输入信号显示幅度（格）×10。

（2）直流电压测量

① 置"扫描方式"开关于"AUTO"，选择扫描速度使扫描不发生闪烁现象。

② 置"AC-GND-DC"开关于 GND。调节垂直"位移"使该扫描线准确地落在水平刻度线上。

③ 置"AC-GND-DC"开关于 DC，并将被测电压加至输入端。扫描线的垂直位移即为信号

的电压幅度。如果扫描线上移，被测电压相对于地电位为正。如果扫描线下移，该电压为负。电压值可用上面公式求出。

例如：将探头衰减比置于×10，垂直偏转因数 VOLTS/DIV 置于"0.5V/格""微调"旋钮置于校正 CAL 位置，所测得的扫迹偏高 5 格，根据公式，被测电压为 0.5V/DIV × 5DIV × 10 = 25V

（3）交流电压测量

按下述方法进行电压波形的测量：调节"VOLTS/DIV"开关，以获得一个易于读取的信号幅度，从图 2.7 读出该幅度并用公式计算。当测量叠加在直流电上的交流波形时，将"AC-GND-DC"开关置于 DC 时就可测出包括直流分量的值。如仅测量交流分量，则将该开关置于 AC。按这种方法测得的值为峰峰值（$U_{\text{p-p}}$）。正弦波信号的有效值（U_{rms}）可用下式求出。

$$U_{\text{rms}} = （U_{\text{p-p}}）/2\sqrt{2}$$

5V/DIV

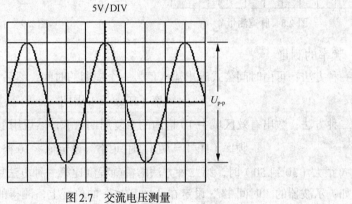

图 2.7　交流电压测量

2. 时间的测量

信号波形两点间的时间间隔可用下述方法算出：

置"TIME/DIV"微调旋钮于 CAL，读取"TIME/DIV"以及"×5 扩展"开关的设定值，用下式计算：

时间（s）= "时间/格"设定值 × 对应于被测时间的长度（格）× "5 倍扩展"设定值的倒数。

此处"5 倍扩展"设定值的倒数在扫描未扩展时为 1，当扫描扩展时是 1/5。

（1）脉冲宽度测量

脉冲宽度基本测量方法如下。

① 调节脉冲波形的垂直位置，使脉冲波形的顶部和底部距刻度水平中心线的距离相等，如图 2.8 所示。

② 调整"时间/格"开关，使信号易于观测。

③ 读取上升和下降沿中点间的距离，即脉冲沿与水平刻度线相交的两点的距离。用公式计算脉冲宽度。

例如，在没使用扫描扩展时，测一脉冲电压信号，调整"时间/格"开关，并设定在 20μs/格，读上升和下降沿中点间的距离为 2.5 格，则该电压信号的脉冲宽度为

20μs/格 × 2.5 格 = 50μs

（2）上升（或下降）时间的测量

脉冲上升（或下降）时间的测量如下进行。

① 调节脉冲波形的垂直与水平位置，方法与脉冲宽度测量规程相同。

② 在图 2.9 中读取上端 10%点至下端 10%点之间的距离 T 并按公式计算时间即可。

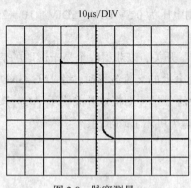

图 2.8　脉宽测量

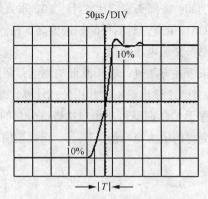

图 2.9　上升（或下降）时间测量

3. 频率的测量

第一种方法：可由时间公式求出输入信号一个周期的时间，然后用下式求出频率。

$$频率（Hz）= 1/周期$$

第二种方法：数出有效区域中 10 格内的重复周期数 N，然后用下式计算频率。

$$频率（Hz）= N/（"时间/格"设定值 \times 10 格）$$

当 N 很大（30 到 50）时，第二种方法的精确程度比第一种方法更高。

例如：示波器的"时间/格"设定在"10μs/格"的位置上，测得的波形如图 2.10 所示，10 格内重复周期 $N = 40$，则该信号的频率为：

$$频率 = 40/（10μs/格 \times 10（格））= 400kHz$$

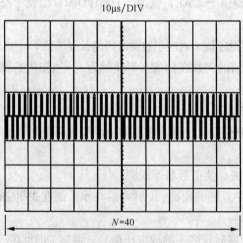

图 2.10　频率的测量

4. 相位的测量

对于两个信号间相位差的测量是利用双踪显示功能。如图 2.11 所示给出了一个具有相同频率的超前和滞后正弦波双踪显示的例子。在此情况下，"触发源"开关必须置于连接超前信号的通道，同时调节"时间/格"开关，使所显示的正弦波一个周期的长度为 6 格。此时，1 格刻度代表波形相位为 60°（周期 = 2π = 360°），两个信号之间的相位差可由下式计算出来。

$$相位差（度）= T（格）\times 60°$$

这里，T 是超前和滞后信号与刻度水平中心线相交的两点间的距离。

例：如图 2.11 所示的波形，相位差 = 1.5 格 × 60°≅90°。

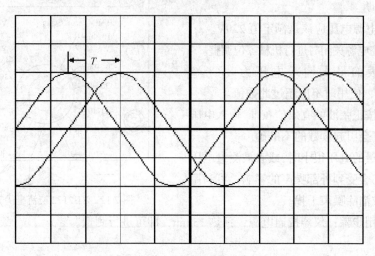

图 2.11　相位测量

2.5　交流毫伏表

以 YB2172 型交流毫伏表为例，介绍如下。

1. 主要技术特性

① 交流电压测量范围：100μV～300V。

② 输入电阻：1～300mV 时，为 8MΩ±10%；1～300V 时，为 10MΩ±10%。

③ 输入电容：1～300mV 时，小于 45pF；1～300V 时，小于 30pF。

④ 输入最大电压：AC 峰值 + DC = 600V。

⑤ 放大器。输出电压：在每一个量程上，当指针指示满刻度"1.0"位置时，输出电压应为 1V（输出端不接负载）；频率特性：10Hz～500kHz；输出电阻：600Ω。

⑥ 电源：220V。

2. 面板布置

YB2172 型交流毫伏表的面板图如图 2.12 所示。

① 表头。

② 调零螺丝：未接通电源前，用一个绝缘起子调节机械零调螺丝，使指针指零。

③ "电源"开关：接下电源开关，电源即被接通。

④ 输入：该端用来输入被测量电压。

⑤ "量程"旋钮：这个旋钮是用来选择满刻度值，在每一挡的位置上，满刻度的电压值是用黑色表明的，而 0dB 刻度的有效电平值为 1V。

⑥ 输出：当交流毫伏表用来作为一个放大器时，这是个"信号"输出端。在量程开关每一挡的位置上，当表头指示是满刻度"1.0"位置时，得到 1V 有效值电压。

⑦ 指示灯：当按下电源开关后，指示灯即亮。

3. 使用说明

① 仪器的电源电压应该是额定值 220V。

② 仪器应在电源关闭时进行机械零位调整。

③ 该仪表的最大输入电压为 AC 峰值 + DC = 600V，使用时不应超过此数值。

④ 该仪表按正弦波的有效值校准，输入电压波形的谐波失真会引起读数的不准确。

⑤ 当被测量的电压很小时，或者被测量电压源阻抗很高时，会受到外部噪声的影响。可利用屏蔽电缆减小或消除噪声干扰。

⑥ 仪器使用步骤：仪器接通电源，预热 15min，即可进行测量。

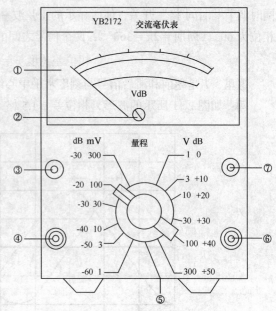

图 2.12　YB2172 交流毫伏表面板图

2.6　YB4810A 晶体管特性图示仪

图 2.13　YB4810A 晶体管特性图示仪面板图

YB4810A/YB4811 型晶体管特性图示仪是一种用阴极射线示波管显示半导体器件的各种特性曲线，并可测量其静态参数的测试仪器。尤其能在不损坏器件的情况下，测量其极限参数，如击穿电压、饱和压降等。因此该仪器广泛地应用于与半导体器件有关的各个领域。

1. 主要技术指标

（1）y 轴偏转系数

集电极电流范围（I_C）：10μA/div～0.5A/div 分 15 挡，误差不超过±5%。

二极管反向漏电流（I_R）：0.2μA/div～5μA/div 分 5 挡；

         2μA/div、5μA/div　误差不超过±5%；

         1μA/div　　误差不超过±7%；

        0.5　μA/div　误差不超过±10%；

        0.2　μA/div　误差不超过±20%。

外接输入：0.1V/div 误差不超过±5%。

（2）x 轴偏转系数

集电极电压范围（Vce）：YB4810A：0.1V/div～50V/div 分 9 挡，误差不超过±5%；

YB4811：0.1V/div～50V/div 分 12 挡，误差不超过±5%。

基极电压范围（Vbe）：0.1V/div～5V/div 分 6 挡，误差不超过±5%。

外接输入：0.05V/div 误差不超过±7%。

（3）阶梯信号

阶梯电流范围：0.1μA/级～50mA/级，分 18 挡；

      1μA/级～50mA/级，误差不超过±5%；

     0.1　μA/级～0.5μA/级，误差不超过±7%。

阶梯电压范围：0.05V/级～1V/级，分 5 挡，误差不超过±5%。

串联电阻：10Ω、10kΩ、0.1MΩ 分 3 挡，误差不超过±10%。

每簇级数：4～10 级连续可调。

（4）集电极扫描电源或高压二极管测试电源

峰值电压与峰值电流容量如表 2.1 所示，其最大输出不低于下表。

挡级	198V	220V	242V
0～10V 挡	0～9V/5A	0～10V/5A	0～11V/5A
0～50V 挡	0～45V/1A	0～50V/1A	0～55V/1A
0～100V 挡	0～90V/0.5A	0～100V/0.5A	0～110V/0.5A
0～500V 挡	0～450V/0.1A	0～500V/0.1A	0～550V/0.1A

（5）功耗限制电阻

功耗限制电阻 0.5MΩ 分 11 挡，误差不超过±10%。

（6）其他

校正信号：0.5Vp-p，误差不超过±2 %（频率为市电频率）；

1Vp-p，误差不超过±2 %（频率为市电频率）。

示波管：15SJ110Y14 内（U_K = 1.5kV　U_{A4} = +1.5kV）。

外形尺寸：（420 × 240 × 320）mm（长 × 宽×高）。

重量：17kg。

电源电压：220V±10%。

电源频率：50Hz±2Hz。

视在功率：非测试状态约 50VA，满功率测试状态约 80VA

2．使用注意事项

① 不可将晶体管特性图示仪长期暴露在日光下，或者说靠近热源的地方，如火炉。

② 不可在寒冷天气时放在室外使用，仪器工作温度应是 0℃～40℃。

③ 不可将本仪器从炎热环境中突然转到寒冷的环境或相反进行，这将导致仪器内部形成凝结。

④ 避免湿度，水分和灰尘。如果将本仪器放在湿度或灰尘多的地方，可能导致仪器操作出现故障，最佳使用相对湿度范围是 35%～90%。

⑤ 不可将物体放置在本图示仪上，注意不要堵塞仪器通风孔。

⑥ 仪器不可遭到强烈的撞击。

⑦ 不可将导线和针插进通风孔。

⑧ 不可用连接线拖拉仪器。

⑨ 不可将烙铁放在本图示仪框架及其表面上。

⑩ 避免长期倒置存放和运输。如果仪器不能正常工作，重新检查操作步骤，如果仪器确已出现故障，请与您最近的本厂销售服务处联系，以便修理。

⑪ 使用之前的检查步骤。

检查电压：额定电压～220V，工作电压范围为交流 198V～242V；确保所用的保险丝是指定的型号。

为了防止由于过电流引起的电路损坏，请使用正确的保险丝值。电源保险丝 1A。如果保险丝熔断，仔细检查原因，修理之后换上规定的保险丝。

⑫ 操作注意：面板的测试插孔要避免电源或有电信号输入。

3．面板操作键作用说明

YB4810A 晶体管特性图示仪前后面板如图 2.14 所示。

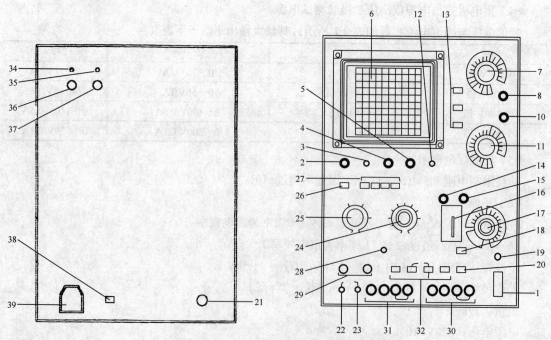

图 2.14　YB4810A 晶体管特性图示仪前后面板图

（1）主机

① 电源开关：将电源开关按键按下即为"关"位置，将电源线接入，按电源开关，以接通电源。

② 辉度 30W1：改变示波管栅阴极之间电压来改变电子束强度，从而控制辉度，该电位器顺时针旋转，逐渐变亮，使用时辉度应适中。

③ 光迹旋转 30W2：当示波管屏幕上水平光迹与水平内刻度线不平行时，可调节该电位器之平行。

④ 聚焦 30W4：改变示波管第二阳极电压使电子聚焦。

⑤ 辅助聚热 30W3：改变示波管第三阳极电压使电子聚焦通常使用时，30W4 与 30W3 互相配合，使图像清晰。

（2）y 轴作用

⑥ 示波管波形显示：晶体管测试时可将其特性直观地显示出来。

⑦ 电流/度开关 10k1：一种具有 22 挡 4 种偏转作用的开关。

集电极电流 I_C（10μA/div～0.5A/div）：分 15 挡，是通过 $R4～R10$ 集电极取样电阻来获得电压，经 y 轴放大器的放大而取得读测电流偏转值。

二极管漏电流 I_R（0.2μA/div～5μA/div）：分 5 挡，是通过 5 个不同的二极管漏电流取样电阻的作用，将电流转化为电压后，经 y 轴放大器的放大而取得读测电流的偏转值。基极电流或基极源电压，由 4 个不同的阶梯分压电阻器的分压，经 y 轴放大器放大而取得其偏转值。

外接是由后面板 Q9 插座，直接输入到 y 轴放大器，经放大后取得其偏转值。

⑧ y 轴移位：移位是通过差分放大器的前置级放大管射极电阻的改变，达到移位作用，该电位器顺时针旋动，光迹向上；反之向下。

（3）x 轴作用

⑩ x 轴移位 11W2：移位是通过差分放大器的前置级放大管射电阻的改变，达到移位作用，该电位器顺时针旋动，光迹向左，反之向右。

⑪ 电压/度开关 10k2：是一种具有 17 挡，4 种偏转作用的开关。

集电极电压 V_{CE}（0.05V/div～50V/div）：共 10 挡，其作用是通过 10 个不同的的分压电阻，以达到不同灵敏度的偏转。

基极电流或基极源电压：由 4 个不同的阶梯分压电阻器分压经 x 轴放大器放大而取得其偏转值。

外接是由后面板 Q9 插座，直接输入到 x 轴放大器，经放大后取得其偏转值。

⑫ 双簇移位 11W3 当测试选择开关置于双簇显示时，借助于该电位器，可使二簇特性曲线，显示在合适的水平位置上。

（4）校正及转换开关

⑬ 4kl：它是由 3 个按钮组成的直键开关：上面一个按钮（4k1A）是 y 轴 10 度校正信号，当该钮按入时校正信号使输入到 y 放大器。下面一个按钮（4k1B）是 x 轴 10 度校正信号，当该钮按入时校正信号使输入到 x 放大器。中间一个按钮（4k1C）是转换开关，它有按入和弹出二个状态，以满足 NPN、PNP 管子的测试需要。

（5）梯信号

⑭ 级/簇 21W1：它是用来调节阶梯信号的级数，能在 4～10 级内任意选择。

⑮ 调零 21W2：未测试前，应首先调整阶梯信号起始级为零电位，当荧光屏上已观察到基极

阶梯信号后将 5k1A 置于"零电压"观察到光点或光迹在荧光屏上的位置，然后将 5k1A 复位，调节"阶梯调零"电位器使阶梯信号与"零电压"时的位置重合，这样阶梯信号的"零电位"被正确校正。

⑯ 串联电阻 21k2：当阶梯选择开关 21k1 置于电压/级的位置时，串联电阻被串联进半导体器件的输入回路中。

⑰ 电流——电压/级 21k1：它是一个 23 挡，具有二种作用的开关。

基极电流 0.1μA/级～50mA/级：共 18 挡，其作用是通过改变开关的不同挡级的电阻值（由 20R1～20R20 组成），使基极电流按 1、2、5 挡步进在被测半导体器件的输入回路里流过。

基极电压源 0.05V/级～1V/级：其作用是通过改变不同在分压电阻与反馈电阻（20R21～20R25），使相应输出 0.05V/级～1V/级的电压。

⑱ 重复/关 选择开关 50k1：重复是将阶梯信号连续输出，作正常测试；关是使阶梯信号没有输出，但处于特触发状态。

⑲ 单簇 21AN1：单簇只有在 50k1A 置于"关"状态时起作用。

在使用单簇前应预先设置好其他控制件的位置，当按下该钮时，屏幕上显示出一簇特性曲线，因此利用这一特点，可方便，准确地测试半导体器件的极限参数。

⑳ 极性 50k1B：为了满足不同类型半导体器件的需要来选择阶梯信号的极性。

（6）集电极电源

㉑ 保险丝 1.5A，10B×1：当集电极电源短路或过载时，70B×1 起保护作用。

㉒ 容性平衡 80W1：由于集电极电流输出端的各种杂散电容的存在，都将形成容性电流降压在电流取样电阻上，造成测量上的误差，因此在测试前应调节 80 W1 使之减到最小值。

㉓ 辅助容性平衡 80W2：辅助电容平衡是针对集电极变压器 70B2 次级绕组对地电容的不对称，再次进行电容平衡调节。

㉔ 功耗限制电阻 70k1：它是串联在被测管的集电极电路上，在测试击穿电压，或二极管正向特性时，可作电流限制电阻。

㉕ 峰值电压%70B1：峰值控制旋钮可以在 0～5V；0～20V：0～100V；0～500V 之间连续选择，而板上的值只作近似值使用，精确的读数应由 X 轴偏转灵敏度读取。

㉖ 极性 7k2：该开关可以转换集电极电源的正负极性，按需要选择。

㉗ 峰值电压范围 7k1：它是通过集电极变压器 70B2 的不同输出电压的选择而分：YB4811 分为 5V（10A）、50V（1A）、500V（0.1A）、3 000V（2mA）4 挡，YB4810A 为 5V（5A）、20V（25A）、100V（0.5A）、500V（1A）四挡，在测试半导体管时，应由低挡改换到高挡，在换挡时必须将峰值电压 70B1 调到 0 值，慢慢增加，否则易击穿被测管。

㉘ 3kV 高压测试按钮 70AN1：为了 0～3kV 挡，高压测试安全，特设 70AN1 测试按开关，不按时则无电压输出。

㉙ 3kV 高压输出插座。

（7）测试控制器

㉚ B 测试插孔：在测试标准型管壳的半导体器件时，可用附件中的测试盒与之直接连接，当作其他特殊用途测试时，用导线作为插孔与被测器件之间进行连接。

㉛ A 测试插孔。

㉜ 测试选择开关 5K1。

4. 晶体管测试举例

（1）三极管输出特性测试

现以 NPN 型高频小功率管 3DG6 为例，说明使用方法。

① 晶体管接在插座上，"测试选择"开关拨在"关"的位置。

② X 轴作用开关置于"集电极电压"、2V/度位置。

③ Y 轴作用开关置于"集电极电流"、1mA/度位置，倍率开关置"×1"挡。

④ "集电极扫描信号"的"极性"开关置"+"位置，"功耗电阻"选 1k，"峰值电压范围"开关置"0-10V"，"峰值电压"放"0"V 位置。

⑤ "基极阶梯信号"的"极性"开关置"+"位置，"阶梯作用"开关置"重复"位置，"阶梯选择"开关置"0.01mA/级"，"级/簇"旋钮置 6。

上述开关旋钮放在正确位置后，用"测试选择"开关接通被测管，然后调扫描（峰值）电压到 10 格，荧光屏上即可显示输出特性曲线族。再适当修正 I_C 挡级，可测得输出特性曲线图形，如图 2.15 所示。

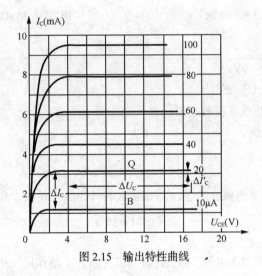

图 2.15　输出特性曲线

根据输出特性曲线，可读出晶体管的输出电阻：

$$R_O = \Delta U_C / \Delta I_C$$

电流放大倍数：

$$\beta = \Delta I_C / \Delta I_B$$

例如，在单根输出曲线上的 Q 点，取 $\Delta U_C = 12.6V$，$\Delta I_C = 0.1mA$，则

$$R_O = 12.6/0.1 = 126k\Omega$$

若在 Q 点取 $I_{qC} = 3.2mA$，$I_{qB} = 20\mu A$，则

$$\beta = 3.2/0.02 = 160$$

若在 Q、B 点之间取 $\Delta I_C = 1.8mA$，$\Delta I_B = 20-10 = 10\mu A$，则

$$\beta = 1.8/0.01 = 180$$

（2）电流放大特性测试

y 轴坐标取 I_C，x 轴坐标取 I_B。将 y 轴作用置"基极电流或基极源电压"，"阶梯选择"置 0.01mA/级，其他旋钮位置同输出特性测试时的设置，可在荧光屏上显示出"电流放大特性曲线"如图 2.16

所示。由该曲线读取 β 值方便、准确。阶梯选择 0.01mA/级，表示在 x 轴坐标上每极 I_B 相差 0.01mA。例如在 A 点取 $I_C = 3.5$mA，$I_B = 0.05$mA，$\Delta I_C = 1.4$mA，$\Delta I_B = 0.02$mA，则：

$$\beta = 1.4/0.02 = 70 \qquad \beta = 3.5/0.05 = 70$$

选择晶体管时，主要观测其电流放大特性。例如，甲管的电流放大特性如图 2.17（a）所示，乙管的如图 2.17（b）所示，甲乙的 β 值相同，但甲管线性好，乙管线性差，选管时要选线性好的，若选用乙管容易产生非线性失真。

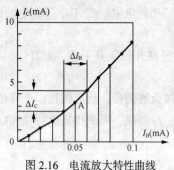

图 2.16　电流放大特性曲线

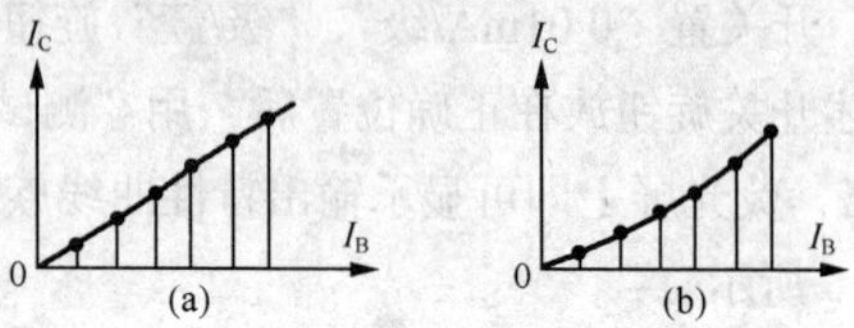

图 2.17　电流放大特性比较图

（3）输入特性的测试

"峰值电压范围"：0～10V。

"x 轴作用"：0.1V/度（基极电压）。

"y 轴作用"：基极电流或基极源电压。

"阶梯选择"：0.1mA/级。

"阶梯作用"：重复。

"功耗电阻"：100Ω。

逐步调高峰值电压，可得到如图 2.18 所示输入特性曲线，在选定的工作点可按下式计算 R_i。

$$R_i = \Delta V_{BE}/\Delta I_B$$

（4）I_{CEO} 的测试

将"测试选择"开关置"零电流"挡，此时基极开路。"y 轴作用"开关置集电极电流 0.01mA/度，"倍率"开关置 0.1；x 轴作用置集电极电压 1V/度，扫描极性置"+"，阶梯作用置"关"。由测试条件：$U_{CE} = 10$V，将扫描（峰值）电压调至满 10 格，此时在 $U_{CE} = 10$V 处对应的 I_c 值，即为 I_{CEO}，如图 2.19 所示。

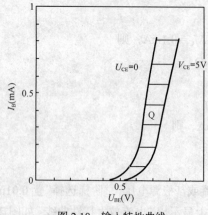

图 2.18　输入特性曲线

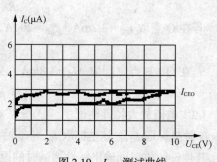

图 2.19　I_{CEO} 测试曲线

（5）二极管的测试

① 二极管正向特性的测试。二极管主要特性即单向导电性，以 2CP6 硅二极管为例，按如下步骤进行测试：

二极管接入插座，正极接 "C" 孔，负极接 "E" 孔。"测试选择" 置 "关" 位置。

面板各旋钮预置，x 轴作用置于集电极电压 "0.1V/度" 挡，倍率置 "×1" 挡，"峰值电压范围" 置 "0V～10V" 挡，峰值电压退回零位，集电极扫描电压置 "+"，功耗电阻置 1kΩ，阶梯作用置 "关"。

测试：将 "测试选择" 置被测管插座一边，逐渐加大扫描电压，在荧光屏上即有曲线显示，再微调有关的旋钮，可得到如图 2.20 所示的正向特性曲线。

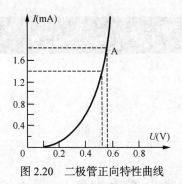

图 2.20　二极管正向特性曲线

参数读取：由正向特性曲线可求出直流电阻和交流电阻 R_O。

② 二极管反向特性测试。在正向特性测试的基础上，退回扫描电压，将集电极电压极性由 "+" 拨向 "−"，再加大扫描电压，可测得如图 2.21、图 2.22 所示的反向特性曲线。由曲线可测得规定反向电压下的反向电流 I_B，或规定反向电流下的反向电压 U_B。

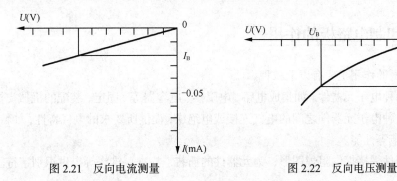

图 2.21　反向电流测量　　　　　　　　图 2.22　反向电压测量

第3章

印制电路板

3.1　概述

印制电路板亦称印制线路板，简称印制板，其英文全称"Printed Circuit Board"，缩写为"PCB"。印制板是电子设备中一种极其重要的基础组装部件。我们所能见到的电子设备几乎都离不开 PCB，小到电子手表、计算器，大到计算机，通信设备，航空、航天、武器系统等。只要有集成电路等电子元器件，它们之间的电气互连就都要用到 PCB。

3.1.1　印制电路板的作用

印制电路板的作用主要有以下三种。

① 提供各种电子元器件（如集成电路、电阻器、电容器等）固定、装配的机械支撑。

② 实现各种电子元器件之间的电气连接或电绝缘；提供所要求的电气特性，如特性阻抗、电磁屏蔽等性能。

③ 为元器件焊接提供阻焊图形；为元器件的插装、检查、维修等提供识别字符。

3.1.2　印制电路板相关名称解释

下面介绍一些在印制电路板设计中涉及的基本概念，以下基本概念的正确理解是后续内容学习的基础。

① 印制，采用某种方法在一个表面上再现图形和符号的工艺。它包含通常意义的"印刷"。

② 印制线路，采用印制法在基板上制成的导电图形，包括导线、焊盘等。

③ 印制元件，采用印制法在基板上制成的电子元件，如电感、电容、电阻等。

④ 印制电路，采用印制法得到的电路。它包括印制线路和印制元件或由两者组合而成的电路。

⑤ 覆铜板，也称敷铜板，是将增强材料浸以树脂，一面或两面覆以铜箔，经热压而成的一种板状材料，称为覆铜箔层压板，简称覆铜板。是 PCB 基板材料中的一类重要形式。

⑥ 印制板，完成了印制电路或印制线路的成品板。

⑦ 印制板组装件，是印制板设计的最终实物产品，它是安装了电子元器件并具有一定或独立电气功能的印制板，是电子产品的基本部件。

⑧ 金属化孔，也称过孔，在双面板和多层板中，为连通各层之间的印制导线，通常在各层需要连通的导线的交汇处钻上一个公共孔，即过孔。工艺上，过孔的孔壁圆柱面上用化学沉积的方法镀上一层一定厚度的金属用以连通需要连通的铜箔。

⑨ 焊盘，印制板上用以固定元器件引脚、放置焊锡、连接导线和元器件引脚的导电图形。

⑩ 铜膜导线，又称印制导线，是印制板上连结焊盘的导电图形。

⑪ 安全间距，在进行印制板设计时，为避免导线、过孔、焊盘及元件间的相互干扰，必须在它们之间留出一定的距离，这个距离就称之为安全间距。

⑫ 元件封装，是指实际元器件焊接到印制板时所指示的外观和焊盘位置。元件封装只是一个空间的概念，没有具体的电气含义。

3.1.3 印制电路板的种类

1. 从结构上分类

（1）刚性印制板

刚性印制板是指以刚性基材制成的 PCB。常见的 PCB 一般是刚性 PCB，如计算机中的板卡、家电中的印制板等。

常用的刚性 PCB 种类用有纸基印制板、环氧玻纤布印制板、复合基材印制板、特种基材印制板等。

（2）挠性印制板

又称软性印制电路板。是以聚酰亚胺或聚酯薄膜为基材制成的一种具有高可靠性和较高曲挠性的印制电路板，如图 3.1 所示。挠性电路板散热性好，既可弯曲、折叠、卷绕，又可在三维空间随意移动和伸缩，为电子产品小型化、薄型化创造了条件。广泛应用于电子计算机、打印机、通信设备、航天设备及家电等。

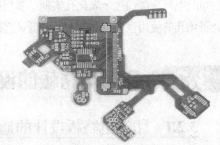

图 3.1 挠性印制板

（3）刚-挠印制板

刚-挠印制板是利用挠性基材在不同区域与刚性基材结合而制成的印制板，主要用于印制电路的接口部分。

2. 从 PCB 导电板层分类

（1）单面印制板

单面印制板是指仅一面有导电图形的印制板。它适用于一般的电子设备，如图 3.2 所示。

图 3.2　单面板

（2）双面印制板

双面印制板是指两面都有导电图形的印制板，两面导线电气连接通过金属化孔实现。它适用于要求较高的电子设备，如计算机、电子仪表等。由于双面印制板的布线密度较高，所以能减小设备的体积，如图 3.3 所示。

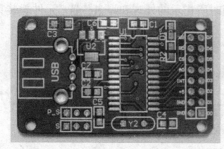
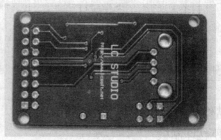

图 3.3　双面板

（3）多层印制板

多层印制板是由交替的导电图形及绝缘材料层粘合而成的印制板，导电图形的层数在两层以上，层间的电气连接通过金属化孔实现。多层印制板的连接线短而直，便于屏蔽，但印制板的工艺复杂，金属化孔的使用也使可靠性有所降低，多用于高频和特别复杂的电路板设计中，如计算机的板卡等。

3.2　印制电路板的设计

3.2.1　印制电路板设计的通用要求

印制板种类繁多，不同种类的印制板有不同的特点，具体设计要求也不一样，但在设计中有一些通用要求，在设计任何类型的印制板时都必须考虑这些通用要求。

1. 印制板设计的基本原则

（1）准确性

这是印制板设计最基础、最重要的要求。印制板上导电图形的连接关系，应与电原理图的逻辑关系相一致。避免出现"短路"和"断路"这两个简单而致命的错误。

（2）可靠性

这是 PCB 设计中较高一层的要求。可靠性与印制板的结构、使用环境、基材的选择、印制板的布局、布线、印制板的制造和安装工艺等因素有关。

（3）工艺性

工艺性是决定印制板的可制造性（包括可测试性和维修性）和影响产品生产质量的重要因素。印制板的结构、元件布局、导线宽度和间距、孔径大小等要素的确定，应在满足电气要求的情况下有利于制造、安装和维修。一般来说，布线密度和导线精度越高、板层越多、结构越复杂、孔径越小其制造的难度越大。

（4）经济性

经济性与印制板结构类型、基材种类、加工精度要求等多种因素有关，设计时在满足使用安全、可靠的前提下应力求经济适用。

2. 印制板设计的内容

印制板设计就是根据电路设计的意图将电路原理图转换成印制板图。主要设计内容是：

① 正确选择基材；

② 确定印制板的结构、外形尺寸；

③ 导电图形设计，在充分考虑印制板电气性能、电磁兼容和热设计的基础上，设计元器件的布局、布线、孔和焊盘图形等；

④ PCB 表面涂(镀)层的选择；

印制板的涂、镀层分为包括阻焊剂、助焊剂等的有机涂层和铜镀层，锡铅合金镀层、电镀金等的金属镀层；

⑤ 非导电图形设计，标志字符图形设计、SMT 丝印焊膏的网状图形等；

⑥ PCB 加工需要的其他技术文件、资料。

3.2.2 印制电路板设计的基础

1. 印制板基材、厚度、结构及尺寸的确定

（1）选择基材

印制板基材应根据产品的使用要求、印制板的安装焊接条件、印制板的结构类型和机械性能要求、电气性能要求，以及成本要求等因素进行选择。

（2）印制板厚度的确定

在选择印制板的厚度时，主要根据对印制板电气性能（耐电压和绝缘）、机械强度的要求、与之匹配的连接器的规格尺寸以及印制板单位面积承受的元器件重量，从相关基材的厚度标准尺寸系列中选取合适厚度的基材。

（3）印制板结构的确定

印制板的结构是指板的结构类型（刚性、挠性或刚—挠结合型）、导电层数、过孔的互联方式等。一般根据电路特性、布线密度要求、整机给予印制板的空间尺寸、元器件特性等选择单面板、双面板、多层板、挠性板或刚—挠结合型印制板。

（4）印制板形状的确定

印制板的形状通常由整机外形结构和内部空间位置的大小决定，外形应该尽量简单，长宽比

为 3∶2 或 4∶3 的矩形是印制板的最佳形状。

（5）印制板尺寸的确定

印制板尺寸的确定要根据整机的内部结构和印制板上元器件的数量、尺寸、安装排列方式及间距等确定印制板的净面积，还应留出 5mm～10mm(单边)余量，以便于印制板在整机安装中固定。

2．选择对外连接方式

有些情况下，一块印制电路板是不能构成一个完整的电子产品的，这就存在印制板与印制板间、印制板与板外元器件之间的连接问题。要根据整机的结构选择连接方式，总的原则是：连接可靠，安装、调试、维修方便。

（1）焊接方式

① 导线焊接，一般焊接导线的焊盘尽可能放在印制板边缘。

② 排线焊接，两块印制板之间采用排线焊接，可不受两块印制板的相对位置限制。

③ 印制板之间直接焊接，直接焊接常用于两块印制板之间为 90°夹角的连接，连接后成为一个整体印制板部件。

（2）插接器连接方式

在较复杂的电子仪器设备中，为了安装调试方便，经常采用各种插接器的连接方式。设计时可根据插座的尺寸、接点数、接点距离、定位孔的位置设计连接方式。

这种连接方式的优点是可保证批量产品的质量，调试、维修方便。缺点是因为触点多，所以可靠性较差。在印制板制作时，为提高性能，插头部分根据需要可进行涂覆金属处理，如图 3.4 所示。

图 3.4　涂覆金属的插头

适用于印制板对外连接的插头插座的种类很多，其中常用的几种为矩形连接器、口形连接器、圆形连接器等。一块印制电路板根据需要可有多种连接方式。

3．整机印制板整体布局

主要指整机中印制板的布置：单板还是多板、多板如何分板、相互如何连接等。

（1）单板结构

单板结构是当电路较简单或整机电路功能唯一确定的情况下，可以采用单板结构。将所有元器件尽可能布设在一块印制板上。优点是：结构简单、可靠性高、使用方便。缺点是：改动困难，功能扩展、工艺调试、维修性差。

（2）多板结构

也称积木结构，是将整机电路按原理功能分为若干部分，分别设计为各自功能独立的印制板。这是大部分中等复杂程度以上电子产品采用的方式。分板原则如下。

① 将能独立完成某种功能的电路放在同一板子上，特别是要求单点接地的电路部分尽量置于同一板内。

② 高低电平相差较大，相互容易干扰的电路应分板布置，例如电视机中电源与前置放大部分。

③ 电路分板部位，应选择相互之间连线较少的部位以及频率、阻抗较低部位，有利于抗干扰，同时又便于调试。多板结构的优缺点与单板结构正好相反。

4. 元器件排列及安装尺寸

（1）元器件排列方式。

元器件在印制板上的排列与产品种类和性能要求有关，常用的有以下三种方式。

① 随机排列，也称不规则排列。元器件轴线任意方向排列，如图 3.5 所示。用这种方式排列元件，看起来杂乱无章，但由于元件不受位置与方向的限制，因而印制导线布设方便，并且可以做到短而少。使板面印制导线大为减少，这对减少线路板的分布参数，抑制干扰，特别对高频电路及音频电路有利。

② 坐标排列，也称规则排列。元器件轴线方向排列一致，并与板的四边垂直平行，如图 3.6 所示，电子仪器中常用此种排列方式。这种方式元件排列规范，板面美观整齐。对于安装调试及维修均较方便。但由于元器件排列要受一定方向或位置的限制，因而导线布设要复杂一些，印制导线也会相应增加，这种排列方式常用于板面宽裕、元器件种类少数量多的低频电路中。元器件卧式安装时一般均以规则排列为主。

③ 栅格(网格)排列，与坐标排列类似但板上每一个孔位均在栅格交点上，如图 3.7 所示。栅格为等距正交网格，目前通用的栅格尺寸为 2.54mm，在高密度布线中也用 1.27mm 或更小尺寸。栅格排列方式元件整齐美观，便于测试维修，特别有利于机械化、自动化作业。

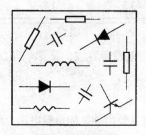 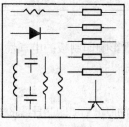 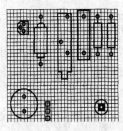

图 3.5 随机排列　　　　　　图 3.6 坐标排列　　　　　　图 3.7 栅格排列

（2）元器件安装尺寸

① IC 间距　设计 PCB 时常采用一种特殊的单位：IC 间距，1 个 IC 间距为 0.1 英寸，即 2.54mm，标准双列直插封装(DIP)集成电路端子间距和列间距及晶体管等引线尺寸均为 2.54mm 的倍数，设计 PCB 时尽可能采用这个单位可以使安装规范，便于 PCB 加工和检测。当不同种类元器件混合排列时，相互之间距离亦以 IC 间距为参考尺寸。

② 软尺寸与硬尺寸。当元器件安装到印制板上时，一部分元器件如普通电阻器、电容器、小功率三极管、二极管等，对焊盘间距要求不很严格，称之为软引线尺寸，如图 3.8 所示；另一部分元器件，如大功率三极管、继电器、电位器等，引线不允许折弯，对安装尺寸有严格要求，我们称这一类元器件为硬引线尺寸，如图 3.9 所示。

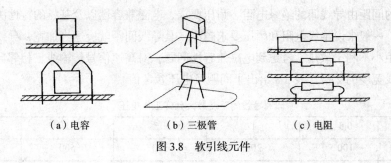

（a）电容　　　　　　（b）三极管　　　　　　（c）电阻

图 3.8 软引线元件

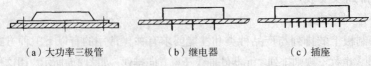

| （a）大功率三极管 | （b）继电器 | （c）插座 |

图 3.9　硬引线元件

虽然软尺寸元器件对安装尺寸要求不严格，但为了元器件排列整齐，装配规范以及适应元器件成型设备的使用，设计应按最佳跨度选取，表 3.1、表 3.2 是常用电阻及电解电容安装尺寸，其余类型元器件可按其外形尺寸相应确定最佳安装尺寸。

表 3.1　　　　　　　　　　　　　　　　常用金属膜电阻安装跨距

功率（W）	0.125	0.25	0.5	1	2
最佳跨距/（mm/in）	10/0.4	10/0.4	15/0.6	17.5/0.7	25/1.0
最大跨距/（mm/in）	15/0.6	15/0.6	25/1.0	30/1.2	35/1.4

表 3.2　　　　　　　　　　　　　　　　常用电解电容安装跨距

电容器直径/mm	4	5	6	8	10，13	16，18
最佳跨距/mm	1.5	2	2.5	3.5	5	7.5

5. 印制导线

印制导线的宽度、长度和间距既影响印制板的电气性能、电磁兼容性，又影响印制板的可制造性，必须根据电路需要认真计算和设计。

（1）印制导线的宽度

在确定了所要使用的覆铜板铜箔的厚度后，印制导线的宽度主要由导线的负载电流、允许的温升和导线与绝缘基材的黏附强度决定。通常地线宽度设计为 0.51mm～2.03mm(20～80mil)，电源线为 0.51mm～1.27mm(20～50mil)，信号线为 0.1mm～0.3mm(4～12mil)。地线和电源线宽度应根据载流量考虑，信号线宽度应根据电流负载能力和特性阻抗要求来计算。同时还受生产厂家工艺极限的限制。只要密度允许，还是尽可能用宽线，尤其是电源和地线，这样既有利于降低导线的温升又有利于制造。

印制导线的宽度一般要小于与之相连焊盘的直径，一般取 1/3～2/3 焊盘直径。

同一印制板的导线宽度（除电源、地线外）尽可能一致。

（2）印制导线的长度

印制导线的长度在低频电路中一般没有要求，但从电磁兼容性的角度考虑，在高频电路中（音频以上的电路）必须考虑最长走线。对应于波长 λ 的 1/4 或 1/2 时，导线会成为有效的辐射器，所以建议将印制导线的长度设计为小于特定频率波长 λ 的 1/20，以免使印制导线成为无意的辐射源。

（3）印制导线的间距

印制导线的间距由导线间的绝缘电阻、耐压要求、电磁兼容性以及基材的特性决定，也受制造工艺的制约。一般来说绝缘电阻和耐压要求越高，其导线间距就应适当加宽，导线负载电流较大时，导线间距小不利于散热。考虑到电磁兼容性问题，对高速信号传输线，相邻导线边缘间距应不小于信号线宽度的 2 倍。表 3.3 给出了间距及电压参考值。

表 3.3　　　　　　　　　　　　　　　印制导线间距及最大允许工作电压

导线间距/mm	0.5	1	1.5	2	3
工作电压/V	100	200	300	500	700

6. 焊盘与孔

焊盘的形状、尺寸的设计受布线密度及印制板加工及电子装联工艺要求的制约。如果设计不当，将会影响可制造性和加工质量，尤其对安装工艺影响更大。

（1）焊盘形状

常用的焊盘形状有岛形、圆形、方形、椭圆形、滴泪式、开口、矩形、多边形和异形孔焊盘等。如图 3.10、图 3.11 和图 3.12 所示。

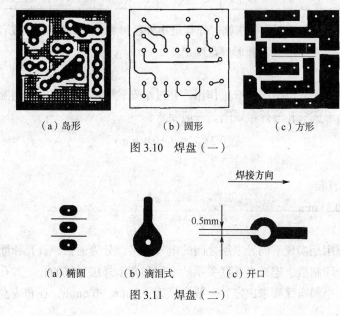

（a）岛形　　　　　（b）圆形　　　　　（c）方形

图 3.10　焊盘（一）

（a）椭圆　　　（b）滴泪式　　　（c）开口

图 3.11　焊盘（二）

（a）矩形　　　　　（b）多边形　　　　　（c）异形孔

图 3.12　焊盘（三）

选择元器件的焊盘形状要综合考虑该元器件的形状、大小、布置形式、震动、受热情况和受力方向等因素，不可千篇一律地只使用圆形焊盘。例如，岛形焊盘把焊盘与印制导线合为一体，铜箔面积加大，使焊盘和印制导线的抗剥强度增加，因而能降低选用覆铜板的挡次，降低产品成本；方形焊盘制作简单，易于实现，在一些大电流的印制板上也多用此形式；椭圆焊盘既有足够的面积增强抗剥能力，又在一个方向上尺寸较小有利于中间走线；滴泪式焊盘与印制导线过渡圆滑，在高频电路中有利于减少传输损耗，提高传输速率；开口焊盘保证在波峰焊后，使手工补焊的焊盘孔不被焊锡封死等。

（2）焊盘外径

焊盘外径主要由焊盘孔的大小确定。

对单面板而言，焊盘抗剥能力较差，焊盘外径应大于引线孔 1.5mm 以上，即：

$$D \geqslant (d+1.5)\text{mm}$$

D—焊盘外径

d—引线孔径

对双面板而言，$D \geqslant (d+1.0)$mm，并参照表3.4。

表 3.4　　　　　　　　　　　　　　圆形焊盘最小允许直径

引线孔径/mm	0.5	0.6	0.8	1.0	1.2	1.6	2.0
最小允许直径/mm	1.5	1.5	2	2.5	3.0	3.5	4.0

在高密度精密板上，由于制作要求高，焊盘最小外径可为 $D=(d+0.7)$mm 或者更小。以上是对圆形焊盘而言的，其他种类可参考圆形焊盘确定。

（3）元器件孔

元器件孔有电气连接和机械固定双重作用。孔过小安装困难，焊锡不能润湿金属孔，影响焊接质量；孔过大容易形成气孔等焊接缺陷。一般要求：

$$d_1+0.2 \leqslant d \leqslant d_1+0.4(\text{mm})$$

d—引线孔径

d_1—元器件引脚直径

通常取 $d = (d_1+0.3)$ mm。

（4）过孔

也称导通孔，作用是实现不同导电层之间的电气连接，分为通孔、盲孔和埋孔三种。

通孔是贯通整个印制板、连接有互联关系的内层和两个外层导线的孔。其孔径的大小和孔的位置由布线空间的大小和布线要求决定。一般直径为 0.1mm～0.6mm，在布线空间允许时，应适当加大到直径 0.8mm。

盲孔是连接多层板的一个表面和几个内层而不贯通整个板的孔。盲孔孔径可以设计得比通孔更小一些。

埋孔是连接多层板的某几个内层而不贯穿上下两外表面，埋在板内部的孔。其孔径也可以设计得较小。

（5）安装孔

用于固定大型元器件和印制板，按照安装需要选取，优选系列为 2.2、3.0、3.5、4.0、4.5、5.0、6.0，最好排列在坐标格上。

（6）定位孔

是印制板加工和检测定位用的。可以用安装孔代替。亦可单设，一般采用三孔定位方式，孔径根据装配工艺确定。

3.2.3　印制板图设计

1. 元件布局

元件布局就是将电路元器件放置在印制板布线区内。元件布局是否合理不仅影响后面的布线工作，而且对整个电路板的电气性能有重要影响。元件布局是印制板设计中最耗费精力的工作，往往要经过若干次布局比较，才能得到一个比较满意的布局结果。

下面介绍基本的布局要求、原则、安放顺序和方法。

（1）布局要求

布局要求主要有以下几个方面。

首先要保证电路功能和性能指标。适当兼顾美观性，元器件排列整齐，疏密得当。在此基础上满足工艺性、检测、维修方面的要求。

工艺性包括元器件排列顺序、方向、引线间距等生产方面的考虑，在批量生产以及采用自动插装机生产时尤为突出。考虑到印制板检测时信号注入或测试，设置必要的测试点或调整空间以及有关元器件的替换维护性能等。

（2）布局原则

① 就近原则。当印制板对外连接方式和位置确定后，相关电路部分应就近安放，避免走远路，绕弯子，尤其忌讳交叉穿插。

② 信号流向原则。元件的布局应便于信号的流通，使信号尽可能保持一致的方向。多数情况下，信号的流向安排为从左到右或从上到下。

③ 提高机械强度。重而大的元件尽量安置在印制板上靠近固定端的位置，并降低重心，重15g 以上的元器件还应当使用支架或卡子加以固定，以提高机械强度和耐震、耐冲击的能力，同时减小印制板的负荷和变形。

④ 应充分考虑电磁干扰和热干扰的抑制，后面章节将详细介绍。

（3）布放顺序

先大后小，先安放占面积较大的元器件；先集成后分立；先主后次，多块集成电路时先放置主电路。

（4）布局方法

主要有实物法、模板法和经验对比法。

① 实物法。将元器件和部件样品在 1∶1 的草图上排列，寻找最优布局。这是最简单、最可靠的方法。实际应用中一般是将关键的元器件或部件实物作为布局依据。

② 模板法。有时实物摆放不方便或没有实物，可按样本或有关资料制作主要元器件部件的图样模板，用以代替实物进行布局。以上两种方法适合初学者和设计比较简单的电路。

③ 经验对比法。根据经验参照可对比的已有印制电路板对新设计布局。这种方法适合有一定设计经验的工作人员。

2. 设计布线

布线是按照原理图要求将元器件和部件通过印制导线连接成电路。这是印制板设计中的关键步骤之一，可以说前面的准备工作都是为它而作的。具体布线要把握以下要点。

（1）布线原则

① 连接要正确。保证所有连接正确不是一种容易的事，特别是较复杂的电路，利用 CAD 先进手段再加上必要的校对检查可以将失误减到尽可能小的程度。

② 走线要简捷。除某些兼有印制元件作用的连线外。所有印制板连线都力求简捷，尽可能使走线短、直、平滑，特别是低电平、高阻抗电路部分。

③ 粗细要适当。两种线必须保证足够宽度：电源线（包括地线）和大电流线；特别是地线，在板面允许的条件下尽可能宽一些。

（2）布线要求

① 避免布设环路导线。环路导线容易引起电磁辐射，相当于天线，既能发射磁场又可接受空

间磁场，从而引起电磁兼容性问题。

② 两焊盘间的导线布设应尽量短。特别是放大电路的输入线和高频信号导线要短距离布线。

③ 双面板的两面及多层板相邻两信号线层的导线要相互垂直布设以减小寄生电容。

④ 尽量避免较长距离的平行布线以减小耦合电容和导线间隔的绝缘电阻。

⑤ 高速、高频信号线和不同频率的信号线应尽量不相互靠近、不平行布设，以免引起信号窜扰，必要时在两信号线间加地线隔离；对高频信号线，应在其一侧或两侧布设地线进行屏蔽。

⑥ 导线的拐弯处应为直角或钝角避免尖角。尖角部位在制造过程中容易起翘；在高频电路中容易产生信号反射引起电磁干扰。

⑦ 在印制导线与焊盘连接时应注意焊盘图形的热分布，保证焊接时能形成可靠的焊点。

⑧ 时钟电路和高频电路传输导线是主要的骚扰源和辐射源，应远离模拟电路和其他敏感电路单独布设，布线空间允许时，最好布设在大的地线面积中间，将其隔离起来。并尽量在同一层布线以减少过孔；不允许分支走线。

⑨ 同一高频信号线宽度应一致，避免导线阻抗的不连续性引起的电磁辐射。

⑩ 靠近板边缘的导线和焊盘应距离印制板边缘不小于 5mm。

（3）布线顺序

① 同一布线层布线的顺序是：先布设地线，然后布设电源线，最后布设信号线。

② 信号线的布设顺序为：模拟小信号线、对串扰特别敏感的信号线、系统时钟信号线、一般信号线。进入布线阶段时，往往会发现布局方面的不足，例如改变某个集成电路方向可使布线更简单，加大某两个元件的距离可使布线"柳暗花明又一村"等。因此，一般情况下布线和布局有一两次反复是正常的，有些复杂电路要反复三四次甚至更多，才能获得比较满意的效果。

3.2.4 印制电路板设计的技巧

1. 印制板散热设计

印制板及印制板组装件在焊接和使用过程中会遇到各种温度的变化，温度的变化能引起材料的膨胀和收缩，不同热膨胀系数的材料组合在一起将会引起一定的热应力，应力的大小对印制板及其组件的性能和结构有不同的影响，严重时能使印制板组装件不能正常工作。

元器件在工作时都有不同程度的发热，温度过高就会影响元器件的性能和工作参数，所以在进行印制板布局时必须考虑元器件的散热和冷却问题，把元器件产生的热量传递到其他介质，降低元器件本体的温度。在考虑散热问题时要综合考虑哪些是发热元件、哪些是热敏元件、板上的热分布状态、散热措施等问题。

因此在印制板设计时必须认真进行热分析，针对各种温度变化的原因及结果采取相应措施。

（1）热膨胀系数的匹配

在进行印制板设计时，尤其是表面安装式印制板，首先应根据焊接要求和印制板基材的耐热性，选择耐热性好、热膨胀系数较小或和元器件的热膨胀系数相适应的印制板基材，以降低热膨胀系数差异引起的热应力。

（2）加大印制板上与大功率元器件接地散热面的铜箔面积

如果采用宽的印制导线作为发热元器件的散热面，应选择铜箔加厚的基材，并尽可能设计成网状，以防止铜箔过热起泡、板翘曲。

（3）导体网状设计

对宽度大于等于 3mm 的导线和大面积导体（如大面积接地），由于其热容量大，在波峰焊或再流焊过程中，会延长焊接时间而引起铜箔起泡或与基材分离。因此应考虑在不影响电磁兼容的情况下设计成网状结构。

（4）焊盘隔热环设计

对于面积较大的焊盘和大面积铜箔（大于 $\Phi 25mm$）上的焊盘，应设计焊盘隔热环，在保持焊盘与大的导电面积的同时，将焊盘周围部分导体蚀刻掉形成隔热区，从而减小焊盘加热时间，避免起泡、膨胀等现象，如图 3.13 所示。

（5）热敏元件远离发热元件

印制板布局设计时，要将电解电容、晶振、热敏电阻器等对热敏感或怕热元器件远离大功率发热元件，如大功率 MOS 器件、CPU、超大规模集成电路、DC/DC 转换模块等。

（6）外加散热器

发热量过大的元器件不贴板安装，并应设计加装散热器或散热板，为减小元器件与散热器间的热阻，必要时可以涂覆导热绝缘脂，如图 3.14 所示。

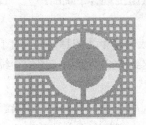
图 3.13 焊盘隔热环

图 3.14 外加的散热器

（7）通风散热通道设计

元器件布局时在板上应留出通风散热的通道，通风入口处不能设置过高的元件，以免影响散热。

自然空气对流冷却时，将元器件纵向排列；采用强制风冷时，元器件横向排列。发热量大的元器件设置在冷却气流的末端，对热敏感或发热量小的元器件设置在冷却气流的前端，避免空气提前预热，降低冷却效果，如图 3.15 所示。

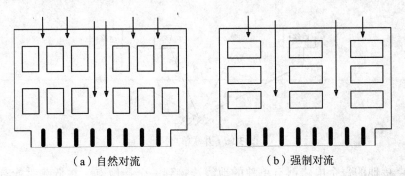

（a）自然对流　　　　　　　　　　（b）强制对流

图 3.15 空气冷却方式

2. 印制板地线设计

地线设计是印制板布线设计的重要环节，不合理的地线设计使印制板产生干扰，达不到设计指标，甚至无法工作。

（1）地线的阻抗

地线作为电路电位的参考基准点，其理论电位是恒定的（为零）。但作为电流公共通道，地线中的电流是流动的，而由于地线阻抗的存在，导致了地线各处电位差的存在。

用欧姆表测量地线的电阻时，其阻值往往在毫欧级，这么小的电阻为什么会对电路工作产生这么大的影响呢？要明白这个问题，首先要区分导线的电阻和阻抗两个不同的概念。电阻指的是直流状态下导线对电流呈现的阻抗，而阻抗指的是交流状态下导线对电流的阻抗，这个阻抗主要是由导线的电感引起的。任何导线都有电感，当频率较高时，导线的阻抗远大于直流电阻。例如宽度为 1mm、厚度为 0.03mm、长度为 100mm 的印制导线，在频率为 50Hz 时，其阻抗为 57.4mΩ；而在 1MHz 时，该印制导线的阻抗为 727mΩ。

可见，地线只要有一定长度就不是一个处处为零的等电位点。地线不仅是必不可少的电路公共通道，又是产生干扰的一个渠道。如何减小地线干扰，是印制板设计时必须考虑的问题。

（2）克服地线干扰的方法

地环路干扰和公共阻抗耦合干扰是地线干扰产生的机理。因此只要减小地环路中的电流或布线时避免构成地环路，就可以减小或解决地环路干扰；通过减小公共地线部分的阻抗和采用适当的接地方式避免相互干扰的电路公共地线，则可以减小公共阻抗耦合干扰的产生。具体可采用以下方法。

① 悬浮地。将电路单元的信号地线与设备机箱绝缘构成电路单元的悬浮地。由于切断了地环路，因此可以消除地环路电流。但由于安全的原因，这种接地方式不宜用于通信系统。同时由于寄生电容的存在，悬浮地并不能有效减小高频地环路电流。

② 应用隔离变压器。两个电路间可采用隔离变压器，利用磁路将两个电路连接起来以切断地环路。隔离变压器对低频干扰具有较好的抑制能力，但寄生电容的存在，使此方法对高频地环路干扰的抑制能力较差。在初次级间设置屏蔽层并接到接受电路端可改善高频隔离效果。

③ 使用光耦合器。在两电路间采用光耦合器，是解决地环路干扰问题的有效方法。

④ 单点接地。将整个电路系统中某一结构点作为接地基准点，其他各单元的信号地都连接到这一点上。单点接地是切断地环路的有效方法；同时减小了公共地线部分的阻抗，从而控制了公共阻抗耦合。单点接地包括并联单点接地和串、并联单点接地两种方式，如图 3.16、图 3.17 所示。

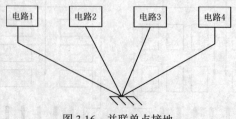

图 3.16　并联单点接地

并联单点接地的每个电路都有单独的地线连接到一个接地点，在低频时能有效地避免各单元间的阻抗干扰，但在高频时，相邻地线间的耦合（电感性和电容性）增强，易造成各单元间的相互干扰，宜采用栅格状大面积接地的方式；而且这种方式的地线总数多，会导致设备体积增大。

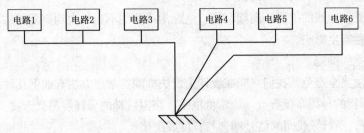

图 3.17　串、并联混合单点接地

对于相互干扰较小的电路单元可采用串联接地。例如，可以将电路按照强信号、弱信号、模拟信号、数字信号等分类，然后在同类电路内部用串联接地，不同类型的电路采用并联单点接地。

（3）印制板地线设计原则

① 数字地与模拟地分开。印制板上既有逻辑电路又有线性电路时，应使它们尽量分开。低频电路的地应尽量采用单点并联接地，实际布线有困难时可部分串联后再并联接地。高频电路宜采用多点串联接地，地线应短而粗，或采用大面积地。

② 接地线应尽量加粗。加粗接地线，使它能通过 3 倍以上的允许电流。如有可能，线宽可设置为 2mm～3mm 以上。

③ 数字电路地线构成闭环电路。只由数字电路组成的印制板，其接地电路布设成环路大多能提高抗噪能力。

3. 印制板的电磁兼容设计

电磁兼容性包含两个方面：产品的电磁辐射和抗电磁干扰性（即电磁敏感性）。印制板作为电子设备的基础部件，同样存在引起电磁辐射和受电磁干扰的因素，所以考虑电磁兼容问题是印制板设计的重要内容。

（1）印制板的电磁兼容问题

根据电磁理论，变化的磁场产生电场，变化的电场又产生磁场，随时间变化的电流（时变电流）既产生电磁又产生磁场。印制板工作时通过的时变电流是引起电磁兼容问题的根本原因。印制板上高速、高频数字电路和逻辑电路的广泛应用，又大大增加了产生时变电流的程度。具体分析有以下几方面主要原因。

① 印制导线的阻抗与电路不匹配。目前，一般数字高速电路的频率都在 40MHz～50MHz 以上。印制导线在传输这样的高频信号时呈现出的电感特性较电阻特性占主导地位，如果设计时对导线的阻抗考虑不周，印制导线的阻抗不匹配就会引起信号反射，使印制导线成为有效的能量发射天线。所以设计印制导线时，应使印制导线长度远离信号波长的 1/4，一般采用小于波长的 1/20 的导线长度。

② 布局布线不当。印制板上的时钟电路和振荡电路等，有高频周期信号存在。这类电路布局布线设计不当，会产生较强的干扰。数字电路与模拟电路共存在同一印制板上时，如果布局不合理或使两者共地或共电源，数字电路的噪声就会对模拟电路造成干扰。

③ 接地不当。

④ 基材选择不当。对高频、微波电路，如果选用介电常数高、介质损耗大的基材，将致使线阻抗不匹配，引起信号的反射。

⑤ 导孔分布参数的影响。导孔的结构会引起寄生电容和寄生电感。寄生电容和寄生电感对高频信号呈现出的阻抗也是引起高频电路和数字电路电磁兼容问题的原因之一。

除以上因素外，地线的结构、高频电流、绝缘沟槽分割不当、大功率器件的屏蔽等都会对印制板的电磁兼容性产生影响。

（2）电磁干扰的抑制

电磁干扰无法完全避免，我们只能在设计中设法抑制。常用方法有如下几种。

① 容易受干扰的导线布设要点。通常低电平、高阻抗端的导线容易受干扰，布设时应注意：

a. 越短越好，平行导线间的信号耦合与长度成正比；

b. 顺序排列，按信号流向顺序布线，避免迂回穿插；

c. 远离干扰源，尽量远离电源线，高电平导线；

d. 交叉通过，实在躲不开干扰源，不能与之平行走线。双面板交叉通过；单面板飞线过度，如图 3.18（a）所示；

e. 避免成环，印制板上环形导线相当于单匝线圈或环形天线，使电磁感应和天线效应增强。布线时尽可能避免成环或减小环形面积，如图 3.18（b）所示。

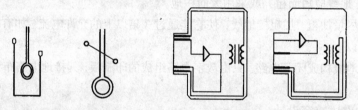

（a）有平行部分易干扰直接穿越、干扰小　　（b）天线效应强　　天线效应弱

图 3.18　防电磁干扰布线示例

② 设置屏蔽地线。印制板内设置屏蔽地线有以下几种形式：

a. 大面积屏蔽地线，注意此处地线不要作信号地线，单纯作屏蔽用；

b. 专置地线环，设置地线环避免输入线受干扰。这种屏蔽地线可以单侧、双侧，也可在另一层；

c. 采用屏蔽线，高频电路中印制导线分布参数对信号影响大且不容易阻抗匹配，可使用专用屏蔽线；

d. 远离磁场减少耦合。

对干扰磁场首先设法远离，其次布线时尽可能使印制导线方向不切割磁力线，最后可考虑采用无引线元件以缩短导线，避免引线干扰。

③ 反馈布线要点。反馈元件和导线连接输入和输出，布设不当容易引入干扰。在图 3.19（a）中，由于反馈导线越过放大器基极电阻，可能产生寄生耦合，影响电路工作。图 3.19（b）中，反馈元件布设于中间，输出导线远离前级元件，避免了干扰。

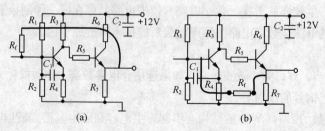

图 3.19　放大器反馈布线

④ 设置滤波去耦电容。防止电磁干扰通过电源及配线传播，在印制板上设置滤波去耦电容是常用方法。这些电容通常在电路原理图中不反映出来。

这种电容一般有如下两类：

a. 在印制板电源入口处加一个 10～100μF 或更大容量的电解电容器和一只 0.1μF 的陶瓷电容器并联。当电源线在板内走线长度大于 100mm 时应再加一组电容；

b. 在集成电路电源端加 0.01μF 的陶瓷电容器，尤其多片数字 IC 更不可少。注意电容必须加在靠近 IC 电源端处且与该 IC 地线连接；

c. 印制板上有接触器、继电器、按钮等元件时，操作它们时均会产生较大火花放电，必须采用 RC 电路吸收放电电流。一般 R 取 1～2kΩ，C 取 2.2～47μF。

电容量根据 IC 速度和电路工作频率选用。速度越快，频率越高，电容量越小，且须选用高频电容。

3.3　印制电路板制造工艺

一般来说，设计者在完成印制板图的设计后，印制板的制造将由专业的生产厂家按照印制板设计文件，通过一系列的特殊加工制成符合设计要求和相关标准的、可供安装使用的印制板成品。而对于科研研发、小产品制作等需要周期短、成本低、要求不太高或比较简单的印制板的制作则可以采用雕刻或手工制作的方法完成。

3.3.1　印制电路板制造工艺的简介

印制板的制造工艺虽然繁多，但可以归类为三种基本方法：减成法、加成法和半加成法。

1. 减成法

减成法是目前应用最广泛、最成熟的制造工艺。是在覆铜板上通过钻孔、孔金属化、图形转移、电镀、蚀刻或雕刻等工艺选择性地去除部分铜箔，形成导电图形的方法。又称为铜箔蚀刻法。

根据印制板结构的不同（单面板、双面板、多层板、挠性板等），减成法的工艺流程也有所不同，下面以有金属化孔的双面板为例介绍印制板制造的典型工艺流程。

（1）光绘

将设计者提供的 CAD 文件转化为 CAM 文件，以此文件控制光绘机生成印制板各种图形的潜像，继而生成照相原版，并复制出生产使用的照相底片，供生成中图形转移工序使用。

（2）下料

又称开料，是将按设计要求选择的整张覆铜板按加工的需要切割成小块的在制板。

（3）钻孔

将裁好的在制板按工艺要求先冲（钻）定位孔，然后用数控机床根据事先生成的数控钻孔程序对在制板进行钻孔。

（4）孔金属化

将钻完孔的在制板放在一系列的化学溶液中处理后，使孔壁沉积一层导电的金属，再通过电镀铜加厚使镀层达到一定厚度保证后续的加工。金属化孔是连接双面板两面导电图形的可靠方法，是一道必不可少的工序。

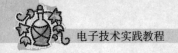

（5）贴感光膜

化学沉铜后，要把照相底片或光绘片上的图形转印到在制板上，为此，应先在在制板上贴一层厚度均匀的感光胶膜，即"贴膜"。目前的感光胶基本都是液体，俗称"湿膜"。

（6）图形转移

图形转移是把照相底片上的印制电路图形通过感光化学法转移到在制板上。

（7）去膜蚀刻

图形转移后，在制板上需留下的铜箔表面已被抗蚀层保护起来，未被保护的部分则需要通过化学蚀刻将其褪除，然后将暴露在基板上的铜用特定的蚀刻液腐蚀掉，便留下所需的电路图形。

（8）图形电镀

为提高电路板的导电、可焊、耐磨、装饰等性能，提高其电气连接的可靠性，延长印制电路板的使用寿命，一般可以在印制电路板图形铜箔上涂覆一层金、银或铅锡合金等。

（9）印阻焊膜和字符

将电镀后的在制板清洗干净并烘干后，用光化学法或网印法按设计要求在不焊接的部位印制上阻焊膜和标记字符。

（10）热风整平

又称喷锡。是在已印制完阻焊膜的在制板浸过热风整平助熔剂后，再浸入熔融的焊料槽中，然后从两个风刀间通过，风刀里的热压缩空气把印制电路板板面和孔内的多余焊料吹掉，得到一个光亮、均匀、平滑的焊料涂覆层。

（11）检验

对产品印制板进行外观检验合格后，在专用的通断测试设备上对与孔相关的连通网络按 CAD 文件提取的测试程序进行电路的通断或绝缘的测试，剔除不合格产品。如果设计文件要求，还应按相关标准规定进行其他的测试或可靠性试验。

2. 加成法

加成法是通过丝网印刷或化学沉积法，把导电材料直接印制在绝缘材料上形成导电图形。采用较多的两种加成法有：一是通过丝网印刷把导电材料印制在绝缘基板上，如陶瓷或聚合物上。二是在含有催化剂的绝缘基材上，经过活化处理后，制作与需要的导电图形相反的电镀抗蚀层图形，在抗蚀剂的窗口中（露出的活化面）进行选择性的化学镀铜，直至需要的铜层厚度。

3. 半加成法

半加成法是运用了减成法和加成法工艺的特点制造印制板的一种方法。目前可做到线宽 0.025mm，线间距为 0.05mm 的精细导线，甚至有的工艺可以做到 12μm 线宽的导线。该技术已广泛用于高密度互联印制板的制作工艺中。

3.3.2　印制电路板的雕刻制作工艺

随着微电子技术的发展，为适应一些特殊场合的试验、小产品制作、科研研发、产品调试等项目的应用，采用的是雕刻制作电路板方式。因为这时如果送到工厂进行加工制造，不仅费时而且成本高；采用手工制作电路板方式又不够精确。采用雕刻制作电路板，不仅快，而且比较可靠，精度密度也高。下面简单介绍一种雕刻制作电路板的步骤。

首先利用电路图绘制软件或能生成相应的印制电路（PCB）图。例如，先在 Protel 99 SE 中打

开 *.PCB 或者 *.DDB 文件；之后在 FILE 菜单下，点击 CAMMANAGER，在弹出的 Output Wizard 窗口点击 Next；最后生成 Gerber 格式数据文件。

其次是利用 CircuitCAM 软件将由 Protel 99 SE 中生成的 Gerber 格式数据文件导入，再将数据进行处理。确定绝缘通道、边框、设置断点等。最后将制板文件导出。

之后是利用 BoardMaster 软件进行制作电路板。但一定要保证定位销可靠定位，将垫板及电路板装在定位销上，并用胶条固定在工作台上，之后进行电路板制作。

然后需要孔金属化处理的，再进行孔金属化处理。

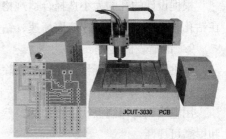

图 3.20　印制电路板雕刻机

最后一步是利用万用表进行电路检查，看看电路板是否存在短路及断路的现象。检查无误后，应涂抹助焊剂，方便焊接与保存。

3.3.3　手工制作印制电路板工艺

手工自制印制板的方法有漆图法、贴图法、铜箔粘贴法、热转印法等。下面简单介绍采用热转印法手工自制单面电路板，此方法简单易行，而且精度较高，其制作过程如下。

1. 绘制电路图

利用电路图绘制软件或是能生成图像的软件，生成图像文件，比如用 Protel 生成网络表文件，再利用网络表文件设计相应印制电路（PCB）图。如不会使用 Protel 的话，也可通过使用一些普通的画图程序软件作出图像文件，以备打印。

2. 打印电路图

利用激光打印机将图像文件或印制电路（PCB）图，打印到热转印纸光滑的纸面上。

3. 裁剪电路板

首先是确定电路图的大小，再利用裁板机将一块完整的覆铜板裁减到与图纸相应的大小（应该比图纸大一圈 1cm 左右，以便图纸在覆铜板上的固定）。

4. 清洁覆铜板表面

将覆铜板放入腐蚀液中浸泡 2～3s，取出用水冲洗并擦干，以去除覆铜板铜箔表面的油污及氧化层。

5. 热转印电路图

将打印的电路图用胶带固定在覆铜板上，并放入如图 3.21 所示的热转印机内，经加温、加压后移出。等覆铜板自然冷却后，揭去热转印纸，PCB 图形便转印到覆铜板铜箔表面。

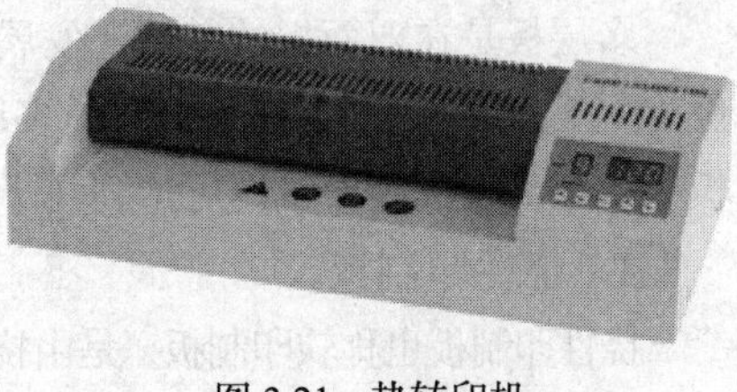

图 3.21　热转印机

6. 图形检查、修复

检查图形中有无砂眼、断线等情况，并用油性笔进行修复。

7. 腐蚀

将检查后的覆铜板完全浸入由三氯化铁与水混合（比例为 1∶2）的腐蚀药液中进行腐蚀。为加快腐蚀速度，可使用 40～50℃的热水，并用软毛刷轻刷覆铜板表面。待把没有油墨的地方都腐蚀掉，完成电路板的腐蚀。取出用水清洗并擦干。

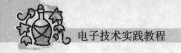

8. 钻孔

根据设计的孔的大小选择合适规格的钻头，使用台钻或手电钻对覆铜板上的焊盘进行钻孔。在钻孔时应注意钻床转速应取高速，钻头进给速度不宜过快，以免出现毛刺。

9. 铜箔表面处理

用去污粉或细砂纸将覆铜板上去除干净，再用水冲洗，使焊盘和导线光洁明亮。

10. 涂助焊剂

用电吹风将印制板吹干并加热，然后在其表面涂助焊剂（松香酒精溶液）以防铜箔表面氧化和提高可焊性。

对于电路比较简单、要求不高或不具备用 EDA 软件设计和热转印机转印图形的，可手工绘制 PCB 布线图，并用复写纸将 PCB 图形复印到覆铜板上，然后用油性笔或用调和漆进行描板，然后进行上述工艺中其余步骤。

对电路简单、线条较少的印制板，还可以采用刀刻法来制作。在印制板布局布线时，印制导线的形状尽量简单，一般把焊盘与导线合为一体，形成多块图形，便于刀刻。

3.4 印制电路板新发展

近年来由于集成电路和表面安装技术的发展，电子产品迅速向小型化、微型化方向发展。作为集成电路载体和互连技术核心的印制电路板也在向高密度、多层化、高可靠方向发展，目前还没有一种互连技术能够取代印制电路板的作用。新的发展主要集中在高密度板、多层板和特殊印制板三个方面。

1. 高密度板

电子产品微型化要求尽可能缩小印制板的面积，超大规模集成电路的发展则是芯片对外引线数的增加，而芯片面积不增加甚至减小，解决的办法只有增加印制板上布线密度。增加密度的关键有两条：减小线宽/间距；减小过孔孔径。

这两条已成为目前衡量制板厂技术水准的标志，目前能够达到及将要达到的水平是：

线宽/间距 0.1～0.2→0.07→0.03（mm）；过孔孔径 0.3→0.25→0.2(mm)。

我国制板厂目前较为成熟的技术为线宽/间距 0.13～0.15mm，孔径 0.4mm。

2. 多层板

多层板是在双面板的基础上发展的，除了双面板的制造工艺外，还有内层板的加工、层间定位、叠压、粘合等特殊工艺。目前多层板生产多集中在 4～8 层为主，如计算机主板，工控机 CPU 板等。在巨型机等领域内可达到几十层的多层板。

3. 挠性印制板

挠性印制板也称软印制板，是由挠性聚酯敷铜薄膜用印制板加工工艺制造而成。同普通(刚性)印制板一样，也有单面、双面和多层之分，还可将挠性电路板和刚性电路板结合制成刚—挠混合多层板。

利用挠性板可以弯曲、折叠，可以连接活动部件，达到立体布线，三维空间互连，从而提高装配密度和产品可靠性。如笔记本电脑、移动通讯、照相机、摄像机等高挡电子产品中都应用了挠性电路板。

4. 特殊印制板

在高频电路及高密度装配中用普通印制板往往不能满足要求，各种特殊印制板应运而生并在不断发展。

（1）微波印制板

在高频(几百兆以上）条件下工作的印制板，对材料、布线布局都有特殊要求，例如印制导线线间和层间分布参数的作用以及利用印制板制作出电感、电容等“印制元件”。微波电路板除采用聚四氟乙烯板以外，还有复合介质基片和陶瓷基片等，其线宽/间距要求比普通印制板高出一个数量级。

（2）金属芯印制板

金属芯印制板可以看作一种含有金属层的多层板，主要解决高密度安装引起的散热性能，且金属层有屏蔽作用，有利于解决干扰问题。

（3）碳膜印制板

碳膜板是在普通单面印制板上制成导线图形后再印制一层碳膜形成跨接线或触点（电阻值符合设计要求）的印制板。它可使单面板实现高密度，低成本，良好的电性能及工艺性，适用于电视机、电话机等家用电器。

（4）印制电路与厚膜电路的结合

将电阻材料和铜箔顺序粘合到绝缘板上，用印制板工艺制成需要的图形，在需要改变电阻的地方用电镀加厚的方法减小电阻，用腐蚀方法增加电阻，制造成印制电路和厚膜电路结合的新的内含元器件的印制板，从而在提高安装密度，降低成本上开辟出新的途径。

第4章
电子电路的手工焊接技术

电子电路的焊接、组装与调试在电子工程技术中占有重要位置。任何一个电子产品都是由设计→焊接→组装→调试形成的，而焊接是保证电子产品质量和可靠性的最基本环节，调试则是保证电子产品正常工作的最关键环节。在电子工业中，焊接技术应用极为广泛，它不需要复杂的设备及昂贵的费用，就可将多种元器件连接起来，在某种情况下，焊接是高质量连接最易实现的方法。

4.1 焊接机理

关于焊接的机理，有不同的解释。但是，以下几点是最基本的，并且从指导正确操作的意义上来说也是很重要的。

1. 扩散

我们知道，金属之间接近到一定的距离时能相互"入侵"，在金属学上，我们称之为扩散。通常，金属原子以结晶状态排列，如图 4.1 所示。原子间作用力的平衡维持晶格的形状和稳定。当两块金属接近到足够小的距离时，界面上晶格的紊乱导致部分原子能从一个晶格点阵移动到另一个晶格点阵，从而引起金属之间的扩散。当温度较高时，扩散速度较快，理论上说，到"绝对零度"时便没有扩散的可能。实际上，在常温下扩散进行的也是非常缓慢的。焊接，从本质上讲是离不开金属之间的"扩散"的。

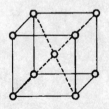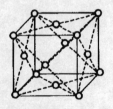

图 4.1　金属晶格点阵模型

2. 润湿

润湿是发生在固体表面和液体之间的一种物理现象。通常，如果液体能在固体表面漫流开，我们就说这种液体能润湿该固体表面，例如水能在干净的玻璃表面漫流而水银就不能，我们就说水能润湿玻璃而水银不能润湿玻璃，如图 4.2 所示。这种润湿作用是物质所固有的一种性质。

当固体表面存在液体时，它们之间就存在着相互作用的附着力，同时液体内部也存在着内聚力，当附着力的大小大于内聚力时，液体就在固体表面漫流，当附着力和内聚力的作用平衡时流动也就停止了。流动停止后，液体和固体交界处会形成一定的角度，这个角称润湿角，也叫接触角，是定量分析润湿现象的一个物理量。润湿角越小，润湿越充分。一般质量合格的铅锡焊料和铜之间润湿角可达 20°，实际应用中一般以 45° 为焊接质量的检验标准。

焊接，从本质上讲就是金属之间的扩散。当焊料熔化在焊件表面后，由于焊料能润湿焊件，也就符合金属扩散的条件。这种扩散的结果，使得焊料和焊件界面上形成一种新的金属合金层，我们称之为结合层，如图 4.3 所示。结合层的成分既不同于焊料又不同于焊件，而是一种既有化学作用而生成的金属化合物，例如 Cu_6Sn_5、Cu_3Sn、$Cu_{31}Sn_8$ 等，又有冶金作用而形成的合金固溶体的特殊层。由于结合层的存在，使焊料和焊件结合成一个整体，实现了金属连续性。

图 4.2　干净玻璃表面的水和水银

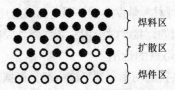

图 4.3　焊料与焊件扩散示意图

4.2　手工焊接的工具与材料

4.2.1　焊接工具

常用的手工焊接工具是电烙铁，其作用是加热焊料和被焊金属，使熔融的焊料润湿被焊金属表面并生成合金。

1. 电烙铁的结构

常见的电烙铁有直热式电烙铁如图 4.4 所示，感应式电烙铁、调温及恒温式电烙铁如图 4.5、图 4.6 所示，还有吸锡式电烙铁。本章主要介绍直热式电烙铁。

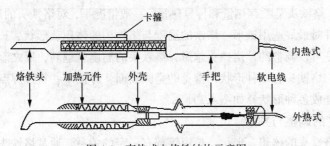

图 4.4　直热式电烙铁结构示意图

图 4.5　调温式电烙铁

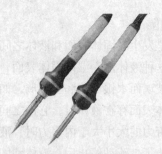

图 4.6　恒温式电烙铁

直热式电烙铁它又可以分为内热式和外热式两种。主要由以下几部分组成：

① 发热元件：俗称烙铁芯。它是将镍铬发热电阻丝缠在云母、陶瓷等耐热、绝缘材料上构成的。内热式与外热式主要区别在于外热式发热元件在传热体的外部，而内热式的发热元件在传热体的内部。

② 烙铁头：作为热量存储和传递的烙铁头，一般用紫铜制成。

③ 手柄：一般用实木或胶木制成，手柄设计要合理，否则因温升过高而影响操作。

④ 接线柱：是发热元件同电源线的连接处。必须注意：一般烙铁有三个接线柱，其中一个是接金属外壳的，接线时应用三芯线将外壳接保护零线。

2. 电烙铁的选用

选择烙铁的功率和类型，一般是根据焊件大小与性质而定，如表 4.1 所示。

表 4.1　　　　　　　　　　　　　　　　　烙铁选择

焊件及工作性质	选用烙铁	烙铁头温度（室温 220V 电压）
一般印制电路板，安装导线	20W 内热式、30W 外热式、恒温式	250～400℃
集成电路	20W 内热式、恒温式、储能式	
焊片，电位器，2～8W 电阻，大电解电容	35～50W 内热式、恒温式，50～75W 外热式	350～450℃
8W 以上大电阻，φ2 以上导线等较大元器件	100W 内热式，150～200W 外热式	400～550℃
汇流排，金属板等	300W 外热式	500～630℃
维修，调试一般电子产品	20W 内热式、恒温式、感应式、储能式、两用式	

3. 烙铁头的选择与修整

烙铁头的选择：烙铁头是贮存热量和传导热量。一般情况下，对烙铁头的形状要求并不严格，但是焊接精细易损件时最好选用锥形。烙铁的温度与烙铁头的体积、形状、长短等都有一定的关系。烙铁头的长短是可以调整的，烙铁头越短，烙铁头的温度就越高，反之温度就越低，在操作时可根据需要调节。烙铁头有多种形状，常见的是圆斜面，焊接一些特殊焊点时，可根据需要和个人爱好把烙铁头锉成各种形状，如图 4.7 所示。

4. 烙铁头温度的调整与判断

烙铁的温度与烙铁头的体积、形状、长短等都有一定的关系。通常烙铁头的温度可以通过插入烙铁芯的深度来调节。烙铁头插入烙铁芯的深度越深，其温度越高。

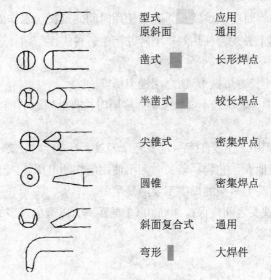

型式	应用
原斜面	通用
凿式	长形焊点
半凿式	较长焊点
尖锥式	密集焊点
圆锥	密集焊点
斜面复合式	通用
弯形	大焊件

图 4.7　常用烙铁头

一般情况下，我们可根据助焊剂的发烟状态用目测法判断烙铁头的温度，如图 4.8 所示。在烙铁头上熔化一点松香焊料，根据助焊剂的烟量大小判断其温度是否合适。温度低时，发烟量小，持续时间长；温度高时，烟气量大，消散快；在中等发烟状态，约 6～8s 消散时，温度约为 300℃，这时是焊接的合适温度。

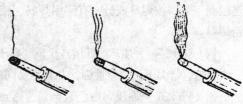

图 4.8　观察法估计烙铁头温度

5. 电烙铁的接触及加热方法

电烙铁的接触及加热方法：用电烙铁加热被焊工件时，烙铁头上一定要粘有适量的焊锡，为使电烙铁传热迅速，要用烙铁的侧平面接触被焊工件表面，同时应尽量使烙铁头同时接触印制板上焊盘和元器件引线。对较大的焊盘（直径大于 5mm）焊接时可移动烙铁，即烙铁绕焊盘转动，以免长时间停留一点导致局部过热，如图 4.9 所示。

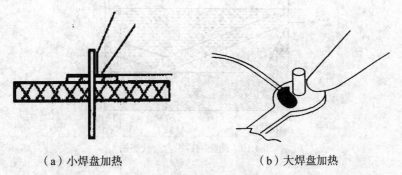

（a）小焊盘加热　　　　　　　　　（b）大焊盘加热

图 4.9　烙铁对焊盘加热

6. 使用电烙铁的注意事项

① 在使用前或更换烙铁芯时，必须检查电源线与地线的接头是否正确。尽可能使用三芯的电源插头，注意接地线要正确地接在烙铁的壳体上。

② 新烙铁头在使用前要用锉刀锉去烙铁头表面的氧化物，然后再接通电源，待烙铁通电加热到烙铁头颜色发紫时再用含松香的焊锡丝摩擦烙铁头焊接面，使烙铁头焊接面挂上一层薄锡，这

就是新烙铁头的上锡工作。对于旧烙铁头，随着使用时间的延长，工作面不断损耗，表面会变得凹凸不平，如果继续使用下去，会使热效率下降并产生各种焊接问题。这时需要把烙铁头取下，用锉刀锉平。

③ 使用合金烙铁头（长寿烙铁），切忌用锉刀修整。

④ 使用电烙铁过程中，烙铁线不要被烫破，应随时检查电烙铁的插头、电线，发现破损老化应及时更换。

⑤ 使用电烙铁的过程中，还要注意一定要轻拿轻放，不焊接时，要将烙铁放到烙铁架上，以免灼热的烙铁烫伤自己或他人、它物；若长时间不使用应切断电源，防止烙铁头氧化；不能用电烙铁敲击被焊工件；烙铁头上多余的焊锡不要随便乱甩。

⑥ 操作者头部与烙铁头之间应保持 30cm 以上的距离，以避免过多的有害气体（焊剂加热挥发出的化学物质）被人体吸入。

4.2.2　焊接材料

1. 焊锡

焊料是易熔金属，它熔点低于被焊金属，在熔化时能在被焊金属表面形成合金而将被焊金属连接到一起。按焊料成分，有锡铅焊料、银焊料、铜焊料等，在一般电子产品装配中主要使用锡铅焊料。

锡（Sn）是一种质软、低熔点金属，高于 13.2℃时是银白色金属，低于 13.2℃灰色，低于-40℃变成粉末。常温下抗氧化性强，并且容易同多数金属形成金属化合物。纯锡质脆，机械性能差。

铅（Pb）是一种浅青白色软金属，熔点 327℃；塑性好，有较高抗氧化性和抗腐蚀性。铅属于对人体有害的重金属，在人体中积蓄能引起铅中毒。铅的机械性能也很差。

铅与锡熔按不同比例形成合金后，其状态随温度变化的曲线如图 4.10 所示

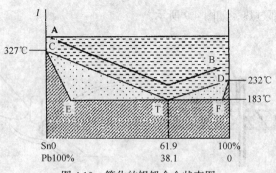

图 4.10　简化的锡铅合金状态图

由图 4.10 可以看出不同比例的 Pb 与 Sn 组成的合金熔点与凝固点各不相同。除纯 Pb、纯 Sn 和共晶合金是在单一温度下熔化外，其他合金都是在一个区域内熔化。图中 CTD 线叫液相线；温度高于此线时合金为液相；CETFD 叫固相线，温度低于此线时，合金为固相；两线之间的两个三角形区域内，合金是半融、半凝固状态。图中 AB 线表示最适于焊接的温度，它高于液相线 50℃。

图 4.10 中 T 点叫共晶点，对应的合金成分是 Pb 38.1%，Sn 61.9%称为共晶合金，对应温度为

183℃，是 Pb-Sn 焊料中性能最好的一种（实际应用中，Pb 和 Sn 的比例不可能也没必要控制在理论比例上，一般将 Sn 60%，Pb 40%的焊锡就称为共晶焊锡，其凝固点和熔化点也不是单一的183℃，而是在某个范围内，这在工程上是经济的）。它有以下优点。

① 熔点低，各种不同成分的铅锡合金熔点均低于铅和锡的熔点（参见图 3.7）有利于焊接。

② 熔点和凝固点一致（参见图 4.10），可使焊点快速凝固，不会因半融状态时间间隔长而造成焊点结晶疏松，强度降低。这一点尤其对自动焊接有重要意义，因为自动焊接传输中不可避免存在振动。

③ 机械强度高，由表 4.2 可知，合金的各种机械强度均优于纯锡和铅。

表 4.2　　　　　　　　　　　　焊料的物理和机械性能

锡	铅	导电性（铜 100%）	抗张力（kgf/mm）	折断力（kgf/mm）
100	0	13.9	1.49	2.0
95	5	13.6	3.15	3.1
60	40	11.6	5.36	3.5
50	50	10.7	4.73	3.1
52	58	10.2	4.41	3.1
35	65	9.7	4.57	3.6
30	70	9.3	4.73	3.5
0	100	7.9	1.42	1.4

④ 表面张力小，如表 4.2 所示，黏度下降，增大了液态流动性，有利于焊接时形成可靠接头。

⑤ 抗氧化性好，铅具有的抗氧化性优点在合金中继续保持，使焊料在熔化时减少氧化量。

焊锡除铅和锡外，不可避免有其他微量金属。这种微量金属就是杂质，它们的存在超过一定限量就会对焊锡性能产生影响。因此，各种焊锡都规定了杂质的标准。不合格的焊锡可能是成分不准确，也可能是杂质含量超标。

另一方面，为了使焊锡获得某些性能，也可掺入某些金属。例如掺入少量（0.5%～2%）的银，可使焊锡熔点低，强度高，掺入镉可使焊锡变为高温焊锡。

2. 焊剂（又称助焊剂）

由于金属表面同空气接触后都会生成一层氧化膜，这层氧化膜阻止焊锡对金属的润湿作用，犹如玻璃上沾上油就会使水不能润湿一样。焊剂就是用于清除氧化膜的一种专用材料（注意焊剂不能除掉焊件上的各种污物）。除氧化膜的实质是：温度在 70℃ 以上时，助焊剂中的氯化物、酸类同氧化物发生还原反应，从而除去氧化膜，反应后的生成物变成悬浮的渣，漂浮在焊料表面。（要注意，松香在 300℃ 以上开始分解并发生化学变化，便成黑色固体，失去化学活性。）

焊剂还能防止氧化。液态的焊锡及加热的焊件金属都容易与空气中的氧接触而氧化。助焊剂在熔化后，漂浮在焊料表面，形成隔离层，因而防止了焊接面的氧化。

另外，焊剂还能减小焊料的表面张力，增加焊锡流动性，有助于焊锡润湿焊件。

通常我们对助焊剂要求如下：

① 熔点应低于焊料，只有这样才能发挥助焊剂作用；

② 表面张力、黏度、比重小于焊料；

③ 残渣容易清除，焊剂都带有酸性，而且残渣影响外观；

④ 不能腐蚀母材，焊剂酸性太强，不仅除氧化层，也会腐蚀金属，造成危害；

⑤ 不产生有害气体和刺激性气味。

我们通常使用的有松香和松香酒精溶液（又称松香水），在松香酒精溶液中加入三乙醇胺可增强活性。

氢化松香是专为锡焊生产的高活性松香，助焊作用优于普通松香。

另外还有一种常用的焊剂是焊油膏，在电子电路的焊接中，一般不使用它，因为它是酸性焊剂，对金属有腐蚀作用。

4.3 手工焊接的基本操作过程

4.3.1 五步法训练

不少电子爱好者中通行一种焊接操作法，即先用烙铁头沾上一些焊锡，然后将烙铁放到焊点上停留等待加热后焊锡润湿焊件。这种方法，不是正确的操作方法。虽然这样也可以将焊件焊起来，但却不能保证质量。当我们把焊锡熔化到烙铁头上时，焊锡丝中的焊剂附在焊料表面，由于烙铁头温度一般都在 250℃～350℃以上，当烙铁放到焊点上之前，松香焊剂将不断挥发，

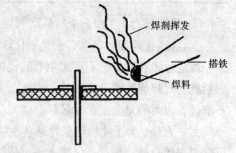

图 4.11　焊剂在烙铁上挥发

而当烙铁放到焊点上时由于焊件温度低，加热还需一段时间，在此期间焊剂很可能挥发大半甚至完全挥发，因而在润湿过程中由于缺少焊剂而润湿不良。同时由于焊料和焊件温度差得多，结合层不容易形成，很难避免虚焊。更由于焊剂的保护作用丧失后焊料容易氧化，质量得不到保证就在所难免了，如图 4.11 所示。

五步练习法操作方法步骤如图 4.12 所示。

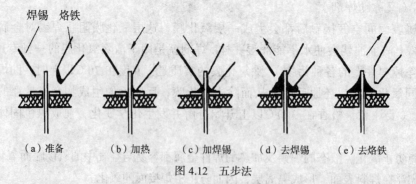

（a）准备　　（b）加热　　（c）加焊锡　　（d）去焊锡　　（e）去烙铁

图 4.12　五步法

1. 准备施焊

准备好焊锡丝和烙铁。此时特别强调的是烙铁头部要保持干净，即可以沾上焊锡（俗称吃锡）。

2. 加热焊件

将烙铁接触焊接点，注意首先要保持烙铁加热焊件各部分，例如印制板上引线和焊盘都使之受热，其次要注意让烙铁头的扁平部分（较大部分）接触热容量较大的焊件，烙铁头的侧面或边缘部分接触热容量较小的焊件，以保持焊件均匀受热。

3．熔化焊料

当焊件加热到能熔化焊料的温度后将焊丝置于焊点，焊料开始熔化并润湿焊点。

4．移开焊锡

当熔化一定量的焊锡后将焊锡丝移开。

5．移开烙铁

当焊锡完全润湿焊点后移开烙铁，注意移开烙铁的方向应该是大致 45° 的方向。

上述过程，对一般焊点而言大约 2～3s。对于热容量较小的焊点，例如印制电路板上的小焊盘，有时用三步法概括操作方法，即将上述步骤 2，3 合为一步，4，5 合为一步。实际上细微区分还是五步，所以五步法有普遍性，是掌握手工烙铁焊接的基本方法。特别是各步骤之间停留的时间，对保证焊接质量至关重要，只有通过实践才能逐步掌握。

4.3.2　实用焊接技艺

掌握原则和领会正确操作是必要的，但仅仅依照这些原则和要领并不能解决实际操作中的各种问题，实际当中的具体操作过程会因焊接的对象不同而不同。

1．印制电路板的焊接

焊接过程如下：把被焊元件引脚从元件面插入焊接孔，使它露出焊盘。把烙铁头焊接面靠到被焊元件引脚和焊盘之间上，同时让焊锡丝接触烙铁头焊接面，当焊锡熔化后，就流到焊盘上并沿被焊元件引脚周围散开形成一个焊点，于是立即移开焊锡丝和电烙铁，整个过程只需几秒钟。烙铁头停留的时间不能过长或过短，停留的时间过长，温度太高容易使元件损坏，焊点发白，甚至造成印刷电路板上的铜箔脱落。烙铁头温度不够或焊接时间过短，则焊锡流动性差，很容易凝固，使焊点成豆腐渣状。总的原则是焊接过程应在两三秒钟之内完成，如果两三秒之内焊锡不化或不能附着在焊件引脚周围，说明烙铁头温度不够或元件引脚不干净，应等一会烙铁温度升高以后再焊或把元件引脚重新刮干净度上锡再焊。在焊接时要注意只要把烙铁头的焊接面靠到被焊点即可，而不要来回蹭，更不要敲。

2．导线同接线端子的连接有三种基本形式

（1）绕焊

把经过上锡的导线端头在接线端子上缠一圈，用钳子拉紧缠牢后进行焊接，如图 4.13（b）所示。注意导线一定要紧贴端子表面，绝缘层不接触端子，一般 $L = 1～3\text{mm}$ 为宜。这种连接可靠性最好。

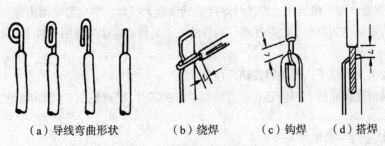

（a）导线弯曲形状　　　（b）绕焊　　　（c）钩焊　　　（d）搭焊

图 4.13　导线与端子的连接

（2）钩焊

将导线端子弯成钩形，钩在接线端子上并用钳子夹紧后施焊，如图 4.13（c）所示，端头处理与绕焊相同。这种方法强度低于绕焊，但操作简便。

（3）搭焊

把经过镀锡的导线搭到接线端子上施焊。如图 4.13（d）所示。这种连接最方便，但强度可靠性最差，仅用于临时连接或不便于缠、钩的地方以及某些接插件上。

3. 导线与导线的连接

导线之间的连接以绕焊为主，如图 4.14 所示，操作步骤如下：

① 去掉一定长度绝缘皮；

② 端子上锡，并穿上合适套管；

③ 绞合，施焊；

④ 趁热套上套管，冷却后套管固定在接头处。

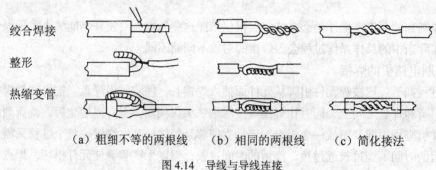

（a）粗细不等的两根线　　（b）相同的两根线　　（c）简化接法

图 4.14　导线与导线连接

4.4　焊接质量及缺陷

虚焊、短路、开路是印刷板装配焊接中常遇到的故障问题。其中元件引脚的氧化，电路板焊接部分和连接部分的涂覆层质量以及焊接工具、焊接温度和焊接时间的掌握是关键。经验表明应慎用助焊剂，特别是带有腐蚀性的焊剂。

为避免焊接造成断路、开路等难以修复的故障，应在焊接之前对印刷板作全面的检查。

1. 焊接过程对元件的损伤

焊接过程对元件的损伤主要表现为：

① 半导体器件因受热太久导致损坏；

② MOS 型器件输入阻抗高，焊接时焊接工具外壳无接地，感应静电而击穿；

③ 某些不耐高热的材料，如带有塑料构件的电子元件，焊接时选用焊接工具不当，在加热时引起变形；

④ 焊接大电流的端子，可能因发热而熔脱；

⑤ 对引线密度很高的大规模芯片和有特别要求的芯片,没有使用专门的焊接设备和遵守专门的操作流程。

2. 电路焊接的一般要求

① 元器件在印制板上穿孔焊接时，印制板金属化孔的两面都应出现焊角，单面板仅要求在有

电路的一面有焊角，如图 4.15 所示。

② 焊点外观光滑、无针孔，不允许有虚焊和漏焊现象。

③ 焊点上应没有可见的焊剂残渣。

④ 焊点上没有拉尖、裂纹。

⑤ 焊点上的焊锡要适量，焊点的润湿角以 15°～30° 为佳，焊点的大小要和焊盘适应，如图 4.16 所示。

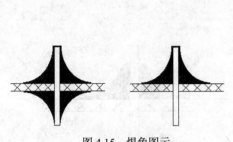

图 4.15 焊角图示

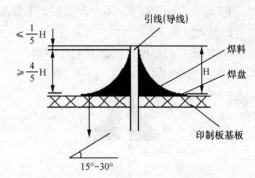

图 4.16 焊点的润湿角图示

⑥ 密实焊点是优质合格焊点的重要标志之一，密实焊点强度高、导电性好、抗腐蚀力强，不会造成内腐蚀脱焊。在一个焊点上的气孔或空穴不集中在一处，且不超过表面积的 5%的焊点即可认为是密实焊点。

⑦ 扁平式封装集成电路的引线在印制板上的平面焊接，焊料不可太多，应略显露引线的轮廓，如图 4.17 所示。

⑧ 扁平线最小焊接长度应为 1mm，如图 4.18 所示。

⑨ 扁平引线可以伸出电路焊盘，但伸出扁平引线不得影响邻近电路（至少保持 0.3mm 的距离），如图 4.18 所示。

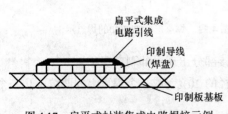

图 4.17 扁平式封装集成电路焊接示例

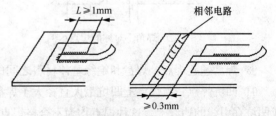

图 4.18 扁平式封装集成电路焊接长度示例

3. 不合格焊点

焊点如有下列缺陷，均为不合格焊点。

① 虚焊点：由于焊接之前加热不够、清洗不充分或焊料中杂质过多等原因，而形成的润湿性差、外观呈灰色、多孔、不牢固的焊接点。

② 冷焊点：由于未达到焊接温度而造成的电气连接不良或根本没有连通的焊点。

③ 夹松香焊点：由于焊接时间不够，焊剂未充分挥发，而使得焊剂残留于焊料和被焊金属之间的焊点。

④ 受扰动的焊点：在焊料凝固期间，由于元器件与印制板有相对移动而形成的焊点。受扰动

的焊点通常外观粗糙，且焊角不匀称。

⑤ 焊剂残余：明显残留有焊剂的焊点。

⑥ 焊点拉尖（俗称毛刺）：在焊点表面有呈锐利的焊料突起，其突起大于 0.2mm 的焊点，如图 4.19 所示。

⑦ 润湿不良焊点：由于被焊金属表面可焊性差，焊料不能自由流动，未完全润湿被焊金属表面。

⑧ 焊盘不润湿焊点：不润湿面积大于焊盘面积 1/3 的焊点，如图 4.20 所示。

⑨ 引线不润湿焊点：如图 4.21 所示。

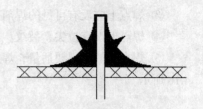

图 4.19　焊点拉尖示例

图 4.20　焊盘不润湿焊点示例

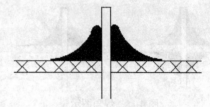

图 4.21　引线不润湿焊点

⑩ 过热焊点：由于焊接温度过高或加热时间过长而引起焊料变质且焊接表面呈霜斑或颗粒状的焊点。

⑪ 焊角不对称的焊点：偏锡的长度 L 大于焊盘半径的 20% 的焊点，如图 4.22 所示。

⑫ 纽形焊点：焊点形状似纽扣的焊点，如图 4.23 所示。

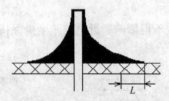

图 4.22　焊角不对称的焊点示例

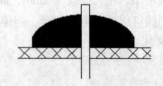

图 4.23　焊点形状似纽扣的焊点示例

⑬ 焊盘翘起焊点：焊盘和绝缘基体材料之间的粘接部分出现局部剥离现象。

⑭ 凹坑焊点：当焊点上凹坑最大直径大于焊盘直径的 20%，或一个焊点上的凹坑不止一个，或凹坑在引线的边缘上，这种焊点均为不合格焊点。

⑮ 不透锡焊点：表面金属化孔质量不好。

⑯ 扁平式封装的集成电路引线从焊盘的侧面伸出的焊点。

第5章

表面安装与微组装技术

表面安装技术（SMT）是一种将无引线或短引线的元器件直接粘贴在印制电路板表面的一种安装技术。由于电子装配正朝着多功能、小型化、高可靠性方向发展，实现电子产品"轻、薄、短、小"已成为一种必然。它打破了传统的通孔安装方式，使电子产品的装配发生了根本的、革命性的变革。目前，表面安装技术已在计算机、通信、军事和工业生产等多个领域取得了广泛的应用。

5.1 表面安装

5.1.1 表面安装技术特点

表面安装技术使用小型化的元件，不需要通孔，直接贴在印制电路板表面，给安装带来了通孔安装不可比拟的优势。具体表现在：

（1）组装密度高

单位面积内可安装更多的元件，产品体积小、重量轻。与通孔技术相比，体积缩小了 30%～40%，重量也减少了 10%～30%。

（2）生产效率高

表面安装技术与传统的安装技术相比，减少了多道工序，如刀剪、成型等，不但节约了材料，而且节约了工时，也更适合自动化控制大规模生产。

（3）可靠性高

贴装元件的端子短或无端子，体积小、中心低，直接贴焊在电路板的表面上，抗振能力强。采用了先进的焊接技术，使焊点缺陷率大大降低。

（4）产品性能好

无引线元器件或短引线的元器件，电路寄生参数小、噪声低，特别是减少了高频分布参

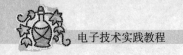

数影响；安装的印制电路板变小，使信号的传送距离变短，提高了信号的传输速度，改善了高频特性。

5.1.2　表面安装材料

1. 基板材料

SMT 电路基板按材料分有机材料和无机材料两大类。

（1）无机材料

主要为陶瓷电路基板，基板材料 96%的氧化铝，也可以用氧化铍做基板材料，其优点如下。

① 它的热膨胀系数与无引线陶瓷芯片载体外壳的热膨胀系数相匹配，采用陶瓷电路基板组装无引线陶瓷芯片载体器件可获得很好的焊点可靠性。

② 陶瓷电路基板可用于也主要用于厚薄混合集成电路、多芯片组装电路中。

③ 陶瓷基板比有机材料具有更好的耐高温性能，表面光洁度好，化学稳定性好，耐腐蚀。

陶瓷基板的缺点主要有以下几点。

① 难以加工成大而平整的基板，难以适应自动化生产的需要。

② 陶瓷材料的介电常数高，不适合用做高速电路基板。

③ 陶瓷电路基板的价格较贵，一般的表面安装难以承受。

（2）有机材料

有机材料的种类较多，如环氧玻璃纤维板、聚酰亚胺纤维板、环氧芳族聚酸亚胺纤维板、热固性塑料板等，它们具有各自不同的特点，也适合于不同的用途。

目前应用最广泛的是环氧玻璃纤维电路板，它可用作单面、双面和多层印制电路板。强度好、韧性强，具有良好的延展性。单块电路基板的尺寸基本不受限制，电性能、热性能和机械强度均能满足一般电路的要求。但环氧玻璃纤维材料的热膨胀系数比较高，一般不适合安装大尺寸的片式元件。另外，环氧玻璃纤维板的热膨胀系数与无引线陶瓷芯片载体的热膨胀系数不匹配，故不能在这种基板上组装无引线陶瓷芯片载体。

2. 黏合剂

黏合剂主要用来黏合元件与印制电路板的焊盘。一般有环氧类和聚酯类，如环氧树脂、丙烯酸树脂及其他聚合物。按固化方式，可分为热固化黏合剂、光固化黏合剂和超声波固化黏合剂等。其特点是：凝固时间短，一般要求固化温度小于 150℃，时间小于或等于 20min；固化时不漫流，能承受焊接温度 240℃～270℃高温冲击；绝缘性好，体积电阻率大于或等于 $1 \times 10^{13}\Omega/cm$，具有良好的印刷型和被熔脱（清洗）性。

3. 助焊剂

SMT 对助焊剂的要求和选用原则基本上与通孔插装技术（THT）一致，但要求更严格，使用更有针对性。

4. 清洗剂

SMT 的高密度安装使清洗剂的作用大大增加，目前常用的清洗剂有两类：CFC-113（三氟三氯乙烷）和甲基氟仿，实际使用时，还需加入乙酸脂、丙烯酸醋等稳定剂，以改善清洗剂性能。

清洗方法有浸注清洗、喷淋清洗、超声波清洗以及汽相清洗等。

5. 焊锡

焊锡通常由焊料合金粉末、助焊剂和溶剂（载体）组成，有松香型和水溶性两种。其特点是：

良好的印刷性，印刷后不漫流，热熔时不飞溅，不外流；热熔后焊点牢固，无空白点；有足够的活性，焊后残余物易清洗。

6. 焊膏

焊膏是由合金粉末、糊状焊剂均匀混合而成的一种膏状体，它是 SMT 工艺中不可缺少的焊接材料。焊膏有两种，一种是松香型，它性能稳定，几乎无腐蚀性，也便于清洗；另一种是水溶性的，活性剂较强，清洗工艺复杂。一般生产厂家常用松香型。

5.2　SMT 元器件

5.2.1　SMT 元器件的特点

应该说，电子整机产品制造工艺技术的进步，取决于电子元器件的发展；与此相同，SMT 技术的发展，是由于表面安装元器件的出现。

表面安装元器件也称作贴片式元器件或片状元器件，它有两个显著的特点。

① 在 SMT 元器件的电极上，有些焊端完全没有引线，有些只有非常短小的引线；相邻电极之间的距离比传统的 THT 集成电路的标准引线间距（2.54mm）小很多，目前引脚中心间距最小的已经达到 0.3mm。在集成度相同的情况下，SMT 元器件的体积比 THT 元器件小很多；或者说，与同样体积的传统电路芯片比较，SMT 元器件的集成度提高了很多倍。

② SMT 元器件直接贴装在印制电路板的表面，将电极焊接在与元器件同一面的焊盘上。这样，印制板上通孔的直径仅由制作印制电路板时金属化孔的工艺水平决定，通孔的周围没有焊盘，使印制电路板的布线密度和组装密度大大提高。

5.2.2　SMT 元器件的种类和规格

SMT 元器件基本上都是片状结构。片状是个广义的概念，从结构形状说，包括薄片矩形、圆柱形、扁平异形等；表面安装元器件同传统元器件一样，也可以从功能上分类为无源元件 SMC、有源元件 SMD 和机电元件三大类。SMT 元器件的详细分类如表 5.1 所示。

表 5.1　　　　　　　　　　　　　　　　　SMT 元器件的分类

类别	封装形式	种类
无源表面安装元件 SMC	矩形片式	厚膜和薄膜电阻器、热敏电阻、压敏电阻、单层或多层陶瓷电容器、钽电解电容器、片式电感器、磁珠、石英晶体等
	圆柱形	碳膜电阻器、金属膜电阻器、陶瓷电容器、热敏电容器等
	异形	电位器、微调电位器、钽电解电容器、微调电容器、线绕电感器、晶体振荡器、变压器等
	复合片式	电阻网络、电容网络、滤波器等
有源表面安装元件 SMD	圆柱形	二极管
	陶瓷组件（扁平）	无引脚陶瓷芯片载体 LCCC、有引脚陶瓷芯片载体 CBGA
	塑料组件（扁平）	SOT、SOP、PLCC、QFP、BGA、CSP 等
机电元件	异形	继电器、开关、连接器、延迟器、薄型微电机等

SMT 元器件按照使用环境分类，可分为非气密性封装器件和气密性封装器件。非气密性封装器件对工作温度的要求一般为 0℃～70℃。气密性封装器件的工作温度范围可达到 −55℃～+125℃。气密性器件价格昂贵，一般使用在高可靠性产品中。

片状元器件最重要的特点是小型化和标准化。国际上已经有统一标准，对片状元器件的外形尺寸、结构与电极形状等都做出了规定，这对于表面组装技术的发展无疑具有重要的意义。

1. 无源元件 SMC

SMC 包括片状电阻器、电容器、电感器、滤波器和陶瓷振荡器等。应该说，随着 SMT 技术的发展，几乎全部传统电子元件的每个品种都已经被"SMT 化"了。

如图 5.1 所示，SMC 的典型形状是一个矩形六面体（长方体），也有一部分 SMC 采用圆柱体的形状，这对于利用传统元件的制造设备、减少固定资产投入很有利。还有一些元件由于矩形化比较困难，是异形 SMC。

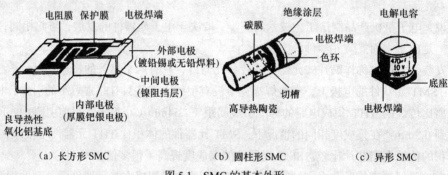

（a）长方形 SMC　　　　　（b）圆柱形 SMC　　　　　（c）异形 SMC

图 5.1　SMC 的基本外形

从电子元件的功能特性来说，SMC 的参数数值系列与传统元件的差别不大。长方体 SMC 是根据其外形尺寸的大小划分成几个系列型号的，现有两种表示方法，欧美产品大多采用英制系列，日本产品大多采用公制系列，我国这两种系列都可以使用。无论哪种系列，系列型号的前两位数字表示元件的长度，后两位数字表示元件的宽度。例如，公制系列 3 216（英制 1 206）的矩形贴片元件，长 L = 3.2mm（0.12in），宽 W = 1.6mm（0.06in）。并且，系列型号的发展变化也反映了 SMC 元件的小型化进程：5750（2220）→4532（1812）→3225（1210）→3216（1206）→2520（1008）→2012（0805）→1608（0603）→1005（0402）→0603（0201）。典型 SMC 系列的外形尺寸如表 5.2 所示。

表 5.2　　　　　　　　　　典型 SMC 系列的外形尺寸（单位：mm/in）

公制/英制型号	L	W	a	b	T
3216/1206	3.2/0.12	1.6/0.06	0.5/0.02	0.5/0.02	0.6/0.024
2012/0805	2.0/0.08	1.25/0.05	0.4/0.016	0.4/0.016	0.6/0.016
1608/0603	1.6/0.06	0.8/0.03	0.3/0.012	0.3/0.012	0.45/0.018
1005/0402	1.0/0.04	0.5/0.02	0.2/0.008	0.25/0.01	0.35/0.014
0603/0201	0.6/0.02	0.3/0.01	0.2/0.005	0.2/0.006	0.25/0.01

注：公制/英制转换 1in = 1 000mil，1in = 25.4mm，1mm≈40mil。

SMC 的元件种类用型号加后缀的方法表示，例如，3216C 是 3216 系列的电容器，2012R 表示 2012 系列的电阻器。

1005、0603 系列 SMC 元件的表面积太小，难以用手工装配焊接，所以元件表面不印刷它的标称数值（参数印在纸编带的盘上）；3216、2012、1608 系列片状 SMC 的标称数值一般用印在元件表面上的三位数字表示（EIA-24 系列）：前两位数字是有效数字，第三位是倍率乘数。例如，电阻器上印有 114，表示阻值 110kΩ；表面印有 5R6，表示阻值 5.6Ω；表面印有 R39，表示阻值 0.39Ω。电容器上的 103，表示容量为 10 000pF，即 0.01μF（大多数小容量电容器的表面不印参数）。圆柱形电阻器用三位或四位色环表示阻值的大小。精度±1%的精密电阻器还有另一种表示方法，如表 5.3 所示。这个系列的电阻值参数，用两位数字代码加一位字母代码表示。与 EIA-24 系列不同的是，EIA-96 系列的精密电阻器不能从它的标志上直接读取阻值。前两位数字代码通过查表 5.3 得知数值，再乘以字母代码表示的倍率。例如，元件上标识为 39X，从表中可查得 39 对应值为 249，X 对应值为 10^{-1}，这个电阻的阻值为 $249 \times 10^{-1}\Omega =24.9\Omega\pm1\%$ ；又如，元件上标识为 01B，从表中可查得 01 对应值为 100，B 对应值为 10^1，这个电阻的阻值为 $100 \times 10^1\Omega = 1k\Omega\pm1\%$。

表 5.3　　　　　　　　　　　　精密电阻器的代码阻值

代码	阻值	代码	阻值	代码	阻值	代码	阻值	代码	阻值	代码	阻值
01	100	17	147	33	215	49	316	65	464	81	681
02	102	18	150	34	221	50	324	66	475	82	698
03	105	19	154	35	226	51	332	67	487	83	715
04	107	20	158	36	232	52	340	68	499	84	732
05	110	21	162	37	237	53	348	69	511	85	750
06	113	22	165	38	243	54	357	70	523	86	768
07	115	23	169	39	249	55	365	71	536	87	787
08	118	24	174	40	255	56	374	72	549	88	806
09	122	25	178	41	261	57	383	73	562	89	825
10	124	26	182	42	267	58	392	74	576	90	845
11	127	27	187	43	274	59	402	75	590	91	866
12	130	28	191	44	280	60	412	76	604	92	887
13	133	29	196	45	287	61	422	77	619	93	909
14	137	30	200	46	294	62	432	78	634	94	931
15	140	31	205	47	301	63	442	79	649	95	953
16	143	32	210	48	309	64	453	80	665	96	976

注：$A = 10^0$，$B = 10^1$，$C = 10^2$，$D = 10^3$，$E = 10^4$，$F = 10^5$，$G = 10^6$，$H = 10^7$，$X = 10^{-1}$，$Y = 10^{-2}$，$Z = 10^{-3}$。

虽然 SMC 的体积很小，但它的数值范围和精度并不差，如表 5.4 所示。以 SMC 电阻器为例，3216 系列的阻值范围是 0.39Ω～10MΩ，额定功率可达到 1/4W，允许偏差有±1%、±2%、±5%和±10% 等四个系列，额定工作温度上限是 70℃。

表 5.4　　　　　　　　　　常用典型 SMC 电阻器的主要技术参数

系列型号	3216	2012	1608	1005
阻值范围	0.39Ω～10MΩ	1Ω～10MΩ	2.2Ω～10MΩ	10Ω～10MΩ
允许偏差/%	±1, ±2, ±5	±1, ±2, ±5	±2, ±5	±2, ±5
额定功率/W	1/4,1/8	1/10	1/16	1/16
最大工作电压/V	200	150	50	50
工作温度范围/额定温度/℃	−55～＋125/70	−55～＋125/70	−55～＋125/70	−55～＋125/70

（1）表面安装电阻器

表面安装电阻器按封装外形，如图 5.1（a）、图 5.1（b）所示，可分为片状和圆柱状两种。如

图 5.2 所示是片状表面安装电阻器的外形尺寸示意图。表面安装电阻器按制造工艺可分为厚膜型和薄膜型两大类。片状表面安装电阻器一般是用厚膜工艺制作的：在一个高纯度氧化铝（Al_2O_3，96%）基底平面上网印 RuO_2 电阻浆来制作电阻膜；改变电阻浆料成分或配比，就能得到不同的电阻值，也可以用激光在电阻膜上刻槽微调电阻值；然后再印刷玻璃浆覆盖电阻膜并烧结成釉保护层，最后把基片两端做成焊端。圆柱形表面安装电阻器可以用薄膜工艺来制作：在高铝陶瓷基柱表面溅射镍铬合金膜或碳膜，在膜上刻槽调整电阻值，两端压上金属焊端，再涂覆耐热漆形成保护层并印上色环标志。

（2）表面安装电阻排（电阻网络）。

表面安装电阻排是电阻网络的表面安装形式。目前，最常用的表面安装电阻网络的外形如图 5.3 所示，大功率、多引脚的电阻网络也有封装成 SO 形式的。

（a）外形　　　　　　　（b）内部电路

D 型电阻排

$R1=R2=R3=R4=47×10^0=47$

图 5.2　SMT 电阻器的外形示意图　　　　图 5.3　SMT 电阻排（电阻网络）

（3）表面安装电容器

① SMT 多层陶瓷电容器。SMT 陶瓷电容器多以陶瓷材料为电容介质，多层陶瓷电容器是在单层盘状电容器的基础上构成的，电极深入电容器内部，并与陶瓷介质相互交错。电极的两端露在外面，并与两端的焊端相连。如图 5.4（a）所示是多层陶瓷贴片电容器的外形，图 5.4（b）是它的内部结构，图 5.4（c）是一种电容排（电容网络）的外观。

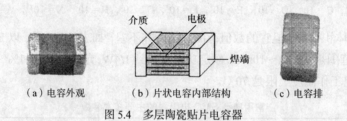

（a）电容外观　　　（b）片状电容内部结构　　　（c）电容排

图 5.4　多层陶瓷贴片电容器

SMT 贴片电容器所用介质有三种：COG、X7R 和 Z5U。其电容量与尺寸、介质的关系如表 5.5 所示。

表 5.5　　　　　　　　　　不同介质材料的 SMT 贴片电容器的电容量范围

型号	COG	X7R	Z5U
0805C	10pF～560pF	120pF～0.012μF	
1206C	680pF～1500pF	0.016 pF～0.033pF	0.033μF～10μF
1812C	1 800pF～5 600pF	0.039μF～0.12μF	0.12μF～0.47μF

表面安装多层陶瓷电容器的可靠性很高，已经大量用于汽车工业、军事和航天产品。

②　表面安装电解电容器。常见的 SMT 电解电容器有两种。如图 5.5（a）所示是铝电解电容器的照片，它的容量和额定工作电压的范围比较大，因此做成贴片形式比较困难，一般是异形。图 5.5（b）是 SMT 钽电解电容的照片，这类电容器以金属钽作为电容介质，可靠性很高。SMT 钽电解电容器的外形都是片状矩形，按两头的焊端不同，分为非模压式和塑模式两种，目前尚无统一的标注标准。以非模压式钽电容器为例，其尺寸范围为：宽度 1.27mm～3.81mm，长度 2.54mm～7.239mm，高度 1.27～2.794mm。电容量范围是 0.1μF～100μF，直流工作电压范围为 4V～25V。

（4）SMT 电感器

SMT 电感器有多种形式，如图 5.6（a）所示，矩形贴片的电感量较小，常见的型号是 1 206（英制），这种电感器的电感量一般在 1μH 以下，额定

（a）铝电解电容器　　（b）钽电解电容器

图 5.5　SMT 电解电容器

电流是 10mA～20mA。图 5.6（b）是它的特写，图 5.6（c）是 SMT 电感排。其他封装形式的贴片电感器可以达到较大的电感量或更大的额定电流，一种方形扁平封装的互感器元件如图 5.6（d）所示。

  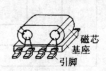

（a）SMT 电感器　　　（b）SMT 电感器特写　　　（c）SMT 电感排　　　（d）SMT 互感器

图 5.6　SMT 电感器

（5）SMT 的焊端结构

如图 5.1（a）所示，无引线片状元件 SMC 的电极焊端一般由三层金属构成。焊端的内部电极通常是采用厚膜技术制作的钯银（Pd—Ag）合金电极，中间电极是镀在内部电极上的镍（Ni）阻挡层，外部电极是铅锡（Sn—Pb）合金。中间电极的作用是，避免在高温焊接时焊料中的铅和银发生置换反应而导致厚膜电极"脱帽"，造成虚焊或脱焊。镍的耐热性和稳定性好，对钯银内部电极起到了阻挡层的作用；但镍的可焊接性较差，镀铅锡合金的外部电极可以提高可焊接性。随着无铅焊接技术的推广，焊端表面的合金镀层也必须改变成无铅焊料。

（6）SMT 元件的规格型号表示方法

SMT 元件规格型号的表示方法因生产厂商而不同。我国市场上销售的 SMT 元件，部分是国外进口，其余是用引进生产线生产的，其规格型号的命名难免带有原厂商的烙印。下面各用一种贴片电阻和贴片电容举例说明。

例 1：1/8W，470Ω，±5%的陶瓷电阻器，其表示方法如图 5.7 所示。

例 2：1 000pF，±5%，50V 的瓷介电容器，其表示方法如图 5.8 所示。

电子整机产品制造企业在编制设计文件和生产工艺文件、指导采购订货及元器件进厂检验、通过权威部门对产品的安全性认证时，都需要用到元器件的这些规格型号。

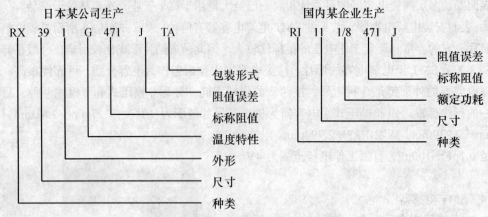

图 5.7　市场上某电阻器规格型号的意义

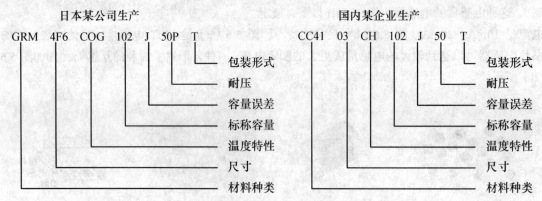

图 5.8　市场上某电容器规格型号的意义

2．SMD 分立器件

SMD 分立器件包括各种分立半导体器件，有二极管、三极管、场效应管，也有由 2、3 只三极管、二极管组成的简单复合电路。

（1）SMD 分立器件的外形

典型 SMD 分立器件的外形如图 5.9 所示，电极引脚数为 2～6 个。

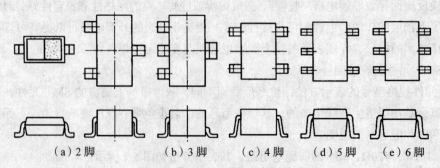

（a）2 脚　　（b）3 脚　　（c）4 脚　　（d）5 脚　　（e）6 脚

图 5.9　典型 SMD 分立器件的外形

二极管类器件一般采用 2 端或 3 端 SMD 封装，小功率三极管类器件一般采用 3 端或 4 端 SMD 封装，4～6 端 SMD 器件内大多封装了 2 只三极管或场效应管。

（2）二极管

SMD 二极管有无引线柱形玻璃封装和片状塑料封装两种。无引线柱形玻璃封装二极管是将管芯封装在细玻璃管内，两端以金属帽为电极。常见的有稳压二极管、开关二极管和通用二极管，功耗一般为 0.5W～1W。如图 5.10 所示，图 5.10（a）是柱形玻璃封装普通二极管，图 5.10（b）是柱形玻璃封装稳压二极管。塑料封装二极管一般做成矩形片状，额定电流 150mA～1A，耐压 50V～400V，如图 5.10（c）所示。

（a）柱形玻璃普通二极管　　　（b）柱状玻璃稳压二极管　　　（c）贴片塑封普通二极管

图 5.10　SMD 二极管

（3）三极管

三极管采用带有翼形短引线的塑料封装，可分为 SOT23、SOT89、SOT14 几种尺寸结构，产品有小功率管、大功率管、场效应管和高频管几个系列，如图 5.11 所示。

（a）小功率三极管　　　　（b）大功率三极管

图 5.11　SMD 三极管

小功率管额定功率为 100mW～300mW，电流为 10mA～700mA。

大功率管额定功率为 300mW～2W，两条连在一起的引脚或与散热片连接的引脚是集电极。

各厂商产品的电极引出方式不同，在选用时必须查阅手册资料。

SMD 分立器件的包装方式要便于自动化安装设备拾取，电极引脚数目较少的 SMD 分立器件一般采用盘状纸编带包装。

3．SMD 集成电路

SMD 集成电路包括各种数字电路和模拟电路的 SSI～ULSI 集成器件。由于工艺技术的进步，SMD 集成电路的电气性能指标比 THT 集成电路更好一些。与传统的双列直插、单列直插式集成电路不同，SMD 集成电路按照它们的封装方式，可以分成下列几类。

（1）SO 封装

引线比较少的小规模集成电路大多采用这种小型封装，如图 5.12（a）所示。SO 封装又分为几种，芯片宽度小于 0.15in，电极引脚数目比较少的（一般在 8～40 脚之间），叫做 SOP 封装，如图 5.12（b）所示。宽度在 0.25in 以上，电极引脚数目在 44 以上的，叫做 SOL 封装，如图 5.12（c）所示，这种芯片常见于随机存储器（RAM）。芯片宽度在 0.6in 以上，电极引脚数目在 44 以上的，叫做 SOW 封装，如图 5.12（d）所示，这种芯片常见于可编程存储器（E^2PROM）。有些 SOP 封装采用小型化或薄型化封装，分别叫作 SSOP 封装和 TSOP 封装。大多数 SO 封装的引脚采用翼形电极，也有一些存储器采用 J 形电极，有利于在插座上扩展存储容量。SO 封装的引脚间距有 1.27mm、1.0mm、0.8mm、0.65mm 和 0.5mm。

（a）SO 封装的集成电路

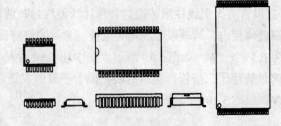
（b）SOP 型封装　　（c）SOL 型封装　　（d）SOW 型封装

图 5.12　常见的 SO 集成电路

（2）QFP 封装

矩形四边都有电极引脚的 SMD 集成电路叫做 QFP 封装，其中 PQFP（Plastic QFP）封装的芯片四角有突出（角耳），薄型 TQFP 封装的厚度已经降到 1.0mm 或 0.5mm。QFP 封装也采用翼形的电极引脚。QFP 封装的芯片一般都是大规模集成电路，在商品化的 QFP 芯片中，电极引脚数目最少的有 28 脚，最多可能达到 300 脚以上，引脚间距最小的是 0.4mm（最小极限是 0.3mm），最大的是 1.27mm。如图 5.13（a）所示是 QFP 集成电路的照片，图 5.13（b）是这种封装的一般形式。

（a）QFP 封装的集成电路

（b）QFP 封装

图 5.13　常见的 QFP 封装的集成电路

（3）PLCC 封装

这也是一种集成电路的矩形封装，它的引脚向内钩回，叫做钩形（J 形）电极，电极引脚数目为 16～84 个，间距为 1.27mm，如图 5.14 所示。PLCC 封装的集成电路大多是可编程的存储器，芯片可以安装在专用的插座上，容易取下来对其中的数据进行改写。为了减少插座的成本，PLCC芯片也可以直接焊接在电路板上，但用手工焊接比较困难。

（a）QFP 封装的集成电路

（b）QFP 封装

图 5.13　常见的 QFP 封装的集成电路

（a）PLCC 封装的集成电路

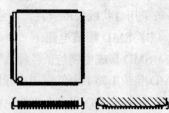
（b）PLCC 型封装

图 5.14　PLCC 封装的集成电路

如图 5.15 所示可以看出 SMD 集成电路和传统的 DIP 集成电路在内部引线结构上的差别。显然，SMD 内部的引线结构比较均匀，引线总长度更短，这对于器件的小型化和提高集成度来说，是更加合理的方案。

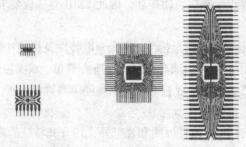

　　（a）SO-14 与 DIP-14　　　　（b）PLCC-68 与 DIP-68
　　　　引线结构比较　　　　　　　　引线结构比较

图 5.15　SMD 与 DIP 器件的内部引线结构比较

5.3　表面安装技术简介

5.3.1　表面安装印制电路板

　　表面安装用的印制电路板，由于 SMC 和 SMD 安装方式的特点，与普遍 PCB 在基板要求，设计规范和检测方法上都有很大差异，为叙述简单，我们用 SMB（surface mounting printed circuit board）作为它的简称，以区别于普通 PCB。

　　1. SMB 的特点

　　（1）高密度布线

　　随着 SMD 的引线间距由 1.27→0.762→0.635→0.508→0.381→0.305（mm），不断缩小，SMB 普遍要求在 2.54mm 网络间过双线（线宽由 0.23mm 减到 0.18mm）甚至过三线（线宽及线间距由 0.20mm 减到 0.12mm），并且向过五根导线（线宽及线间距由 0.15mm 减到 0.08mm）方向发展。

　　（2）小孔径、高板厚孔径比

　　在 SMB 上由于孔已不再用于插装元件（混装的 THT 除外）而只起过孔作用，因而孔径也日益减小。一般 SMB 上金属化孔直径为 Φ0.6mm～Φ0.3mm，发展方向为 Φ0.3mm～Φ0.1mm。同时 SMB 特有的盲孔与埋孔直径也小到 Φ0.3mm～Φ0.1mm，如图 5.16 所示。减小孔径与 SMB 布线密度相适应，孔径越小制造难度越高。

　　由于孔径减小，SMB 板厚一般并不能减小并且由于用多层板，所以 SMB 的板厚孔径比一般在 5 以上（THT 一般在 3 以下），甚至高达 21。

　　（3）多层数

　　为提高 SMT 装配密度，SMB 的层数不断增加。在大型电子计算机中用的 SMB 高达 68 层。

　　（4）高电气性能

　　由于 SMT 用于高频、高速信号传输电路，电路工作频率由 100MHz 向 1GHz 甚至更高频段发展，对 SMB 的阻抗特性，表面绝缘，介电常数，介电损耗等高频特性提出更高要求。

　　（5）高平整光洁度和高稳定性

　　在 SMB 中即使微小的翘曲，不仅影响自动贴装的定位精度，而且会使片状元器件及焊点产生缺陷而失效。另外，表面的粗糙或凸凹不平也会引起焊接不良，而基板本身热膨胀系数如果超过一定限制也会使元器件及焊点受热应力而损坏，因此 SMB 对基板要求远远超过普通 PCB。

（6）高质量基板

SMB 的基板必须在尺寸稳定性，高温特性，绝缘介电特性及机械特性上满足安装质量和电气性能的要求；一般 PCB 板常用的环氧玻璃布板仅能适应一般单、双面板上安装密度不高的 SMB。高密度多层板应采用聚四氟乙烯，聚酰亚胺、氧化铝陶瓷等高性能基板。

2. SMB 设计

SMB 的设计除了遵循普通 PCB 设计原则和规范外，还有其特殊的要求，主要有以下几点。

（1）元器件排向

① 基本原则：同类元器件尽可能同方向排列，以利于贴装、焊接和检测。如图 5.17 所示，是一种典型 SMB 排列。

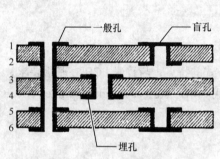

图 5.16 SMB 的盲孔与埋孔

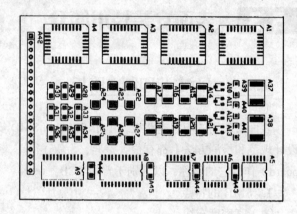

图 5.17 SMB 元器件排向

② 焊接方向与元器件排向：当采用波峰焊时，尽可能使片状元器件两焊点同时焊接，即应按图 5.18（a）的排向。图 5.18（b）的排列可能造成两端焊点不均匀甚至由于焊接应力使片状元件受损。

③ 注意遮蔽效应：波峰焊时元件排列不当会造成遮蔽效应，如图 5.19（b）所示形成大元件遮蔽小元件和前面的遮蔽后面的，正确排列应如图 5.19（a）所示。

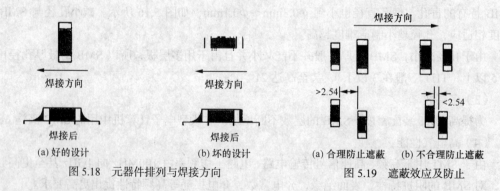

图 5.18 元器件排列与焊接方向　　　　图 5.19 遮蔽效应及防止

（2）元器件之间间距

SMB 上元器件之间应保持一定距离，否则会增加安装、焊接和测试的难度，降低成品率。如图 5.20、图 5.21 所示是常用元器件的安装间距。

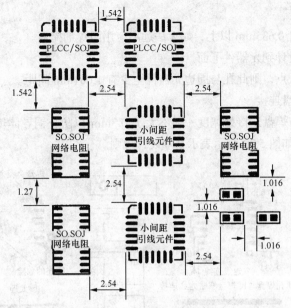

图 5.20 再流焊元器件间距

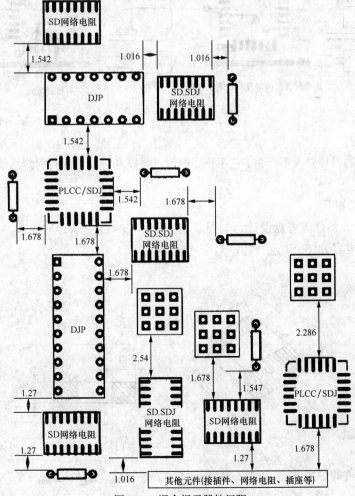

图 5.21 混合焊元器件间距

（3）过孔布局

① 过孔应离开焊盘 0.635mm 以上，如无法远离应用阻焊剂掩盖。

② 过孔一般不应设计到元器件下面。

③ 若过孔兼作测试点，则此孔与周边元器件至少有 1.061mm 间距。

（4）印制导线与焊盘连接

SMB 中印制导线与焊盘连接处宽度一般不大于 0.3mm 以防止铜导体热效应使焊点受热及冷却不均影响焊接质量。如图 5.22 所示表示基本设计规则。

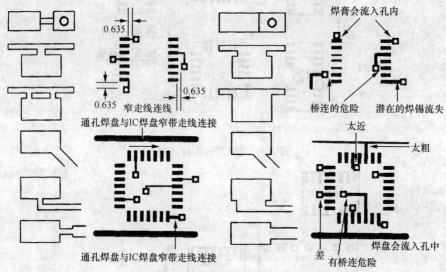

图 5.22　导线与焊盘设计

（5）焊盘设计

SMB 上焊盘的设计要求很严格，它不仅影响焊点强度和可靠性而且对焊后清洗、测试及维修都产生影响。

设计参考原则如下。

① 矩形片状元器件的焊盘设计，如图 5.23 所示。$a = \omega_{max} - K$，$b = H_{max} + T + K$（电阻）或 $b = H_{max} + T - K$（电容），$G = L_{max} - 2T_{max} - k$，$k = 0.254$。

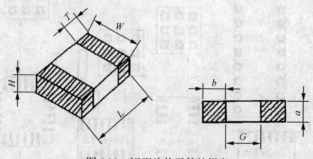

图 5.23　矩型片状元件的焊盘

② 柱状元器件的焊盘设计，如图 5.24 所示。$G = L_{max} - 2T_{min} - K$，$b = D_{max} + T_{mix} + K$，$a = D_{max} - K$，$D = b - (2b + G - L_{max})/2$，$K = 0.254$。

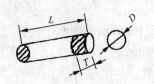 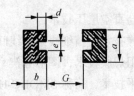

图 5.24　柱状元件焊盘

③ 其他类型焊盘

设计主要有 J 型焊盘和 L 型焊盘，如图 5.25 所示。对于 J 型焊盘：$A = C + K$，$K = 0.762$。L 型焊盘：$B = F + K$，$A = E + K$，$K = 0.762$。

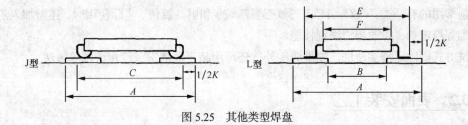

图 5.25　其他类型焊盘

④ SOT 封装。焊盘间中心距等于引线间中心距。焊盘图形与引线焊接面相同，长度方向加 0.381mm，宽度方向缩小 0.381mm。

⑤ PLCC 及 LCCC。一般此类器件使用手册直接提供焊盘图。

⑥ 其他 SMC/SMD，焊盘宽不大于引线间距 1/2。

对 J 形　$A = C + K$

$$K = 0.762$$

对 L 形　$B = C + K$

$$A = E + K$$
$$K = 0.762$$

⑦ 过孔

在位置允许条件下尽可能使铜箔面积大一些，最小尺寸不小于 0.18mm，如图 5.26 所示。

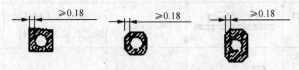

图 5.26　过孔尺寸

⑧ 阻焊图形及焊膏图形：阻焊图形尺寸比焊盘尺寸放大 0.10mm～0.254mm；焊膏图形尺寸比焊盘尺寸缩小 0.10mm～0.254mm。

当使用印制导线端头作焊盘时亦可参照上述尺寸。

3. SMB 制造

SMB 与普通 PCB 比较，制造工艺技术要求较高，主要有以下几项新技术：

① 高精度底片生成技术，一般由 CAD/CAM 激光扫描生成；

② 小孔钻技术，一般应有高速数控钻技术设备；

③ 小孔金属化及深孔电镀技术；

④ 埋孔、盲孔与真空层压技术；

⑤ 精细线条成像技术，精细线条指线间距小于 0.15mm 的图形；

⑥ 液态光成像阻焊膜技术，图形分辨率达 0.07mm；

⑦ 焊料热风整平技术，简称 SMOBC-HAL 工艺；

⑧ 耐高温，能承受焊接时 240～270℃的温度；

⑨ 化学稳定性和绝缘性，要求体积电阻率≥$10^{13}\Omega \cdot cm$。

SMT 对助焊剂的要求和选用原则，基本上与 THT 相同，只是更严格，更有针对性。

SMT 的高密度安装使清洗剂作用大为增加，至少在免清洗技术尚未完全成熟时，还离不开清洗剂。

目前常用的有两类：CFC—113（三氟三氯乙烷）和甲基氯仿。实际使用时，还需加入乙醇酯、丙烯酸酯等稳定剂，以改善清洗剂性能。

清洗方式则除了浸注清洗，喷淋清洗外，还可用超声波清洗，汽相清洗等方法。

5.3.2 表面安装工艺

1. 表面安装基本形式

表面安装技术发展迅速，但由于电子产品的多样性和复杂性，目前和未来相当时期内还不能完全取代通孔安装。实际产品中相当大部分是两种方式混合，如表 5.6 所示是 SMT 基本形式。

表 5.6　　SMT 基本形式

类型	组装方式		组件结构	电路基板	元器件	特征
IA	全面封装	单面表面组装		PCB 单面陶瓷基板	表面组装元器件	工艺简单,适用于小型,薄型化的电路组装
IB		双面表面组装		PCB 双面陶瓷基板	同上	高密度组装,薄型化
IIA	面封装	SMD 和 THT 都在 A 面		双面 PCB	表面组装元器件及通孔插装元器件	先插后贴,工艺较复杂,组装密度高
IIB		THT 在 A 面,SMD 在 A,B 两面都有		双面 PCB	同上	THT 和 SMC / SMD 组装在 PCB 同一侧
IIC		SMD 和 THT 在双面		双面 PCB	同上	复杂,很少用
IIIA	单面封装	先贴法		单面 PCB	同上	先贴后插,工艺简单,组装密度低
IIIB		后贴法		单面 PCB	同上	先插后贴,工艺较复杂,组装密度高

2. 表面安装基本工艺

SMT 有两种基本方式，主要取决于焊接方式。

（1）采用波峰焊流程

SMT 表面安装采用波峰焊流程如图 5.27 所示。

① 点胶，将胶水点到 SMB 上元件中心位置。

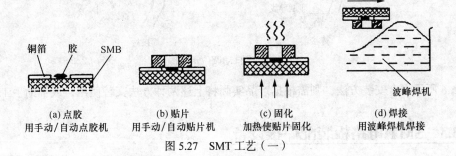

(a) 点胶　　　　　(b) 贴片　　　　　(c) 固化　　　　　(d) 焊接

用手动/自动点胶机　用手动/自动贴片机　加热使贴片固化　用波峰焊机焊接

图 5.27　SMT 工艺（一）

方法：手动/半自动/自动点胶机。

② 贴片，将 SMC/SMD 放到 SMB 上。

方法：手动/半自动/自动贴片机。

③ 固化，使用相应固化装置将 SMD/SMC 固定在 SMB 上。

④ 焊接，将 SMB 经过波峰焊机。

⑤ 清洗、检测。

此种方式适合大批量生产。对贴片精度要求高，生产过程自动化程度要求也很高。

（2）采用再流焊流程

SMT 表面安装采用再流焊流程如图 5.28 所示。

(a) 涂焊膏　　　　　　　(b) 贴片　　　　　　　(c) 焊接

用PCB上用涂布焊膏　用自动/半自动/自动贴片机贴片　用再流焊机焊接

图 5.28　SMT 工艺（二）

① 涂焊膏，将焊膏涂到焊盘上。

方法：丝印/涂膏机。

② 贴片，同波峰焊方式。

③ 再流焊。

方法：将 SMB 经过再流焊机。

④ 清洗、检测。

这种方法较为灵活，视配置设备的自动化程度，既可用于中小批量生产，又可用于大批量生产。这种方法由于元器件没有被胶水定位，再流焊时在液态焊锡表面张力作用下，会使元器件自动调节位置，如图 5.29 所示。

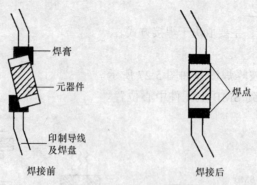

焊接前　　　　　　　　　焊接后

图 5.29　自动调位示意图

表 5.6 所示混合安装方法，则需根据产品实际将上述两种方法交替使用，或辅助手工焊接。

5.3.3　SMT 电路板装配焊接设备

根据前面介绍的知识内容，SMT 电路板装配的基本工艺是由丝印、点胶、贴装、固化、回流焊接、清洗、检测、返修等几个主要环节构成的。下面分别介绍各主要设备。

1. SMT 印刷机

如图 5.30 所示，是 SMT 锡膏印刷机的照片，它是用来印刷锡膏或贴片胶的，其功能是将锡膏或贴片胶正确地印到印制板相应的位置上。SMT 印刷机大致分为三个挡次：手动、半自动和全自动印刷机。半自动和全自动印刷机可以根据具体情况配置各种功能，以便提高印刷精度。例如，视觉识别功能、调整电路板传送速度的功能、工作台或刮刀 45°角旋转功能（适用于小间距元器件），以及二维、三维检测功能等。

无论哪一种印刷机，其组成基本相同，如下所述：

① 夹持 PCB 基板的工作台，包括工作台面、真空或边夹持结构，工作台传输控制机构；

② 印刷头系统，包括刮刀、刮刀固定机构、印刷头的传输控制系统等；

③ 丝网或模板及其固定结构；

④ 为保证印刷精度而配置的其他选件，包括视觉对中系统、擦板系统和二维、三维测量系统等。

印刷机的主要技术指标：

① 最大印刷面积，根据最大的 PCB 尺寸确定；

图 5.30　SMT 锡膏印刷机

② 印刷精度，根据印制板组装密度和元器件的引脚间距或球距的最小尺寸确定，一般要求达到 0.025mm；

③ 印刷速度，根据产量要求确定。

2. SMT 点胶机

与传统的 THT 技术在焊接前把元器件插装到电路板上不同，SMT 技术是在焊接前把元器件贴装到电路板上的。显然，采用再流焊工艺流程进行焊接、依靠焊锡膏就能够把元器件粘贴在电路板上，传递到焊接工序；但对于采用波峰焊工艺焊接双面混合装配、双面分别装配的电路板来说，由于元器件在焊接过程中位于电路板的下方，所以必须在贴片时用黏合剂进行固定。

（1）涂敷贴片胶的方法

涂敷贴片胶到电路板上的常用方法有点滴法、注射法和丝网印刷法。

① 点滴法。点滴法是用针头从容器里蘸取一滴贴片胶，把它点涂到电路基板的焊盘或元器件的焊端上。点滴法只能手工操作，效率很低，要求操作者非常细心（因为贴片胶的量不容易掌握），还要特别注意避免涂到元器件的焊盘上导致焊接不良。

② 注射法。注射法既可以手工操作，又能够使用设备自动完成。手工注射贴片胶，是把贴片胶装入注射器，靠手的推力把一定量的贴片胶从针管中挤出来。有经验的操作者可以准确地掌握注射到电路板上的胶量，取得很好的效果。

大批量生产中使用的由计算机控制的点胶机如图 5.31 所示。如图 5.31（a）所示是根据元器件在电路板上的位置，通过针管组成的注射器阵列，靠压缩空气把贴片胶从容器中挤出来，胶量由针管的大小、加压的时间和压力决定。如图 5.31（b）所示是把贴片胶直接涂到被贴装头吸住的元器件下面，再把元器件贴装到电路板指定的位置上。

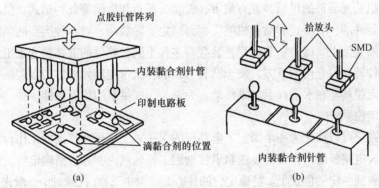

图 5.31　自动点胶机的工作原理示意图

点胶机的功能可以用 SMT 自动贴片机来实现。把贴片机的贴装头换成内装贴片胶的点胶针管，在计算机程序的控制下，把贴片胶高速、逐一点涂到印制板的焊盘上。

③ 丝网印刷法。用丝网漏印的方法把贴片胶印刷到电路基板上，这是一种成本低、效率高的方法，特别适用于元器件的密度不太高、生产批量比较大的情况。需要注意的关键问题是，电路基板在丝网印刷机上必须准确定位，保证贴片胶涂敷到指定的位置上，避免污染焊接面。

（2）贴片胶的固化

涂敷贴片胶以后进行贴装元器件，这时需要固化贴片胶，把元器件固定在电路板上。固化贴片胶可以采用多种方法，比较典型的方法有三种：

① 用电热烘箱或红外线辐射，对贴装了元器件的电路板加热一定的时间；

② 在黏合剂中混合添加一种硬化剂，使粘接了元器件的贴片胶在室温中固化，也可以通过提高环境温度加速固化；

③ 采用紫外线辐射固化贴片胶。

3. 贴片设备

SMT 生产中的贴片技术通常是指用一定的方式将片式元器件准确地贴放到 PCB 指定的位置上，主要包括吸取/拾取与放置两个动作。在 SMT 初期，由于片式元器件的尺寸相对较大，所以可以用镊子等简单的工具来实现上述动作，至今仍有少数工厂采用或部分采用人工放置贴片元器

件的方法。但为了满足大生产的需要，特别是随着 SMC／SMD 的精细化，人们越来越重视使用自动化的机器—贴片机来实现高速、高精度地贴放元器件。

贴装机的基本结构包括设备本体、贴装头及其驱动定位装置、片状元器件供料系统、印制板传送与定位装置、视觉系统、计算机控制系统等。

（1）设备本体

贴片机的设备本体是用来安装和支撑贴装机的底座的，一般采用质量大、振动小、有利于保证设备精度的铸铁件制造。

（2）贴装头

贴装头又称吸—放头，是贴装机上最复杂、最关键的部分，相当于机械手，其动作由拾取—贴放和移动—定位两种模式组成。电路板指定的位置上点胶，涂敷固定元器件的黏合剂。贴装头的 X—Y 定位系统一般用直流伺服电机驱动，通过机械丝杠传输力矩。磁尺和光栅定位的精度高于丝杠定位，但后者容易维护修理。

（3）供料系统

适合于表面组装元器件的供料装置有编带、管状、托盘和散装等几种形式。供料系统的工作状态，需根据元器件的包装形式和贴片机的类型而确定。贴装前，将各种类型的供料装置分别安装到相应的供料器支架上。随着贴装进程，装载着多种不同元器件的散装料仓水平旋转，把即将贴装的那种元器件转到料仓门的下方，便于贴装头拾取。纸带包装元器件的盘装编带随编带架垂直旋转，管状和定位料斗在水平面上二维移动，为贴装头提供新的待取元件。

（4）电路板定位系统

电路板定位系统可以简化为一个固定了电路板的 X—Y 二维平面移动的工作台。在计算机控制系统的操纵下，电路板随工作台沿传送轨道移动到工作区域内，并被精确定位，使贴装头能把元器件准确地释放到一定的位置上。精确定位的核心是"对中"，有机械对中、激光对中、激光加视觉混合对中及全视觉对中等方式。

（5）贴片机的视觉系统

视觉系统是显著影响元件安装的一个主要因素，机器需要知道电路板的准确位置并确定元件与电路板的相对位置才能保证自动组装的精度。成像通过使用视像系统完成。视像系统一般分为俯视、仰视、头部或激光对齐，视位置或摄像机的类型而定。

（6）计算机控制系统

计算机控制系统是指挥贴片机进行准确、有序操作的核心。目前大多数贴片机的计算机控制系统采用 Windows 界面，可以通过高级语言软件或硬件开关，在线或离线编制计算机程序并自动进行优化，控制贴片机的自动工作步骤。每个片状元器件的精确位置，都要编程输入计算机。具有视觉检测系统的贴装机，也是通过计算机实现对电路板上贴片位置的图形识别的。

4. 焊接设备

焊接是表面安装技术中的主要工艺技术。在一块表面安装组件（SMA）上少则有几十、多则有成千上万个焊点，一个焊点不良就可能会导致整个产品失效，所以焊接质量是 SMA 可靠性的关键，它直接影响电子设备的性能和经济效益。焊接质量取决于所用的焊接方法、焊接材料、焊接工艺和焊接设备。

根据熔融焊料的供给方式，在 SMT 中采用的自动焊接技术主要有波峰焊（Wave Soldering）和再流焊（Reflow　Soldering）。一般情况下，波峰焊用于混合组装方式，再流焊用于全表面组装方式。波峰焊与再流焊之间的基本区别在于热源与钎料的供给方式不同。在波峰焊中，钎料波峰有两个作用：供热和提供钎料。在再流焊中，热是由再流焊机提供的，而钎料却是以预先涂敷在焊盘上的焊膏形式出现的。

再流焊是焊接前将焊锡膏预敷在印制板的焊盘上，当加热时焊锡膏熔化并润湿，使浸流的焊料重新进行分配的一种焊接方式。它是利用受热的元器件引线熔化周围的焊锡膏、得到受热均匀可靠的连接点的。因此，与波峰焊相比，再流焊仅需提供用于熔化已涂好的焊料的热能，而焊料不需预先加热。其缺点是整个组件都要受焊接温度的作用。

（1）再流焊机的结构

再流焊机主要由加热系统、传送系统、温控系统与冷却系统构成。其核心部件是加热器、传送系统与温控系统。

（2）再流焊设备的种类

根据传热方式的不同，再流焊设备可划分为红外再流焊设备、强制再流焊设备、气相再流焊（VP，又称冷凝焊）设备、激光再流焊设备。

5．清洗设备

在 SMT 生产过程中需要对 SMT 印刷用的钢网板及 PCB 板进行清洗。清洗是指清除工件表面上液体和固体的污染物，使工件表面达到一定的洁净程度。清洗过程是清洗介质、污染物、工件表面三者之间的相互作用，是一种复杂的物理、化学作用的过程。清洗不仅与污染物的性质、种类、形态及黏附的程度有关，与清洗介质的理化性质、清洗性能、工件的材质、表面状态有关，还与清洗的条件（如温度、压力及附加的超声振动、机械外力等因素）有关。在 SMT 中，使用最多的清洗设备是超声波清洗机。超声波清洗具有清洗效率高、清洗成本低、清洗效果好等显著优点。

超声波清洗设备主要由以下组件构成：

① 清洗槽：盛放待洗工件，可安装加热及控温装置；

② 换能器（超声波发生器）：将电能转换成机械能；

③ 电源：为换能器提供所需电能。

6．检测设备

随着电子技术的飞速发展、封装的小型化和组装的高密度化及各种新型封装技术的不断涌现，对电子组装质量的要求也越来越高。SMT 中的检测，是对组装好的 PCB 板进行焊接质量和装配质量的检测。SMT 中使用的测试技术种类繁多，常用的有人工目检（MVI）、在线测试（ICT）、自动光学测试（AOI）、自动 X 射线测试（AXI）、功能测试（FT）等。这些检测方式都有各自的优点和不足之处。所用设备有放大镜、显微镜、在线测试仪（ICT）、飞针测试仪、自动光学检测（AOI）、X 射线检测系统、功能测试仪等。位置根据检测的需要，可以配置在生产线合适的地方。

5.4　微组装技术

微组装技术（MPT microelectronics packaging technology，又称 MAT）被称为第五代组装技术，它是基于微电子学，半导体技术特别是集成电路技术，以及计算机辅助系统发展起来的当代最先进组装技术。

1. 微组装技术的新发展

集成电路和组装技术的不断发展是实现电子产品微小型化的两大支柱。

20 世纪 70 年代以来，集成电路进入高速发展时代，大规模（LSI）、甚大规模（VLSI）、超大规模（ULSI）集成电路的不断发展，一片 IC 取代几十片、几百片乃至上千片中小规模 IC 已不鲜见，表 5.7 列出近年集成电路发展概况。

表 5.7 　　　　　　　　　　　　　　　　集成电路发展概况

年份分类	1975	1980	1985	1990	1995	2000
规模	MSI	LSI	VLSI	VLSI-2	ULSI	ULSI
技术	TTL	NMOS	CMOS	CMOS	CMOS	混合
特征尺寸（μ）	4	2	1	0.5	0.35	<0.18
门数	1k	5k	50k	200k	800k	>2M
时钟（M）	1	10	25	60	125	>250
工作电压（V）	5	−5/+20	5	5	5/3.5	3.5/2.5 或更低
最大 I/O 数	40	120	300	500	800	1 000～1 600
功耗（W）	0.4	1	2	4	8	>12

由表中可看出，20 世纪 90 年代 IC 技术已进入亚微米阶段（特征尺寸小于 1μ）但外封装并不能相应缩小，如图 5.32 所示是 IC 芯片（一般称管芯）与外封装示意图。其中芯片所占面积很小，而外封装则受引线间距的限制，难以进一步缩小。以当代成熟封装小间距 0.5mm 而言，其封装效率也只能达到 5%（封装效率为芯片面积与封装面积之比）。由于功能增强，IC 的对外引线 I/O 还在增加，就单片 IC 而言，若引线间距不变，I/O 线增加 1 倍，封装面积将增加 4 倍，如果试图进一步减小引线间距，不仅技术难度极大，而且可靠性将降低。

因此，进一步缩小体积的努力，就放在芯片的组装上。

芯片组装，即通常所说裸片组装。将若干裸片组装到多层高性能基片上形成电路功能块乃至一件电子产品，这就是微组装技术。

2. 微组装主要技术

微组装已不是通常安装的概念，用普通安装方法是无法实施微组装的。它是以现代多种高新技术为基础的精细组装技术，主要有以下基本内容。

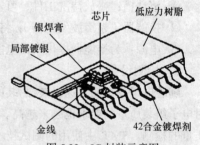

图 5.32 　IC 封装示意图

（1）设计技术

微组装设计主要以微电子学及集成电路技术为依托，运用计算机辅助系统进行系统总体设计，多层基板设计，电路结构及散热设计以及电性能模拟等。

（2）高密度多层基板制造技术

高密度多层基板有很多类型，从塑料、陶瓷到硅片，厚膜及薄膜多层基板，混合多层及单层多次布线基板等，涉及陶瓷成型、电子浆料、印刷、烧结、真空镀膜、化学镀膜、光刻等多种相关技术。

（3）芯片贴装及焊接技术

除表面贴装所用组装、焊接技术外还要用到丝焊、倒装焊、激光焊等特种连接技术。

（4）可靠性技术

主要包括在线测试、电性能分析、检测方法等技术，以及失效分析。

3. 微组装技术的发展

当前微组装技术主要有以下三个层次的技术。

（1）多芯片组件（MCM）

多芯片组件是由厚膜混合集成电路发展起来的一种组装技术，可以简单理解为集成电路的集成（二次集成），其主要特征是：

① 所用 IC 为 LSI/VLSI；

② IC 占基板面积>20%；

③ 基板层数>4；

④ 组件引线 I/O 线数>100。

根据所用基板对产品的可靠性要求，有三种类型：

① PCB 板，低成本，低密度；

② 陶瓷烧结板，高成本，较高密度，厚膜工艺；

③ 半导体片，以硅片为基板，半导体工艺，高密度，薄膜工艺。

例如由 MCM 技术制造的超级计算机，以 78 层厚膜，8 层薄膜组成基板，装上 100 个 2 万门 VLSI 芯片，引线 11 540 根，功耗 3kW，运算速度达 55 亿次/秒，若不采用 MCM 技术是无法达到的。由于 MCM 技术难度大，投资高，成品率低，因而造价高，目前限于要求高可靠的领域。

（2）硅大圆片组装（WSI/HWSI）

为进一步增大安装密度而采用硅大圆片作为安装基板，将芯片组装到硅大圆片上而形成电子组件。

WSI：（硅大圆片）　硅大圆片按 IC 工艺制成互连功能的基片，将多片 IC 芯片安装到基片上形成新组件。

HWSI：（混合大圆片）　硅片上沉淀有机或无机薄膜，多层互连，组装多片 IC 裸片（>25 个）。这种技术难度大，成品率低。

（3）三维组装（3D）

将 IC，MCM，WSI 进行三维叠装，进一步缩短引线，增加密度。

上述各层次微组装可用图 5.33 表示。

4. 微组装焊接技术

微组装焊接技术是实施微组装技术的核心技术，就焊接本身而言，它同 SMT 所用焊接技术是相同的。但由于微组装更为精细，要求相应精细的焊接方法。

（1）倒装焊

倒装焊是 MCM 组装中的关键技术，又称面键合技术。如图 5.34 所示是传统装焊与倒装焊方法示意图。

倒装焊特征：

① 芯片电极面朝着基板；

② 凸点对准基板上焊区，凸点可做在芯片上，也可做在基板上，也可同时做；

③ 通过再流焊实现连接。

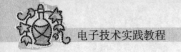

优点：

① 焊点分布在全表面，点小密度高；

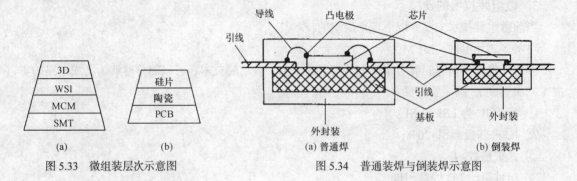

（a）　　　　　　　　（b）

图 5.33　微组装层次示意图

（a）普通焊　　　　　　（b）倒装焊

图 5.34　普通装焊与倒装焊示意图

② 连线短；

③ 可焊性好，可靠性高；

④ 可返修。

（2）激光再流焊

激光能量集中，能使很小的区域迅速加速，热影响区小。

聚焦直径一般可达 $\Phi0.1mm\sim\Phi1.5mm$。这种光束为可见光，可采取脉冲，连续等多种方式，使焊膏迅速熔化实现再流焊。

用于再流焊的激光器可用 CO_2 激光器（发射波长为 10.6mm）或 YAG 激光器（工作波长 1.06mm）。由于金属对波长短的激光吸收率高，因此 YAG 激光器更适合精密再流焊。

由于激光束能量集中且陶瓷等绝缘材料对激光吸收很小，所以激光再流焊对器件和 PCB 影响很小，并且由于激光加热一停止就立即发生空气冷却淬火，焊点金属结构良好，提高了焊接质量。

利用光导纤维分割激光束，可进行多点同时焊接。如果再配合红外探测器监视加热过程，通过计算机控制自动调整焊接过程参数就可以实现自动化和智能化。

（3）免清洗充氮再流焊

采用免洗焊膏和全封闭充氮方式实现再流焊，可以减少氧化，提高焊接质量，达到精密装焊要求。

此外，在微组装技术中还采用自动丝焊技术和带载自动链合技术（TAB）以及导电胶黏接技术等各种连接技术来满足高精度组装的要求。

第6章
电子产品的设计制作与工艺流程

电子电路的设计包括整体电路的构思、单元电路的设计、组装、调试和总结报告等过程，本章主要介绍电子产品设计有关知识。在设计一个电子电路系统时，首先必须明确系统的设计任务，根据任务进行方案选择，然后对方案中的各部分进行单元电路的设计、参数计算和器件选择，最后将各部分连接在一起，画出一个符合要求的完整的系统电路图。下面对其整机工艺设计、单元电路的设计计算及电子产品的生产过程作简单介绍。

6.1 整机工艺设计

产品的方案原理确定后，整机的工艺设计是十分重要的，因为工艺设计是将设计图纸实现产品的可靠保证，它与原设计相辅相成。特别近年来，集成电路的广泛应用和各类器件质量的不断提高，使得整机工艺的优劣对整机性能的影响更为突出。合理的工艺设计应达到下列目的：

① 实现原设计的各项功能，达到各项技术指标；

② 在允许的环境条件下，保证产品运行的可靠性；

③ 操作方便、外形美观、体积小、重量轻；

④ 批量生产装配简单、互换性强、调试维修方便；

⑤ 整机及零部件标准化程度高；

⑥ 成本低，性价比高。

整机工艺设计就是要根据产品的功能、技术要求、使用环境等因素，确定整机的总体方案，以达到上述目的。主体方案的内容应包括：

① 结构设计；

② 环境防护设计；

③ 外观及装潢设计。

以下简要介绍各种设计中的具体内容及原则。

6.1.1 结构设计

将电子元器件和机械零部件通过一定的结构组成一台整机，才能有效地实现其功能。所谓结构，包括外部结构和内部结构两部分。外部结构指机柜、机箱、机架、底座、面板、底板等。内部结构指零部件的布局、安装、相互连接等。欲达到合理的结构设计，必须对整机的原理方案、使用条件和环境、整机的功能与技术指标及元器件等十分熟悉，因此，在整机工艺设计前必须了解上述各项内容，然后进行下述内容的设计。

1. 机柜、机箱的选用

整机的使用方式和组成零部件的数量，决定了机柜、机箱形式的选用。一般有立式、台式、便携式等，如图 6.1 所示。

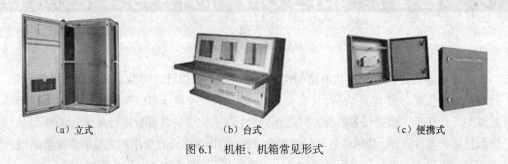

（a）立式　　　　　　　　　　（b）台式　　　　　　　　　　（c）便携式

图 6.1　机柜、机箱常见形式

（1）立式

立式机箱常见有立柜式和琴柜式两种，这两种机箱均适合于较大型设备，便于走动和站立操作，常用于机械设备的控制柜或不需经常操作的设备。

（2）台式

大量电子产品采用台式，如各类电源、信号源、测量仪器、实验仪器、微型计算机等。这类电子产品适合于放置在工作台上进行操作使用。

（3）便携式

元器件体积小或数量少、需要经常移动的产品，通常设计成便携式，这种形式机箱的种类繁多，结合产品特点可设计成各式各样。

机箱的材料可以选择铝型材，也可以选择塑料机壳，它们的特点是外观与造型美观，结构简单、互换性强、重量轻、造价低。

2. 面板设计

任何产品几乎都需要面板，通过面板可标出仪器的名称，反应出仪器的主要性能，并可通过面板安装固定开关、控制元件、显示和指示装置，实现对整机的操作和控制，此外，还可通过面板达到对整机的装饰作用。在面板设计中应注意以下各点。

① 表头、显示器、度盘等无论是站姿还是坐姿读数都应使面板垂直于操作者视线，不要使操作者仰视或俯视读取数据，以免造成读数误差。

② 表头、显示器的排列应保持水平，并按读者和操作顺序从左到右排列。

③ 不需要随时或同时同时的表头和显示器应尽可能合并，通过开关转换实现一表多用，这不仅使面板布局宽松清晰，便于读取数据，而且能降低成本。

④ 指示和显示器件的安装位置应和相关的开关、旋钮等操作元件上下对应，复杂面板上的相关内容可通过不同颜色区分或用线条划分区域，便于操作，给使用者带来方便。

⑤ 选用指示灯应尽量选用相同型号，以便于更换，并应降压使用，以提高使用寿命。指示灯颜色可根据国际标准化组织对人们心理的影响规定的四种颜色选用。

红色：表示电源接通、禁止、停止、报警或危险；

蓝色：表示指令和必须遵守的规定；

黄色：表示警告、注意、参数已到极限等；

绿色：表示安全状态、通行、低压等。

⑥ 度盘标数的写法，应根据度盘是否转动而区别。

⑦ 开关等控制元件应安装在表头、显示器的下方，并易于操作。

⑧ 不经常调节的电位器，轴端不要漏出面板，可经过面板小孔进行调节；需要旋转调节的元件如电位器、波段开关等，应当在面板上加工定位孔，防止调节时元件本体转动。

⑨ 面板上所有元件的功能应用文字符号标明，文字符号内容应准确、明了，字迹要清晰，颜色和面板颜色应有高反差，位置布在相应元件下方。

⑩ 面板元件布置应均匀、和谐、美观、整齐。

⑪ 面板颜色应和机箱颜色配合，既协调一致，又显著突出。

3. 内部结构和连接

产品内部结构安排，主要是从有利于散热、抗震、耐冲击、安全的角度，提高装配、调试、运行、维修的安全和可靠性等方面进行考虑。设计主要考虑如下因素。

① 便于整机装配、调试、维修。较复杂的产品可根据原理功能分成若干功能电路，每个部件为一独立单元，整机装配前均可单独装配和调试，这样不仅适合于大批量生产。维修时还可通过更换单元部件及时排除故障。

② 零部件的布局和固定：零部件的布局要保证整机重心尽量低，并尽量落在底层中心位置。彼此需要相互连接的部件应尽量靠近，避免走线过长或反复走线，避免元器件间的电磁干扰。易损零件应安装在易于更换的位置。零部件的固定应满足防震要求。印制板通过插座连接时应有导轨，导轨长度不应短于印制板的 2/3，插入后应有紧固措施。

③ 零部件连接方式：常用方式有插接式、压接式、焊接式三种，可根据电流大小、装配、维修方便等因素选择。

④ 内部连线按以下方式处理：同一部件的连线捆在一起，线扎应与机架固定；注意导线颜色的选择：一般有红色：高压、正电源；蓝色：负电源；黄白：信号线；黑色：地线、零线。

6.1.2 环境保护设计

环境保护设计是双向的，一方面产品的可靠运行必须适应和克服周围环境对它的影响，而另一方面又要考虑产品对所处环境的影响。这里我们只对前一方面较普遍的现象进行介绍。该设计包括：余热的排除，对电磁场干扰的抑制，防振动措施以及防潮、防腐、防寒措施等。

1. 散热设计

任何电子元器件受热后参数都要发生变化，这给整机性能带来不良的影响，温度超出一定范围，还将造成元器件的损坏，使整机出现故障。散热设计就是要分析热源及工作环境，针对不同

情况采取相应措施，以便排出热量、控制温升，达到产品稳定运行的目的。

根据热学原理可知，热量传递有对流、传导、辐射三种形式。散热设计就是要根据不同产品特点采用多种形式，加速散热。从整机结构的角度考虑，具体散热措施有如下几种，如图6-2所示。

(a) 通风孔　　　　　(b) 风扇　　　　　(c) 散热片　　　　　(d) 涂黑处理

图 6.2　常见散热形式

（1）通风散热

在机箱上开通风孔或用风扇进行强迫风冷，都能有效的使机箱通风散热。

① 通风孔，在机箱的顶板、底板、侧板上开通风孔，可使机箱内空气形成对流。为提高对流散热作用，应使进风孔尽量低，出风孔尽量高，孔型要美观灵活。并且通风孔的位置选择上必须要安全。

② 用风扇强迫风冷。这是一种常用的整机散热方式，在发热元件多、温升高的大型设备装置中采用的较多。通过风扇吹风或抽风，加速机箱内的空气流动，达到散热目的。风扇的位置应与通风孔的位置相互配合，使机箱内不存在死角。大家熟悉的台式电脑机箱和笔记本电脑机壳内都安装了风扇，对电路中的元器件（例如 CPU 和大规模集成电路）进行强迫风冷。

（2）散热片

半导体器件（特别是大功率器件），运行中都要产生热量，如不进行散热，就会影响器件性能，为使器件温升稳定在额定范围，可用散热片。

（3）散热表面涂黑处理

辐射是热传导的方式之一。实验表明，内外表面全部涂黑的密封金属壳与内外浅色光亮而在两侧开通风孔的金属壳相比，前者的散热效果比后者要好。可见，在机内涂上黑色有利于散热。

2. 屏蔽设计

半导体器件的广泛使用和微电子技术的飞速发展，使整机体积日趋小型化。由此，机内零部件间的各类干扰也会增加，同时也会受到外界各种场的干扰。为使整机正常工作，采用屏蔽来抑制各种干扰是行之有效的方法。屏蔽可分三种：电屏蔽、磁屏蔽、电磁屏蔽。

（1）电屏蔽

两个系统之间由于分布电容的存在，通过耦合可产生静电干扰。用良好接地的金属外壳或金属板将两个系统隔开，是抑制静电干扰的有效方法。金属材料以导电性良好的铜、铝为宜。

（2）磁屏蔽

用屏蔽罩对低频交变磁场及恒定磁场产生干扰的抑制作用，叫磁屏蔽。屏蔽罩应选用高导磁率的金属材料，如钢、铁、镍合金等。铜、铝材料对磁屏蔽的效果极低。屏蔽罩的作用是把磁力线限制在屏蔽体内，防止扩散到屏蔽的空间之外。

（3）电磁屏蔽

对高频磁场也就是对辐射磁场的抑制作用称为电磁屏蔽。完全封闭的金属壳即可起到良好的电磁屏蔽作用，但封闭的金属壳不利于散热，外壳有通风孔时电磁屏蔽的效果变差，为解决这一矛盾，可在通风孔处另加金属网。

（4）屏蔽线

机箱内外微弱信号或高频信号在传输过程中也需进行屏蔽，方法可用屏蔽线。使用屏蔽线时，应使屏蔽层良好接地。假如屏蔽层未接地或者接地不良，就可能产生寄生耦合作用，对导线引入比不用屏蔽线还要严重的干扰。

3. 防潮防腐设计

在潮湿环境中工作的电子产品，必须进行防潮防腐设计，采取适当的措施。

（1）防潮措施

湿度如同温度一样，对元器件的性能将产生不良影响，湿度越大对绝缘性能和介电参数影响越大。防潮措施可采用密封、涂敷或浸渍防潮涂料、灌封等，使零部件和潮湿环境隔离，起到防潮效果。在机箱内部可以放入硅胶吸潮剂，使电路板和元器件保持干燥。在运输、仓储过程中的整机产品必须用防水塑料袋包装。

（2）防腐措施

防腐主要针对一些金属件，如机壳、底板、面板和机内其他金属件。具体方法可对金属进行化学处理或油漆涂覆。例如进行发黑处理、铝氧化处理、镀锌、镀铬处理等。对于需要大面积防腐的设备，可对金属机柜、机箱表面喷漆，还可以使用近年来广泛推广的喷塑工艺。

4. 防振设计

任何产品都无法避免机械振动与冲击，特别是在运输过程中的颠簸振动。一台设计精良的产品必须具备一定的抗振能力。只有如此，才能保证开箱后的完好与运输中的长期稳定。通常采用的防振措施介绍如下。

① 机柜、机箱结构合理、坚固，具有足够机械强度，结构设计中尽量避免采用悬臂式、抽屉式结构；如必须采用，运输中应拆成部件运输或采用固定装置。

② 任何接插件都应采取紧固措施，插入后锁紧；印制板插座应增加固定、锁紧装置。

③ 体积大或质量超过一定范围的元器件不能只靠其管脚支撑固定，应把它们直接装配在箱体上或另加固定装置，如压板、卡箍、卡环等。

④ 合理选用螺钉、螺母等紧固件，正确进行装配连接。

⑤ 机内零部件合理布局，尽量降低整机重心。

⑥ 整机应安装橡皮垫脚，机内易碎、易损件应加减振垫，要避免钢性连接。

⑦ 靠螺纹紧固的元件，如电位器、波段开关等，固定时应加弹簧垫片或齿形垫圈并固紧。

⑧ 灵敏度高的表头，如微安表，装箱运输前应将两输入端短接，振动中可对表针起阻尼作用。

⑨ 产品出厂包装必须采用足够的减振材料，不准使产品外壳与包装箱硬性接触。产品包装结构应进行试验。

5. 防寒设计

对在寒冷地区长期用于室外工作的仪器，应选用具有低温特性好的元器件，必要时，可在仪器内加一定形式的加热装置，来提高仪器内部的温度，确保仪器低温下正常工作。

6.1.3　外观及装潢设计的要求

在科学技术高速发展的今天，产品的竞争也越来越激烈。随着产品逐渐商品化，产品的外观

及装潢也越来越引起各企业的重视，企业在重视产品质量的前提下，越来越重视产品的造型及外观质量。在外观造型上让使用者感到方便、舒适与时尚。

产品的外形设计必须在满足技术要求的前提下尽量美观。所谓美观也是相对而言，不同时代、不同应用场合对美学的要求也不相同。产品外观设计中要找到一种满足美学要求的现成方案是不现实的，但至少要满足大多数人的要求。

1. 产品的造型与装潢设计

在造型与外观设计中应考虑如下因素：

① 技术上合理、经济上合算；

② 外形简单、表意明白、功能突出；

③ 局部设计应与整体设计风格统一；

④ 外形尺寸比例适宜，避免过分扁平、瘦长、高耸的形状；

⑤ 注意色彩与明暗，一般产品面板与机身的颜色应深浅区分，以使面板突出，操作时注意力集中。产品的外观与装潢很难使所有人满意，但成功的设计应得到多数人的赞赏。

2. 产品的包装

对于要推向市场面向大众的电子产品来说，它的包装质量是关系到市场销售及售后服务的重大问题。包装材料、包装箱表面的文字、图形和色彩、包装箱中的内容等，对消费者购买产品、使用产品都会产生影响。

关于产品的包装，至少可以涉及以下几方面的问题，这里只进行简单的介绍。

① 包装材料。包装材料的质地及结构，直接影响包装的强度和产品的质量。具体采用何种材料要根据产品大小和外形而定，一般以纸质包装材料为主。单件电子产品的包装一般以内、外两部分组成：内包装通常使用薄膜塑料袋；外包装通常使用瓦楞纸板，在这两者之间填充减振材料。纸板的厚度和瓦楞的大小要根据包装对象而定。包装纸箱可分为有钉包装箱和无钉包装箱两种。

② 外包装箱，一般采用单色或套色印刷突出产品特点的图形及文字说明。高挡产品的外包装箱都经过工艺美术师的设计，瓦楞纸板表面还要粘压一层喷塑的白板纸或铜板纸，上面印有精美的图案或产品照片、产品的品牌和企业标志，并印有防潮、易碎、叠层限制等标志。

③ 电子产品的包装箱内应该装有使用说明书、合格证及保修证。

④ 为方便用户，包装箱内应该装有必要的附件、易损件和简单的专用工具等。

6.2 单元电路的设计、计算和元器件的选择

选定总体方案后，便可根据系统的指标和功能框图，明确各部分任务，进行各单元电路的设计、参数计算和元器件选择。

1. 设计单元电路的一般方法和步骤

① 设计单元电路的第一步，是根据设计要求，和已选定的设计方案的原理框图，明确对各单元电路的要求，必要时应详细拟定出主要单元电路的性能指标。虽然不一定都要写成正规的文字形式，但一定要心中有数，并用简单的文字标出主要技术指标，关键问题要作必要的文字说明。此外，要特别注意各单元电路之间的相互配合，尽量不用或少用电平转换之类的接口电路，以免造成电路复杂或成本高等缺点。

② 拟定出对各单元电路的要求后，应全面检查一番，确认无误后便可以按照一定的顺序分别设计各单元电路的结构形式，选择元器件和计算参数。选择什么样的单元电路作为要设计的电路，就要看你对电路的熟悉情况。最简单的办法是从过去学过的和所了解的电路中选择一个合适的电路，这也许能找到一个性能上完全满足要求的电路，但不要轻易满足于此。在条件许可时，应去查阅各种资料，这样既可丰富知识，开阔眼界，还可能找到更好的电路（电路更简单，成本更低）。同时，也可以模仿成熟的先进电路，或在这些电路的基础上进行创新和改进。另外，在进行单元电路设计时，不仅单元电路本身要求设计合理，各单元电路间也要配合合理，注意各部分电路的输入、输出信号和控制信号的关系。

2. 参数的计算

为保证单元电路达到功能指标要求，需要用电子技术知识对参数进行计算，例如电路中各电阻值、电容值、放大倍数、振动频率等参数。这样很好的理解电路的工作原理，正确利用计算公式、技术参数才能满足设计要求。参数计算时，同一个电路可能有几组数据，注意选择一组能完成电路设计功能，在实践中能真正可行的参数。

计算电路参数时应注意下列问题。

① 各元器件的工作电流、工作电压、频率和功耗等应在允许的范围内，并留有适当余量，以保证电路在规定的条件下能正常工作，达到所要求的性能指标。

② 对于环境温度、交流电网电压等工作条件，计算参数时应按最不利的情况考虑。

③ 设计元器件的极限参数，必须留有足够的余量，一般按 1.5 倍左右考虑。例如，如果实际电路中三极管的 U_{CE} 的最大值为 20V，挑选三极管时应按 $U_{(BR)CEO}{\geq}30V$ 考虑。

④ 电阻值尽可能选在 1M 范围内，最大一般不超过 10M，其阻值应在常用电阻器标称值系列之内，并应根据具体情况正确选用电阻器的品种。

⑤ 非电解电容尽可能在 100pF 至 0.1μF 范围内选择，其数值应在常用电容器标称值系列之内，并应根据具体情况正确选择电容器的品种。

⑥ 在保证电路性能的前提下，尽可能设法降低成本，减少元器件的品种，减小元器件的功耗和体积，并为安装调试创造有利条件。

⑦ 在满足性能指标和上述各项要求的前提下，应优先选用现有的或容易买到的元器件，以节省时间和精力。

⑧ 应把根据计算所确定的各参数值标在电路图中恰当的位置。

3. 元器件的选择

电子电路的设计就是选择最合适的元器件，并把他们最好的组合起来。因此，在设计过程中，经常遇到选择元器件的问题，那么，怎样选择元器件呢？只要能清楚"需要什么"和"有什么"两个问题，选择元器件的问题就好解决了。选择元器件时应综合考虑以下几点。

（1）集成电路的选用

集成电路的应用越来越广泛，这不仅减少了电子设备的体积和成本，提高了可靠性，使安装调试和维修变得比较简单，而且大大简化了电子电路的设计。但是，有时功能相当简单的电路，只要用一只二极管或三极管就能解决问题，若采用集成电路就会使问题复杂化，而且成本较高。在一般情况下，应优先选择集成电路。但集成电路的种类很多，怎样选择呢？一般是先粗后细，即先根据主体方案考虑应选用什么功能的集成电路，再进一步考虑它的具体性能，然后再根据价格等考虑选用什么型号。选择的集成电路不仅要在功能上和特性上实现设计方案，而且要满足功

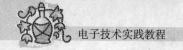

耗、电压、速度、价格等多方面的要求。

（2）阻容元件的选择

电阻和电容种类很多，正确选择电阻和电容很重要，不同的电路对电阻和电容性能要求也不同，有些电路对电容的漏电要求很严，还有些电路对电阻、电容的性能和容量要求很严，设计时要根据电路的要求选择性能和参数合适的阻容元件，并要注意功耗、容量、频率、耐压范围是否满足要求。

（3）分立元器件的选择

分立元器件包括二极管、三极管、场效应管、晶闸管等，选择器件的种类不同，注意事项也不同，例如三极管，在选用时应考虑是 NPN 管还是 PNP 管，是大功率管还是小功率管，是高频管还是低频管，并注意管子的电流放大倍数、击穿电压、特征频率、静态功耗等是否满足电路设计的要求。

4．印制板的设计

印制板有单面板、双面板、多层板等多种形式，此处仅对单面板的设计作一简单介绍。

印制板的设计有很大灵活性，每个人的设计习惯和经验不同，设计的线路也就各不相同，要得到最佳的设计方案，必须经过反复的实践，掌握一定的设计规则。设计时应考虑以下几个方面。

① 设计印制板时，需要研究电路图中元器件的排列，确定元器件在电路板上的最佳位置。考虑元件位置时，要考虑元件的尺寸、重量、电气上的相互关系及散热效果。至于印制板的尺寸，应该根据元器件的数量、大小和合理排列来计算需要电路板的面积。还要考虑到电路板之间的连接方式。电路板之间一般是通过插座相互连接的，因此，每块印制板应该留出与插座对应的插头位置。

② 元器件必须安排在同一面上，称作元件面或正面。分立元件的安装方式可以采用卧式，也可以采用立式，同一类元件尽可能向同一方向排列。所有元件都应标上引脚标识，如三极管的 E、B、C 极和二极管的正负极，电解电容的正负极和电容量，电阻的阻值，集成电路引脚 1 的位置，以及在电路图上的相应位置，这样，在安装元器件时才能避免出错。完成电路图设计后，还应画出对应的元件分布图，以方便调试和检查。

③ 元件引脚的焊点和相互之间的距离要根据实物确定，为了使焊锡易于填满元件引脚与焊点间的空隙，保证引脚和电路板之间接触良好，对孔的尺寸要严加控制。一般孔的直径只比穿过孔的引脚的直径大 0.2～0.5mm。双列直插式集成电路的引脚间的距离为 2.54mm，画图时要严格遵守，否则将给安装造成困难。

④ 根据通过电流的大小确定印制板的连线宽度。1mm 宽的连线允许通过的电流可以按 200mA 计算。但在板面允许的情况下，可以适当加宽，以保证电气和机械方面的质量。一般线宽取 1.0～1.5mm，相邻两条线间的距离不小于线宽。电源线和地线尽可能取的宽一些，以减少线上的压降，提高可靠性。

⑤ 布线应考虑减小干扰，使用可靠，维修测量方便。

⑥ 印制板的四周应空出 5～10mm 的空间，以免在印制板装入金属导轨后造成板上引线和金属架之间短路。

⑦ 另外，设计印制板时还应遵循以下几点：连接处要用圆角，避免用直角；优先考虑间隔的前提下，导体走向尽可能取直；避免往返和不必要的接点；使图形简单避免双弧型；优先考虑元

件的取向。

6.3　电子产品的生产过程

电子产品正式投产之前，一般需经过器件检查、焊接组装、调试、总结等几个步骤。

6.3.1　器件、材料入库

选用性能优良的元器件和质量过关的原材料是保证生产出的电子产品质量优良的关键。所有电子产品所需器件和原材料，在组装焊接成电子产品前都应进行质量检测。对于不合格的元器件，必须坚决剔除，否则，将会对调试工作带来不必要的麻烦，甚至直接影响到电子产品的质量，给企业带来不可估量的损失。电子元器件应进行全面检测，检测时可利用第一章中介绍的方法，使用万用表或其他专用仪器，例如半导体特性图示仪、示波器等进行检测。

6.3.2　电子电路的焊接组装

目前，对于生产批量大，质量标准要求高的电子产品，一般采用自动化的焊接系统，而对于小批量生产和维修加工，仍然采用手工焊接方法，此处仅介绍焊接安装过程中应注意的几个问题。

① 应熟练掌握各种电子元器件的性能、封装形式，提高对电子元器件的识别能力。

② 对于电阻元件，安装时应注意阻值大小。在同一个电路中，会有阻值不同的多个电阻，若将电阻器位置插错，会导致整个电子产品发生故障。给后面的调试工作带来不必要的麻烦。

③ 对于电容器，应注意其容量和耐压，不要选错。对于电解电容，还要注意其管脚的极性，不要插反。

④ 对于二极管、三极管、晶闸管等分立器件，应注意其管脚排列，不要接错位置。

⑤ 对于集成电路，安装时注意不要装错管脚，焊接时不要连焊，以免造成短路。

⑥ 对于接插件和开关，安装时应注意安装方向。

6.3.3　电子电路的调试

电子产品制作完成后，在投入市场前，必须经过性能检测，只有各项性能指标都达到设计要求，才能作为合格产品投放市场。检测时，一般检测产品的综合性能指标，只要性能指标符合要求即可。若性能指标不符合要求，就需对产品重新调试，调试步骤如下。

1. 通电前检查

首先检查电路各部分接线是否正确，有无漏焊、虚焊，检查电源、地线、信号线、元器件引脚间有无开路、短路等现象，器件有无接错。

2. 通电检查

接入电路所要求的电源电压，观察电路中各部分器件有无异常现象，如出现异常，应立即断电，待排除故障后再重新接电。

3. 单元电路调试

在调试单元电路时要明确本部分的功能、性能指标和有关参数，按性能要求测试性能指标和观测波形。调试顺序按信号的流向进行，这样，可把前一级的输出信号作为后一级的输入信号，为最后的整机连调创造条件。电路的调试包括静态和动态调试，通过调试，掌握必要的数据、波形现象然后对电路进行分析、判断、排除故障，完成调试要求。在调试过程中，应随时做好调试记录，为以后的调试工作积累经验，打好基础。

4. 整机连调

各单元电路调试完成后，就为整机调试打下了基础。整机连调时应观察各单元电路连接后各级之间的信号关系，主要观察动态结果，检查电路的性能和参数，分析测量的数据和观测到的波形是否符合设计要求，对发现的故障和问题及时采取处理措施。

电路故障的具体排除方法将在第 7 章中重点介绍。

第7章

调试与检测

以电子线路为基础的各种电子产品及装置在安装完成后一般必须进行调试，才能达到规定的技术和要求。装配工作仅仅是把成百上千的元器件，按照设计图纸要求连接起来，每个元器件的特性参数都不可避免地存在着微小的差异，其综合结果会使电路的各种性能出现较大的偏差，加之在装配过程中产生的各种分布参数的影响，在整机电路组装起来之后，其各项技术指标可能会达不到设计要求，一般要进行调试，才能正常工作。所以调试和检测是保证电子线路正常工作的基本环节，也是对电子技术工作者的基本要求。电子线路成千上万，调试与检测也千差万别。了解调试基本过程，熟悉常用检测方法，尽可能汲取他人经验是掌握和提高这项技术的关键，也是捷径。

7.1 调试与检测技术

1. 调试、检测与产品生产

调试和检测贯穿于产品生产的全过程。

如图 7.1 所示为一般电子产品生产过程示意图，由图中我们不难看出调试和检测工作在整个生产过程中的重要性。

生产环节中的每一步调试、检测都有相应的工序和岗位，由技术工人按照工艺流进行工作。制定既保证产品质量和技术性能又高效、经济、容易实现的工艺卡，是以丰富的工艺知识和实践经验为基础的。

2. 调试、检测与科研开发

科研工作和产品开发研制工作中始终离不开调试检测工作，可以毫不夸张地说，技术方案确定以后，调试和检测就是决定性的因素。

设计方案一开始，就需要对关键零部件和元器件进行样品测试、认证。

设计原理试验，离开对试验元器件和零部件的科学检测，往往会事倍功半。试验过程，除了安装以外主要进行的是调试和检测工作。

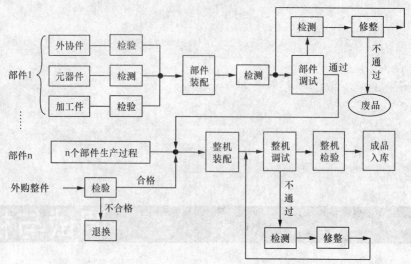

图 7.1 电子产品生产流程示意图

方案的确认是建立在科学测试基础上的。一个电路故障，查寻几小时甚至几天，耗费的时间超过安装时间的数倍、数十倍，并不鲜见。样机试制更是步步离不开调试和检测。

7.2 调试仪器仪表的选配与使用

1. 调试仪器仪表的选配原则

调试工作中，调试质量的好坏，在某种程度上，取决于测试仪器的正确选择与使用。为此，在选择仪器时，应掌握以下原则。

① 在保证产品调整、测试性能指标范围前提下，应选用要求低、结构简单、通用性强的仪器仪表，这样即可降低生产成本，又可使操作简单，提高调整、测试效率。

② 一般要求选用测试仪器的工作误差小于被测参数的1/10。

③ 仪器仪表的测量范围和灵敏度应符合被测参数的数值范围。

④ 正确选择测量仪器输入阻抗，做到仪器仪表介入被测电路后，不改变被测电路的工作状态或者接入被测电路后所产生的测量误差要在允许范围内。

⑤ 调整、测试仪器的使用频率范围(或频率响应)应符合被测电量的频率范围(或频率响应)。

2. 调试仪器仪表的组成及使用

电子测量仪器总体可分为专用仪器和通用仪器两大类：专用仪器为一个或几个产品而设计，可检测该产品的一项或多项参数，例如电视信号发生器、电冰箱性能测试仪等。通用仪器为一项或多项电参数的测试而设计，可检测多种产品的电参数，例如示波器、函数发生器等。

对通用仪器，一般按功能又可细分为以下几类。

① 信号产生器，用于产生各种测试信号，如音频、高频、脉冲、函数、扫频等信号发生器。

② 电压表及万用表，用于测量电压及派生量，如模拟电压表、数字电压表、各种万用表、毫伏表等。

③ 信号分析仪器，用于观测、分析、记录各种信号，如示波器、波形分析仪、逻辑分析仪等。

④ 频率时间相位测量仪器，如频率计、相位计等。

⑤ 元器件测试仪，如 RLC 测试仪、晶体管测试仪、Q 表、晶体管图示仪、集成电路测试仪等。

⑥ 电路特性测试仪，如扫频仪、阻抗测量仪、网络分析仪、失真度测试仪等。

⑦ 其他仪器，用于和上述仪器配合使用的辅助仪器，如各种放大器、衰减器、滤波器等。

各种测试仪器按显示特性可分为以下三类。

① 模拟式，将被测试的电参数转换为机械位移，通过指针、标尺刻度，指示出测量数值。理论上模拟式显示是连续的，但由于标尺刻度有限，实际分辨力不高。如各种指针式电压表、电流表、频率表等。

② 数字式，将被测试的连续变化的模拟量通过 A/D 变换，转换成离散的数字量，通过数显装置显示。数字显示具有读数方便，分辨力强，精确度高的特点，已成为现代测试仪器的主流。如各种数字电压表、频率计等。

③ 屏幕显示，通过示波管、显示器等将信号波形或电参数的变化显示出来，各种示波器、图示仪、扫频仪等是其典型应用。

在调整、测试流水作业线上，每个调整、测试工序（位）所需的仪器仪表，调试工艺文件中都有明确的规定。操作者必须按连接示意图正确接线，然后按调试工艺卡要求完成调整、测试。为了保证仪器仪表的正常工作和测试结果的精度，应注意现场布置和正确接线。调试仪器仪表的布置和界限要注意以下几个问题。

① 调整测试线上所用仪器仪表，都应经过计量并在有效期内（生产线上的测试仪器一般每年进行一次计量校准）。

② 仪器仪表应按照"下重上轻"的原则放置，布置应便于操作和观察，做到调节方便、舒适、灵活、视差小。

③ 仪器仪表应统一接地，并与待调试件的地线相连，且接线要最短。

④ 为了保证测量精度，应满足测量仪器仪表的使用条件。对于需要预热的仪器仪表，开始使用时应达到规定的预热时间。

⑤ 仪器仪表在通电前要检查机械校零，通电后要进行电调零。在调整、测试过程中，要选择合适的量程，对于指针式仪器仪表，应尽可能使指针位于满刻度的 1/2～1/3 之间的区域。

⑥ 对于高灵敏度的仪器仪表（如毫伏表、微伏表等），应使用屏蔽线连接仪器仪表与待测件。操作过程中，应先接地端，后接高电位端。取下时按相反的顺序进行，以免人体感应电压打弯表头指针。

⑦ 对于高增益、弱信号或高频的测量，应注意不要将被测件的输入与输出接线靠近或交叉，以免引起信号的窜扰及寄生振荡，造成测量误差。

7.3　调试与检测安全

调试与检测过程中，要接触各种电源和测试设备，特别是各种高压电路，高压大容量电容器等，为保护检测人员安全，防止测试设备和检测线路的损坏，除严格遵守一般安全规程外，还必须注意调试和检测工作中制定的安全措施。

1. 调试周围环境安全

测试场所除注意整洁外，室内要保持适当的温度和湿度，场地内外，不应有剧烈的振动和很强的电磁干扰,测试台及部分工作场地必须铺设绝缘胶垫,并将场地用拉网围好,必要时可加"高压危险"警告牌。工作场所必须备有消防设备,灭火器应适用于灭电气起火,且不会腐蚀仪器设备(如四氯化碳灭火器)。

2. 供电安全

大部分故障检测过程中都必须加电,所有调试检测过的设备仪器,最终都要加电检验。抓住供电安全就抓住了安全的关键。

① 调试检测场所应有漏电保护开关和过载保护装置,电源开关、电源线及插头插座必须符合安全用电要求,任何带电导体不得裸露。检测场所的总电源开关,应放在明显且易于操作的位置,并设置相应的指示灯。

② 注意交流调压器的接法。检测中往往使用交流调压器进行加载和调整试验。由于普通调压器输入与输出端不隔离,必须正确区分相线与零线的接法,如图 7.2 所示使用二线插头座,容易接错线,使用三线插头座则不易接错。

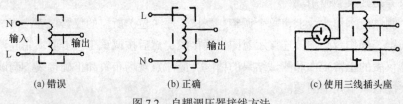

(a) 错误   (b) 正确   (c) 使用三线插头座

图 7.2   自耦调压器接线方法

③ 在调试检测场所最好装备隔离变压器,一方面可以保证检测人员操作安全,另一方面防止检测设备故障与电网之间相互影响。接入隔离变压器之后,再接调压器,则无论如何接线均可保证安全如图 7.3 所示。

3. 仪器安全

① 所用测试仪器要定期检查,仪器外壳及可接触部分不应带电。凡金属外壳仪器,必须使用三线插头座,并保证外壳良好接地。电源线一般不超过 2 米,并具有双重绝缘。

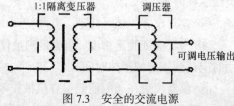

图 7.3   安全的交流电源

② 测试仪器通电时若保险丝烧断,应更换同规格熔丝管后再通电,若第二次再烧断则必须停机检查,不得更换大容量保险丝。

③ 带有风扇的仪器如通电后风扇不转或有故障,应停机检查。

④ 功耗较大的仪器(>500W)断电后应冷却一段时间再通电(一般 3min~10min,功耗越大时间越长),避免烧断保险丝或仪器零件。

4. 操作安全

① 操作环境保持整洁,检测大型高压线路时,工作场地应铺绝缘胶垫,工作人员应穿绝缘鞋。

② 高压或大型线路通电检测时,应有 2 人以上进行,发现冒烟、打火、异常发热等现象,应立即断电检查,由维修人员检查并排除故障。

几个必须记住的安全操作观念:不通电不等于不带电。对大容量高压电容只有进行放电操作后才是不带电;

断开电源开关不等于断开电源。如图 7.4 所示虽然开关处于 OFF 位置,但相关部分仍然带电,只有拔下电源插头才是真正断开电源。

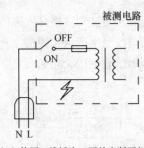
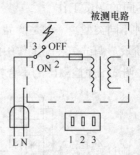

（a）使用二线插头，开关未断开相线　　　　　（b）虽断开相线，但开关接点 3 带电

图 7.4　电气调试检测安全示意图

③ 调试工作结束或因故离开工作场所前应将所有仪器设备关掉，并断开电源总闸，方可离去。

④ 电气设备和材料安全工作的寿命有限。无论最简单的电气材料，如导线、插头插座，还是复杂的电子仪器，由于材料本身老化变质及自然腐蚀等因素，安全工作的寿命是有限的，决不可无限制使用。各种电气材料、零部件、设备仪器安全工作的寿命不等，但一般情况下，10 年以上的零部件和设备就应该考虑检测更换，特别是与安全关系密切的部位。

7.4　调试技术

7.4.1　调试概述

电子产品装配完成之后，必须通过调试才能达到规定的技术要求。装配工作仅仅是把成百上千的元器件，按照设计图纸要求连接起来，每个元器件的特性参数都不可避免地存在着微小的差异，其综合结果会使电路的各种性能出现较大偏差，加之在装配过程中产生的各种分配参数的影响，在整机电路组装起来之后，其各项技术指标可能会达不到设计要求，一般要进行调试，才能正常工作。

1. 调试技术及特点

调试技术包括调整和测试两部分。

调整，主要是对电路参数的调整。一般是对电路中可调元器件，例如电位器、电容器、电感等以及有关机械部分进行调整，使电路达到预定的功能和性能要求。

测试，主要是对电路的各项技术指标和功能进行测量和试验，并同设计性能指标进行比较，以确定电路是否合格。

调整与测试是相互依赖、相互补充的。通常统称为调试，是因为在实际工作中，二者是一项工作的两个方面。测试、调整，再测试、再调整，直到实现电路设计指标。调试是对装配技术的总检查，装配质量越高，调试的通过率越高，各种装配缺陷和错误都会在调试中暴露。调试又是对设计工作的检验，凡是设计工作中考虑不周或存在工艺缺陷的地方，都可以通过调试发现，并为改进和完善产品提供依据。调试工作与装配工作相比，前者对工作者技术等级和综合素质要求较高，特别是样机调试是技术含量很高的工作，没有扎实的电子技术基础和一定的实践经验是难以胜任的。

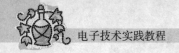

2. 两种不同的调试工作

调试有两种不同类型。一种是产品调试，在产品从装配开始直到合格品入库的流程中，要经过若干个调试阶段。调试是装配工作中的若干个工序、完全按照生产流水线的工艺过程进行，如图 7.5 所示，在调试工序检测出的不合格品，淘汰出生产线由其他工序处理。

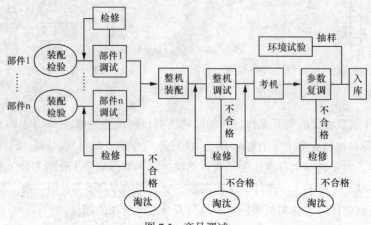

图 7.5　产品调试

另一种是样机调试。这里所说的样机，不是单纯的电子产品试制中制作的样机，而是泛指各种实验电路、电子工装以及通称为"电子制作"的各种电子线路。这种样机的调试过程如图 7.5 所示，其中故障检测占了很大比例，而且调试和检测工作都是由技术人员完成的。这里的调试不是一个工序，而是产品设计的过程之一，是产品定型和完善的必由之路。

7.4.2　样机调试

样机调试是产品研制或电子创造中的重要技术环节，对调试工作者理论基础和动手能力以及经验要求较高，通常都是由技术人员自己动手完成调试工作的。

1. 样机调试的特点

由于样机是未经实际验证和没有进行正常工作的电子电路，故障存在的范围和概率远远大于产品调试。各种意想不到的错误都有发生的可能，抓住它的特点才能少走弯路。

以下几点是来自实践的总结。

（1）充分估计装配差错

样机大部分采用手工单件装配，元器件大都由市场临时购来，因而装配差错是调试时首先要考虑的。不仅各种常见装配问题，如错装、漏焊、虚焊、桥接等容易碰到，而且有些不常见的差错，如元器件位置张冠李戴，极性和方向南辕北辙等也有出现。调试前仔细审视扫描、花费些时间和精力，决非多余。

（2）不可忽视工艺欠缺

除了装配差错外，样机调试时还会遇到先天不足造成的故障，即工艺设计欠缺，常见以下几种：

① 元器件种类，规格选用不当，造成样机性能指标达不到设计要求；

② 印制板设计有错误，造成电路不能正常工作；

③ 印制板设计时防干扰措施不当或欠考虑导致样机出现干扰，达不到设计要求；

④ 印制板制造过程出现错误，例如常见的金属化孔不通，线间短路或导线断路等。

（3）原理症结

经过反复调试，各种可能的故障全都排除了，仍然达不到设计目标或者根本无法实现设计功能指标。在这种情况下应该考虑是否样机电路有原理性错误或缺陷。一方面是由于电路设计者总有考虑不周或忽略了电路某些因素，另一方面各种参考资料提供的电路由于种种原因错误。在这种情况下应该结合调试过程和测试参数仔细分析电路原理，找出症结。否则只在装配、工艺中查找难免进入死胡同。

2. 样机调试准备

（1）技术文件的准备

调试样机前一定要准备好样机的电路原理图，印制板装配图，主要元器件功能接线图和主要技术参数。如果不是自己设计的样机还要熟悉样机工作原理，主要技术指标及功能要求。

（2）仪器仪表的准备

按照技术条件的规定，准备好测试所需的各类仪器，调试过程中使用的仪器仪表应经过计量。在有效期之内的，在使用前仍需进行检查，确定其是否符合技术文件规定的要求，尤其是能否满足测试精度的需要。检查合格之后，应掌握这些仪器的正确使用方法并能熟练地进行操作。调试前，仪器应整齐地放置在工作台或专用仪器车上，放置应符合调试工作的要求。

（3）样机准备

在通电调试前一定要对样机进行直观检查，重点检查以下内容：

① 电源接线是否正确，熔断丝是否装入并符合要求；

② 重点元器件型号、规格及安装是否符合设计要求；

③ 输出有无负载，有无短路或接线错误。印制板常规检查，是否有装错、漏装、桥接等缺陷。

（4）确认测试点和调整元器件

如果对样机不是很熟悉，应先在装配图上标记出测试和调整点，并尽可能给出测试参数范围和波形图等技术资料。

3. 调试要点

① 第一对本身带电源的样机，一定要先调电源。具体调试时按以下顺序进行：

空载初调，先切断电源所有负载，空载条件下加电，测量输出电压是否正确。对于有稳压器的电源，空载输出与带载基本一致，有些开关稳压器需要带一定负载测量。如果电源有可调电位器，应调整到预定设计值，必要时还用示波器观测纹波值。

加载细调，初调正常后可接入负载。对某些功率较大的电源，最好先接模拟等效负载，如滑线电阻或大功率电阻器，防止真实负载有故障造成电源冲击损坏。

测量精调，等效负载下，工作正常后接入真实负载，测量电源各项参数并调整到最佳状态，锁定调整电位器并观察一段时间，确认电源正确后再进入下一阶段调试。

② 先静后动即先静态调试，后动态调试。对模拟电路而言，一般是不加输入信号并将输入端接地，进行直流测试，包括各部分直流工作点，静态电流等参数进行调整，使之符合设计要求，然后加上输入信号，测量和调整电路。收音机、电视机等调试过程都是按此顺序进行的。对数字电路来说，先不送入数据而测量各逻辑电路的有关直流参数，然后再输入数据进行功能调试。

③ 先分后合对多级信号处理电路或多种功能组合电路要采用先分级、分块调试，最后进行整

体或整个系统调试的方法。这种方法一方面使调试工作条理清楚、要求明确，另一方面可以避免一部分电路失常影响或损坏相关其他电路。多功能组合电路有时一个功能模块中又可分为若干功能块，有些功能块中又可分为若干级。如图 7.6 所示收录机的电路框图就是多重嵌套的组合电路。

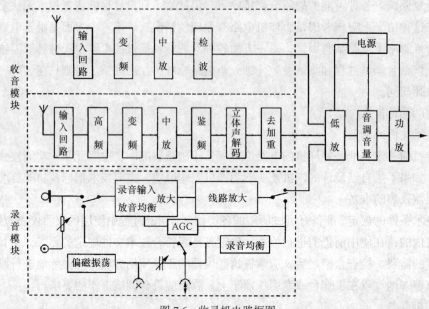

图 7.6　收录机电路框图

对这个电路进行调试时，收音、录放、电源和音频功放四个大模块可独立分别调试，对收音模块中的调频和调幅两部分也可分别独立调试，而对调频和调幅收音电路而言，高放、变频、中放、检波或鉴频部分又是多级电路，可采取由前向后或由后向前顺序分别调试，这几部分电路全部调好后再连接成整机进行统调。

④ 使用稳压/稳流电源样机调试时由于种种意想不到的问题可能在开机通电时造成意想不到的损失，使数日甚至更长时间的心血顷刻之间化为乌有，而且还需花更多时间、精力查找和恢复样机原来的状态。如果在第一次通电时就采用稳压稳流电源，大部分情况下可避免损失。这种电源一般都具有稳压/稳流自动转换，即在整定电流范围内，电源以稳压方式工作，超过整定电流即以稳流方式工作（此时输出电压降低），使用时将样机本身电源断开，通过电流表接到稳压/稳流电源上，如图 7.7 所示。

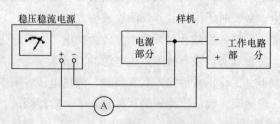

图 7.7　采用稳压稳流电源调试

电源在接入电路前先调好电压电流，一般调试时，电压采用设计工作电压，电流可调到工作电流的 1.2～1.5 倍。如果电路设计时没有给出电流，可根据电路原理或经验估算。接通电路时注意观察电压表，如电压下降则应立刻关机检查。采用这种方法可以避免大部分调试时灾害性损失。

等电路正常工作后，再接入已调好的样机电源。

7.4.3　产品调试

调试是电子产品生产过程中的一个工序，调试的质量直接影响产品的性能指标。在规模化生产中，每一个工序都有相应的工艺文件。编制先进的、合理的调试工艺卡文件是调试质量的保证。

1. 产品调试特点

进入批量生产的产品，一般都经过原理设计，电路试验，样机制做和调试，小批量试生产等阶段，有些较复杂产品还经过原理性样机和工艺性样机等多次试验，调整和完善，才能投入批量生产。

因此产品的调试与样机调试有很大的不同：

① 正常情况下没有原理性错误，工艺性欠缺一般也不会造成调试障碍；

② 电子元器件和零部件按正常生产程序都经过检验和测试，一般情况下，调试仅解决元器件特性参数的微小差别，在考机后调试之前不用考虑它们失效或参数失配问题；

③ 由于批量生产采用流水作业，因此如果出现装配性故障，往往都有一定规律；

④ 产品调试是装配车间的一个工序，调试要求和操作步骤完全按调试工艺卡进行，因此生产产品调试关键是制定合理的工艺文件。另外调试的质量还同生产管理和质量管理水平有直接关系。

2. 调试工艺文件的制定

调试工艺文件是产品调试的唯一依据和质量保证。

制定合理的调试工艺文件对技术人员的技术和工艺水平要求较高，以下几点是基本要求和必经之路：

① 了解产品要求和设计过程。在大中型企业的技术部门，设计和工艺是两个技术部，因此负责工艺技术的人员应参加产品设计方案及试制定型的过程，全面了解产品背景和市场要求、工作原理、各项性能指标及结构特点等，为制定合理的工艺奠定技术基础。对于中、小规模生产，往往从产品的设计到具体制造工艺过程都是同一技术部门进行的，则不存在这个问题。

② 调试样机。样机的调试过程也就是调试工艺的制定和完善过程。技术人员在参与样机的装配、调试过程中，抓住影响整机性能指标的部分作深入、细致的调查和研究，在一定范围内变动调试条件和参数，寻求最佳调试指标、步骤和方法，初步制定调试工艺。

③ 小批量试生产调试，一般情况下，一个产品投入大批生产前需进行小批量试生产，以便检验生产工艺和暴露矛盾。这个过程中必须随时关注和修订调试工艺中的问题，并努力寻求效率、指标和经济性的最佳配合。由此制定的调试工艺对生产线而言是不能随意改变的。

④ 生产过程中必要的调整和完善实际生产过程中，有些问题往往是始料不及的。因此即使成熟的工艺也要在实际中不断调整、完善，但这种调整完善必须由负责该项工作的技术人员签字生效才能实行。

3. 调试工艺文件内容

无论是整机调试还是部件调试，在具体生产线上都是由若干工作岗位完成。调试工艺文件应包括以下内容。

① 调试工位顺序及岗位数。

② 每个调试工位工作内容，即为每个工位制定工艺卡，工艺卡包括以下内容：

工位需要人数及技术等级、工时定额；需要的调试设备、工装及工具、材料；调试线路图，包括接线和具体要求；调试所需要的资料及要求记录的数据、表格；调试技术要求及具体方法、步骤。这一项要求要具体、明确，例如用示波器观察波形，应标出示波器各功能旋钮位置，具体波形图及误差范围等。

③ 调试工作的特别要求及其他说明，如调试责任者的签署及交接手续等。

7.4.4　整机检测

为了保证电子产品的质量，检验工作贯穿于整个生产过程中。

产品的检验一般可分为三个阶段：

① 元器件、零部件、外协件及材料入库前检验；

② 生产过程逐级检验；

③ 整机检验。整机检验除了进行必要产品指标检测外，还包括对产品进行环境试验。

1. 直观检验

① 外观无损伤、无污染，机械装配符合要求。

② 附件、连接件完好，符合要求。

③ 操作机构及旋钮按键等动作灵活，安装牢固。

2. 接线通电

按调试工艺规定的接线图正确接线，检查测试设备、测量仪器仪表和被调试设备的功能选择开关、量程挡位及有关附件是否处于正确位置。经检查无误后，方可开始通电调试。接通电源后，电源指示灯亮，此时应注意有无放电、打火、冒烟现象，有无异常气味，手摸电源变压器有无过热，若有这些现象，立即断电检查。另外，还应检查各种保险、开关、控制系统是否起作用，各种风冷水冷系统能否正常工作。

3. 电源调试

电子产品中大都具有电源电路，调试工作首先要进行电源部分的调试，才能顺利进行其他项目的调试。电源调试通常分为两个步骤。

电源空载初调：电源电路的调试通常先在空载状态下进行，目的是避免因电源电路未经调试而加载，引起部分电子元器件的损坏。

调试时，插上电源部分的印制板，测量有无稳定的直流电压输出，其值是否符合设计要求或调节取样电位器使之达到预定的设计值。测量电源各级的指定工作点和电压波形，检查工作状态是否正常，有无自激振荡等。

加负载时电源的细调：在初调正常的情况下，加上额定负载，再测量各项性能指标，观察是否符合额定的设计要求，当达到要求的最佳值时，选定有关调试元件，锁定有关电位器等调整元件，使电源电路具有加载时所需的最佳功能状态。

有时为了确保负载电路的安全，在加载调试之前，先在等效负载下对电源电路进行调试，以防匆忙接入负载电路而受到的冲击。

4. 电路的调试

此处所指的电路调试，是指电源电路精调完毕后，其余电路的调试。这些电路的调试通常按各单元电路的顺序进行。调试时，首先检查和调整静态工作点，而后进行其他参数的调整，直到各部分电路均符合技术文件规定的各项技术指标为止。

5. 整机的加电老化

整机产品在总装调试完毕后,通常要按一定的技术规定对整机实施较长时间的连续通电考验,即加电老化试验。加电老化的目的是通过老化发现并剔除早起失效的电子元器件,提高电子设备的工作可靠性及使用寿命,同时稳定整机参数,保证调试质量。

6. 温度环境试验

温度环境试验是在模拟的环境极限条件进行的质量认证试验。与考机不同,温度环境试验仅对产品进行抽检,而且必须在国家质量管理部门认可的专业测试机构进行,试验结果要出具有权威性的证明文件。

7. 参数复调

在整机调试的全过程中,设备的各项技术参数还会有一定程度的变化,通常在交付使用前应对整机参数复核调整,以保证整机设备处于最佳的技术状态。

7.5　故障检测方法

采用适当的方法,查找、判断和确定故障具体部位及其原因,是故障检测的关键。下面介绍的各种故障检测方法,是长期实践中总结归纳出来的行之有效的方法。具体应用中还要针对具体检测对象,交叉、灵活加以运用,并不断总结适合自己工作领域的经验方法,才能达到快速准确有效排除故障的目的。

7.5.1　观察法

观察法是通过人体感觉发现电子线路故障的方法。这是一种最简单,最安全的方法,也是各种仪器设备通用的检测过程的第一步。

观察法又可分为静态观察法和动态观察法两种。

1. 静态观察法

它又称为不通电观察法。在电子线路通电前主要通过目视检查找出某些故障。实践证明,占电子线路故障相当比例的焊点失效,导线接头断开,电容器漏液或炸裂,接插件松脱,电接点生锈等故障,完全可以通过观察发现,没有必要对整个电路大动干戈,导致故障升级。"静态"强调静心凝神,仔细观察,马马虎虎走马观花往往不能发现故障。静态观察,要先外后内,循序渐进。打开机壳前先检查电器外表,有无碰伤,按键、插口电线电缆有无损坏,保险是否烧断等。打开机壳后,先看机内各种装置和元器件,有无相碰、断线、烧坏等现象,然后用手或工具拨动一些元器件、导线等进行进一步检查。对于试验电路或样机,要对照原理检查接线有无错误,元器件是否符合设计要求,IC 管脚有无插错方向或折弯,有无漏焊、桥接等故障。当静态观察未发现异常时,可进一步用动态观察法。

2. 动态观察法

它也称通电观察法,即给线路通电后,运用人体视、嗅、听、触觉检查线路故障。通电观察,特别是较大设备通电时应尽可能采用隔离变压器和调压器逐渐加电、防止故障扩大。一般情况下还应使用仪表,如电流表、电压表等监视电路状态。通电后,眼要看电路内有无打火、冒烟等现象；耳要听电路内有无异常声音；鼻要闻电器内有无烧焦、烧糊的异味；手要触摸一些管子，集成电路等是否发烫，（注意：高压、大电流电路须防触电、防烫伤）发现异常立即断电。通电观察，有时可以确定故障原因，但大部分情况下并不能确认故障确切部位及原因。例如一个集成电路发热，可能是周边电路故障，也可能是供电电压有误，既可能是负载过重也可能是电路自激，当然也不排除集成电路本身损坏，必须配合其他检测方法，分析判断，找出故障所在。

7.5.2　测量法

测量法是故障检测中使用最广泛、最有效的方法。根据检测的电参数特性又可分为电阻法、电压法、电流法、逻辑状态法和波形法。

1. 电阻法

电阻检测法就是利用万用表的电阻挡（欧姆挡），通过测量所怀疑的元器件的阻值，或元器件的引脚与共用地端之间的电阻值，将测出的电阻值与正常值进行比较，从中发现故障所在的检测方法。

测量电阻值，有"在线"和"离线"两种基本方式。"在线"测量，需要考虑被测元器件受其他并联支路的影响，测量结果应对照原理图分析判断。"离线"测量需要将被测元器件或电路从整个电路或印制板上脱焊下来，操作较麻烦但结果准确可靠。用电阻法测量集成电路，通常先将一个表笔接地，用另一个表笔测各引脚对地电阻值，然后交换表笔再测一次，将测量值与正常值（有些维修资料给出，或自己积累）进行比较，相差较大者往往是故障所在（不一定是集成电路坏）。电阻法对确定开关、接插件、导线、印制板导电图形的通断及电阻器的变质，电容器短路，电感线圈断路等故障非常有效而且快捷，但对晶体管、集成电路以及电路单元来说，一般不能直接判定故障，需要对比分析或兼用其他方法，但由于电阻法不用给电路通电，可将检测风险降到最小，故一般检测首先采用。

注意：

① 使用电阻法时应在线路断电、大电容放电的情况下进行，否则结果不准确，还可能损坏万用表；

② 在检测低电压供电的集成电路（≤5V）时避免用指针式万用表的10k挡。

③ 在线测量时应将万用表表笔交替测试，对比分析。

2. 电压法

电压检测法是指用万用表的电压挡测量电路电压、元器件的工作电压并与正常值进行比较，以判断故障所在的检测方法。电压检测法通过电压的检测可以确定电路是否正常工作，是维修中使用最多的一种方法。根据电源性质又可分为交流和直流两种电压测量。

交流电压测量，一般电子线路中交流回路较为简单，对 50/60Hz 市电升压或降压后的电压只需使用普通万用表选择合适 AC 量程即可，测高压时要注意安全并养成用单手操作的习惯。对非 50/60Hz 的电源，例如变频器输出电压的测量就要考虑所用电压表的频率特性，一般指针式万用表为 45Hz～2 000Hz，数字式万用表为 45Hz～500Hz，超过范围或非正弦波测量结果都不正确。

（1）直流电压测量检测直流电压一般分为三步：

首先测量稳压电路输出端是否正常；然后测各单元电路及电路的关键"点"，例如放大电路输出点电压，外接部件电源端电压是否正常；最后测量电路的主要元器件，如晶体管、集成电路各管脚电压是否正常，对集成电路首先要测电源端。比较完善的产品说明书中应该给出电路各点正常工作电压，有些维修资料中还提供集成电路各引脚的工作电压。另外也可对比正常工作的同种电路测得各点电压。偏离正常电压较多的部位或元器件，往往就是故障所在部位。这种检测方法，要求工作者具有电路分析能力并尽可能收集相关电路的资料数据，才能达到事半功倍的效果。

3. 电流法

电子线路正常工作时，各部分工作电流是稳定的，偏离正常值较大的部位往往是故障所在。这就是用电流法检测线路故障的原理。

电流法有直接测量和间接测量两种方法。

① 直接测量就是将电流表直接串接在欲检测的回路测得电流值的方法。这种方法直观、准确，但往往需要对线路作"手术"，例如断开导线，脱焊元器件引脚等，才能进行测量，因而不大方便。对于整机总电流的测量，一般可通过将电流表两个表笔接到开关上的方式测得，对使用 220V 交流电的线路必须注意测量安全。

② 间接测量法实际上是用测量电压的方法换算成电流值。这种方法快捷方便，但如果所选测量点的元器件有故障则不容易准确判断。如图 7.9 所示，欲通过测 Re 的电压降确定三极管工作电流是否正常，如 Re 本身阻值偏差较大或 Ce 漏电，都可引起误判。采用电流法检测故障，应对被测电路正常工作电流值事先心中有数。一方面大部分线路说明书或元器件样本中都给出正常工作电流值或功耗值，另一方面通过实践积累可大致判断各种电路和常用元器件工作电流范围，例如一般运算放大器，TTL 电路静态工作电流不超过几毫安，CMOS 电路则在毫安级以下等。

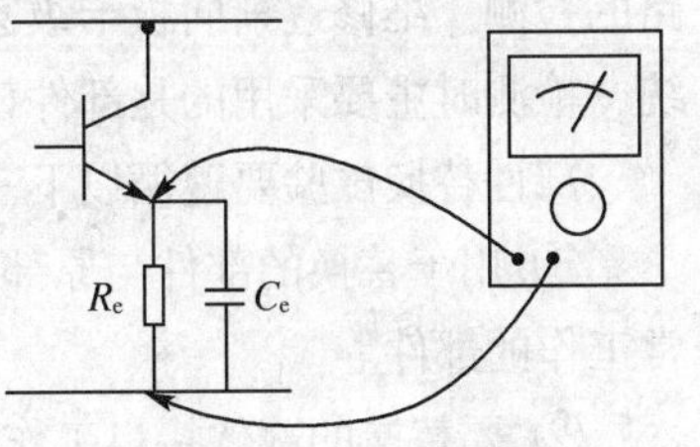

4. 波形法

通过示波器观测被检查电路交流工作状态下各测量点的

图 7.9　间接法测电流

波形，以判断电路中各元器件是否损坏的方法，称之为波形法。用这种方法需要将信号源的标准信号送入电路输入端（振荡电路除外），以观察各级波形的变化。这种方法在检查多级放大器的增益下降、波形失真和振荡电路、开关电路时应用很广。

这种方法对某些电路故障的判断（如寄生振荡，寄生调制），虽不能确定故障发生在哪一级，但通过波形的观察，对波形参数的分析，至少可以有助于分析出故障产生的原因，以便于确定进一步的检查方法。

5. 逻辑状态法

对数字电路而言，只需判断电路各部位的逻辑状态即可确定电路工作是否正常。数字逻辑主要由高低两种电平状态，另外还有脉冲串及高阻状态。因而可以使用逻辑笔进行电路检测。逻辑笔具有体积小，携带使用方便的优点。功能简单的逻辑笔可测单种电路（TTL 或 CMOS）的逻辑状态，功能较全的逻辑笔除可测多种电路的逻辑状态，还可定量测量脉冲个数，有些还具有脉冲信号发生器作用，可发出单个脉冲或连续脉冲供检测电路用。

7.5.3　替换法

替换法是用规格性能相同的正常元器件，电路或部件，代替电路中被怀疑的相应部分，从而判断故障所在的一种检测方法，也是电路调试、检修中最常用，最有效的方法之一。实际应用中，

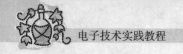

按替换的对象不同，可有三种方法。

1. 元器件替换

除某些电路结构较为方便外（例如带插接件的 IC，开关，继电器等），一般都需拆焊，操作比较麻烦且容易损坏周边电路或印制板，因此元器件替换一般只作为其他检测方法均难判别时才采用的方法，并且尽量避免对电路板做"大手术"。例如，怀疑某两个引线元器件开路，可直接焊上一个新元件测试；怀疑某个电容容量减小可再并上一只电容测试。

2. 单元电路替换

当怀疑某一单元电路有故障时，另用一台同样型号或类型的正常电路，替换待查机器的相应单元电路，可判定此单元电路是否正常。有些电路有相同的电路若干路，例如立体声电路左右声道完全相同，可用于交叉替换试验。当电子设备采用单元电路多板结构时替换试验是比较方便的。因此对现场维修要求较高的设备，尽可能采用方便替换的结构，使设备具有很好的维修性。

3. 部件替换

随着集成电路和安装技术的发展，电子产品迅速向集成度更高，功能更多，体积更小的方向发展，不仅元器件级的替换试验困难，单元电路替换也越来越不方便，过去十几块甚至几十块电路的功能，现在用一块集成电路即可完成，在单位面积的印制板上可以容纳更多的电路单元。电路的检测、维修逐渐向板卡级甚至整体方向发展。特别是较为复杂的由若干独立功能件组成的系统，检测时主要采用的是部件替换方法。

部件替换试验要遵循以下三点。

① 用于替换的部件与原部件必须型号、规格一致，或者是主要性能、功能兼容的，并且能正常工作的部件。

② 要替换的部件接口工作正常，至少电源及输入、输出口正常，不会使替换部件损坏。这一点要求在替换前分析故障现象并对接口电源作必要检测。

③ 替换要单独试验，不要一次换多个部件。最后需要强调的是替换法虽是一种常用检测方法，但不是最佳方法，更不是首选方法。它只是在用其他方法检测的基础上对某一部分有怀疑时才选用的方法。对于采用微处理器的系统还应注意先排除软件故障，然后才进行硬件检测和替换。

7.5.4　比较法

有时用多种检测手段及试验方法都不能判定故障所在，并不复杂的比较法却能出奇制胜。常用的比较法有整机比较、调整比较、旁路比较及排除比较等四种方法。

1. 整机比较法

整机比较法是将故障机与同型优质的机器进行比较，查找故障的方法。这种方法对缺乏资料而本身较复杂的设备，例如以微处理器为基础的产品尤为适用。整机比较法是以检测法为基础的。对可能存在故障的电路部分进行工作点测定和波形观察，或者信号监测，比较好坏设备的差别，往往会发现问题。当然由于每台设备不可能完全一致，检测结果还要分析判断，这些常识性问题需要基本理论基础和日常工作的积累。

2. 调整比较法

调整比较法是通过整机设备可调元件或改变某些现状，比较调整前后电路的变化来确定故障的一种检测方法。这种方法特别适用于放置时间较长，或经过搬运、跌落等外部条件变化引起故障的设备。正常情况下，检测设备时不应随便变动可调部件。但因为设备受外界力作用有可能改变出厂的整定而引起故障，因而在检测时在事先做好复位标记的前提下可改变某些可调电容、电阻、电感等元件，并注意比较调整前后设备的工作状况。有时还需要触动元器件引脚、导线、接插件或者将插件拔出重新插接，或者将怀疑印制板部位重新焊接等，注意观察和记录状态变化前后设备的工作状况，发现故障和排除故障。运用调整比较法时最忌讳乱调乱动，而又不作标记。调整和改变现状应一步一步改变，随时比较变化前后的状态，发现调整无效或向坏的方向变化应及时恢复。

3．旁路比较法

旁路比较法是用适当容量和耐压的电容对被检测设备电路的某些部位进行旁路的比较检查方法，适用于电源干扰、寄生振荡等故障。因为旁路比较实际是一种交流短路试验，所以一般情况下先选用一种容量较小的电容，临时跨接在有疑问的电路部位和"地"之间，观察比较故障现象的变化。如果电路向好的方向变化，可适当加大电容容量再试，直到消除故障，根据旁路的部位可以判定故障的部位。

4．排除比较法

有些组合整机或组合系统中往往有若干相同功能和结构的组件，调试中发现系统功能不正常时，不能确定引起故障的组件，这种情况下采用排除比较法容易确认故障所在。方法是逐一插入组件，同时监视整机或系统，如果系统正常工作，就可排除该组件的嫌疑，再插入另一块组件试验，直到找出故障。例如，某控制系统用 8 个插卡分别控制 8 个对象，调试中发现系统存在干扰，采用比较排除法，当插入第五块卡时干扰现象出现，确认问题出在第五块卡上，用其他卡替换，干扰排除。

注意：

① 上述方法是递加排除，显然也可采用逆向方向，即递减排除；

② 这种多单元系统故障有时不是一个单元组件引起的，这种情况下应多次比较才可排除；

③ 采用排除比较法时注意每次插入或拔出单元组件都要关断电源，防止带电插拔造成系统损坏。

比较法同替代法没有原则的区别，只是比较的范围不同，二者可配合起来进行检查，这样可以对故障了解更加充分，并且可以发现一些其他方法难以发现的故障。

第8章

电子技术综合实践训练

电子技术实践教程是一门内容发展迅速、创新思想活跃、理论联系实际很强的课程，是继"模拟电子技术"、"数字逻辑电路"和"单片机原理"课程之后，又一重要的教学环节。它能起到巩固所学知识，加强综合能力，提高实践技能，启发创新思想的效果，从而有效培养、提高学生的实际工作能力。在前面各章内容学习的基础上，本章将通过几个典型的电子技术综合实践课题，系统地介绍综合实践的全过程。

8.1 直流稳压电源及秒脉冲的制作

1. 实训任务

利用三端集成稳压电路LM7805、时基电路NE555及其他外围元件设计一个带有+5V直流稳压电源的秒脉冲发生器。

2. 实训要求

① 参数：电源稳压值U_o=+5V±10%；秒脉冲周期T=1s±1%，幅度3V～5V，占空比$q < 70\%$。

② 阻、容元件取值应符合 E24 系列的要求。

③ 自行设计符合要求的原理图及相应的 PCB 图。

④ 做出规范的 PCB 板。

⑤ 完成线路的安装、调试。

⑥ 电源部分及秒脉冲部分均应设置指示灯，以显示电路工作情况。

⑦ 试将秒脉冲发生电路设计为频率范围在 0.2Hz～10Hz 之间连续可调的脉冲信号发生电路。

8.1.1 直流稳压电源的制作

直流稳压电路是指将不稳定的交、直流电压变为稳定的直流电压的电路。直流稳压电源应用非常广泛，同时也是电子产品制作中要经常面对的一个问题。直流稳压电源的实现有多种途径，下面主要介绍用三端集成稳压电路制作直流稳压电源的方法。

1. 三端集成稳压电路简介

三端集成稳压电路有固定式和可调式之分及输出正电压和输出负电压之分。例如，在固定式中 LM78 系列输出的是正电压，LM79 系列输出的是负电压；在可调式中 LM317 系列输出的是正电压，LM337 系列输出的是负电压。

78×× 系列三端固定正电压稳压集成电路是目前应用最为广泛的电源类集成电路，它们采用 TO-220 封装，只有三个引脚：电源输入端 Vi、地端 GND 和电源输出端 Vo，所以通常简称之为三端稳压集成块。LM78 系列的型号为 LM78××，×× 表示输出电压值，具体有 5V、6V、9V、12V、15V、18V 和 24V 等，分别命名为 LM7805、LM7806、LM7809、LM7812、LM7815、LM7818 和 LM7824 等。按生产厂家不同，在型号前面分别冠以厂家代号的词头。例如：输出 5V 的就有 AN7805、CW7805、MC7805、W7805、μA7805、μPC7805 等，它们的电气性能与 LM7805 基本相同，都可以直接互换使用，所以在一般书刊叙述中也就省略了代表厂家的词头，简称 78×× 系列。

78×× 系列集成电路的外形如图 8.1（a）所示，芯片上自带一片散热片，使用时应用螺钉将其固定在金属散热器上，以利散热。

如图 8.1（b）所示为三端集成稳压电路内部结构方框图，其工作原理是：取样电路将输出电压 U_o 按比例取出，送入比较放大器与基准电压进行比较，差值被放大后去控制调整管，以使输出电压 U_o 保持稳定。

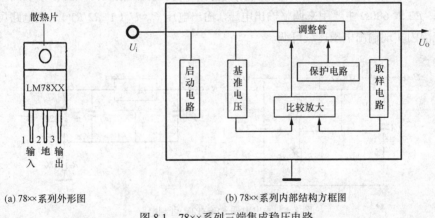

(a) 78×× 系列外形图　　　　　　　　　(b) 78×× 系列内部结构方框图

图 8.1　78×× 系列三端集成稳压电路

2. 三端集成稳压电路的典型应用

本节以介绍 78×× 系列的典型应用为主，兼顾 79×× 系列、LM317、LM337 系列的应用，读者可据此举一反三，灵活应用。

（1）基本应用电路

如图 8.2 所示是 78×× 系列的典型应用电路，这个电路非常简单，在电路的输入与输出关系比较明确的情况下，一般在电路图中不再标明集成块的引脚序号，这点务必请读者注意。

图 8.2（a）中，C1 为输入电容器，一般情况下可省去不接。但当集成块远离整流滤波电路时应接入一只 0.33μF 左右的电容器，其作用是改善纹波和抑制输入的过载电压。C2 为输出电容器，只要接一只 0.1μF 左右的电容器就可以改善负载的瞬态响应。在实际应用电路中，C2 往往使用大容量的电解电容器，目的是使输出直流电压更加平滑。但此时如果集成块的输入端出现短路故障，

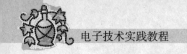

输出端上的大电容储存的电荷将通过集成块内部的输出调整管的发射极—基极间的 PN 结放电，因大电容释放的能量有可能会造成集成块损坏。为解决这一矛盾，可在集成块的输入与输出端反接一只二极管，如图 8.2（b）中的 VD。这个二极管可在电路出现输入端短路故障时为电容 $C4$ 提供放电通路，以保护集成稳压器。

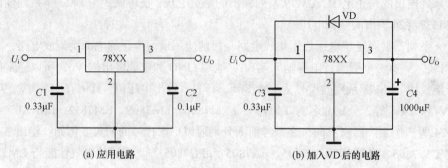

(a) 应用电路　　　　　　　(b) 加入VD后的电路

图 8.2　78×× 系列基本应用电路

　　一般三端集成稳压电路的最小输入、输出电压差约为 2V，一般应保持在 4V～5V。7805 的一个明显缺点，是当输入电压大于 12V 时，发热会很厉害，最大的输入电压也只能到 15V 左右。原因在于 7805 属于线性稳压。即如果输入 12V，就有 7V 电压是完全由于发热浪费掉。

　　（2）输出电压 5V～12V 的可调电路

　　用固定式三端集成稳压电路 7805 设计制作连续可调直流稳压的实际电路如图 8.3 所示，图中 $R1$ 取 220Ω，$R2$ 取 680Ω 主要用来调整输出电压。输出电压 $U_o \approx U_x(1+R2/R1)$，该电路可在 5V～12V 稳压范围内实现输出电压连续可调。

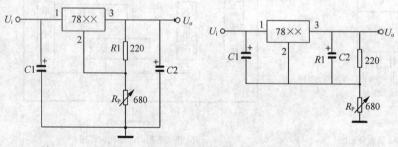

图 8.3　输出电压 5V～12V 可调电路

　　由该电路实践证明：

　　① $R1$ 为固定电阻值，改变电阻 Rp 的阻值就可获得连续可调的输出电压，输出电压 U_o 近似值等于 $U \times (1+R2/R1)$；

　　② 最高输出电压受稳压器最大输入电压及最小输入输出电压差的限制，该固定式三端集成稳压集成电路 7805 最大输入电压为 35V，输入输出差要保持 2V 以上，因此该电路中由于稳压器的直流输入电压为 +14V，所以该电路的输出最大值为 +12V；

　　③ 实践表明，在稳压器的稳压范围内，其稳压精度可达 ±3%。

　　（3）提升输出电压的应用电路

　　如图 8.4 所示为提高输出电压的应用电路。稳压二极管 VD_1 串接在 78×× 稳压器 2 脚与地之间，可使输出电压 U_o 得到一定的提高，输出电压 U_o 为 78×× 稳压器输出电压与稳压二极管 VD_1

稳压值之和。VD₂是输出保护二极管，一旦输出电压低于 VD₁ 稳压值时，VD₂ 导通，将输出电流旁路，保护 78×× 稳压器输出级不被损坏。

（4）提升输入电压的应用电路

如图 8.5 所示为提高输入电压的应用电路。78×× 稳压器的最大输入电压为 35V（7824 为 40V），当输入电压高于此值时，可采用如图 8.5 所示的电路。VT、R1 和 VD 组成一个预稳压电路，使得加在 78×× 稳压器输入端的电压恒定在 VD 的稳压值上（忽略 VT 的 B-E 结压降）。U_i 端的最大输入电压仅取决于 VT 的耐压。

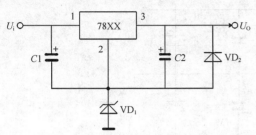
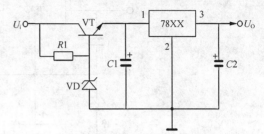

图 8.4　提升输出电压的应用电路　　　　图 8.5　提升输入电压的应用电路

（5）扩大输出电流的应用电路

下图为扩大输出电流的应用电路。VT_2 为外接扩流管，VT_1 为推动管，二者为达林顿连接。R1 为偏置电阻。该电路最大输出电流取决于 VT_2 的参数。

（6）恒流源

集成稳压器还可以用作恒流源。如图 8.7 所示为 78×× 稳压器构成的恒流源电路，其恒定电流 I_o 等于 78×× 稳压器输出电压与 R 的比值。

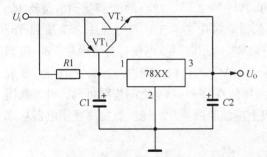
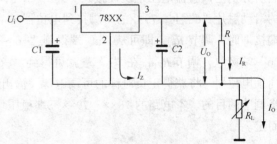

图 8.6　扩大输出电流的应用电路　　　　图 8.7　恒流源

（7）79×× 系列集成稳压器的典型应用

79×× 系列集成稳压器是常用的固定负输出电压的三端集成稳压器，除输入电压和输出电压均为负值外，其他参数和特点与 78×× 系列集成稳压器相同。79×× 系列集成稳压电路的三个引脚功能分别是：1 脚为接地端，2 脚为输入端，3 脚为输出端。

79×× 系列集成稳压器的应用电路也很简单，其基本应用电路如图 8.8 所示。

（8）正、负对称输出的稳压电路

同时运用 78×× 和 79×× 稳压器，可以组成正、负对称输出的稳压电路。如图 8.9 所示为±××V 稳压电源电路，I_{C1} 采用固定正输出集成稳压器 78××，I_{C2} 采用固定负输出集成稳压器 79××，VD₁、VD₂ 为保护二极管，用以防止正或负输入电压有一路未接入时损坏集成稳压器。

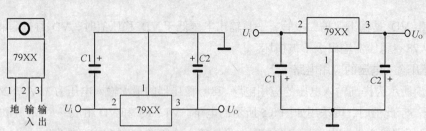

图 8.8　79××系列外形图及基本应用电路

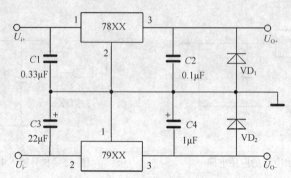

图 8.9　正、负对称输出的稳压电路

（9）连续可调的正负对称的稳压电源

一般的双电源（正负对称电源）都没有连续可调的功能，给使用带来不便。本文介绍用一块 78 系列和一块 79 系列三端稳压器对称连接，即可获得一组正负对称的稳压电源，而且输出电压值可各自单独调节，也可同步调节。电路如图 8.10 所示，由变压器输出的交流双 18V 电压经 $VD_1 \sim VD_4$ 整流，$C1$、$C2$ 滤波得到一直流电压，其中变压器双电源的中心抽头作为公共接地端，然后分别把该直流电压正负极接入 78×× 的 1 脚和 79×× 的 2 脚。78×× 的 2 脚接到电位器 R_{P2} 的滑动触片 "d" 上，79×× 的 1 脚接到电位器 R_{P1} 的滑动触片 "c" 上。当将触片 "c" 滑到 "o" 端接地时，调节 R_{P2}，即可从 "a" 端得到 "+6～+15V" 的正向可变电压；若将触片 "d" 滑到 "o" 端接地，调节 R_{P1}，在 "b" 端就可得到 "−6～−15V" 的负向可变电压，将 R_{P1}、R_{P2} 换成同轴电位器，将获得正负对称的可调电源，输出电压值在 ±6～±15V 之间连续可调，可达到同步调节的目的。本电路的 78××、79×× 三端稳压块上应加装散热片，变压器功率视用电器功率而定。

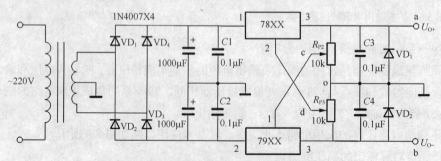

图 8.10　连续可调的正负对称的稳压电源

（10）LM317/LM337 系列集成稳压器的典型应用

LM317/LM337 是常见的可调集成稳压器，其最大输出电流为 2.2A，电压输出范围为 1.25～

37V。它的使用非常简单，仅需两个外接电阻来设置输出电压。通常 LM117/LM317 不需要外接电容，除非输入滤波电容到 LM117/LM317 输入端的连线超过 6 英寸（约 15 厘米）。此外它的线性调整率和负载调整率也比标准的固定稳压器好。LM117/LM317 内置有过载保护、安全区保护等多种保护电路。使用输出电容能改变瞬态响应。调整端使用滤波电容能得到比标准三端稳压器高的多的纹波抑制比。其接法如图 8.11（b）所示。

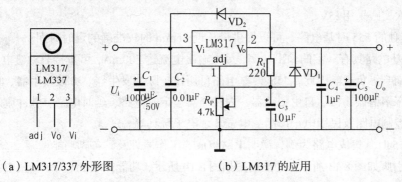

（a）LM317/337 外形图　　　　　（b）LM317 的应用

图 8.11　LM317/337 外形图及应用电路

图 8.11（a）为 LM317/LM337 外形图，其中 1 脚为调整端。

图 8.11（b）、图（c）中 1、2 脚之间为 1.25V 电压基准。为保证稳压器的输出性能，R_1 应小于 240 欧姆。改变 R 阻值即可调整稳压电压值。VD_1、VD_2 用于保护 LM317。

输出电压的计算：$U_o=(1 + R2/R1) \times 1.25$

8.1.2　秒脉冲的制作

秒脉冲发生器是计数计时电路的核心部分，它的精度和稳定度决定了数字电路的质量。秒脉冲电路通常用晶体振荡器或 555 时基电路实现。

1. 用晶体振荡器实现秒脉冲电路

用晶体振荡器实现的秒脉冲电路，其电路组成如下：晶体振荡器发出的脉冲经过整形、分频获得 1Hz 的秒脉冲。如晶振为 32 768Hz，通过 15 次二分频后可获得 1Hz 的脉冲输出，电路如图 8.12 所示。图中 CD4060B 为 14 位串行二进制计数/分频振荡器。

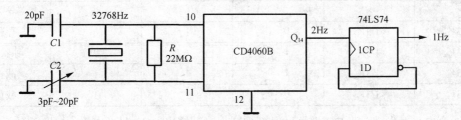

图 8.12　用晶振组成的秒脉冲发生器

需要说明的是，石英晶振在使用过程中常常会出现不起振的情形，这主要是因为所用补偿电容（C1、C2）不匹配的原因造成的，因此在购买晶振时应问清其补偿电容值。

2. 用 555 时基电路构成脉冲电路

（1）555 电路简介

555 时基集成电路并不是一种通用型的集成电路，但它却可以组成上百种实用的电路，可谓变化无穷，故深受人们的欢迎。555 时基电路具有以下几个特点：

① 555 时基电路，是一种将模拟电路和数字电路巧妙结合在一起的电路；

② 555 时基电路可以采用 4.5V～15V 的单独电源，也可以和其他的运算放大器和 TTL 电路共用电源，本次实践采用+5V；

③ 一个单独的 555 时基电路，可以提供最长近 15min 的较准确的定时时间；

④ 555 时基电路具有一定的输出功率，最大输出电流达 200mA，可直接驱动继电器、小电动机、指示灯及喇叭等负载。因此，555 时基电路可用作：脉冲发生器、方波发生器、单稳态多谐振荡器、双稳态多谐振荡器、自由振荡器、内振荡器、定时电路、延时电路、脉冲调制电路、仪器仪表的各种控制电路及民用电子产品、电子琴、电子玩具等。

现以 NE555 时基集成电路为例，说明电路组成、工作原理及其各脚功能。

NE555 的引脚如图 8.13 所示，功能简图如图 8.14 所示，功能如表 8.1 所示。图中各管脚的功能简述如下。

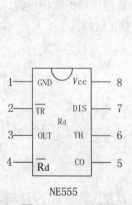

NE555

图 8.13　555 引脚图

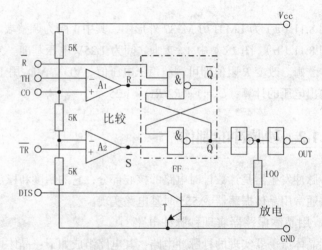

图 8.14　时基电路功能简图

表 8.1　芯片的功能表

TH	$\overline{TR}$	$\overline{R}$ $\overline{S}$	$\overline{Rd}$	OUT	T
×	×		0	0	导通
$>2/3V_{cc}$	$>1/3V_{cc}$	0　1	1	0	导通
$<2/3V_{cc}$	$>1/3V_{cc}$	1　1	1	原状态	原状态
$<2/3V_{cc}$	$<1/3V_{cc}$	1　0	1	1	截止
$>2/3V_{cc}$	$<1/3V_{cc}$	0　0	1	1	截止

TH：高电平触发端，当 TH 端电平大于 $2/3V_{cc}$ 时，输出 OUT 呈低电平，T 导通。

$\overline{TR}$：低电平触发端，当 $\overline{TR}$ 端电平小于 $1/3V_{cc}$ 时，OUT 端呈现高电平，T 截止。

$\overline{Rd}$：复位端，$\overline{Rd}=0$，OUT 端输出低电平，T 导通。

CO：控制电压端，CO 接不同的电压值可以改变 TH、$\overline{TR}$ 的触发电平值。

DIS：放电输入端，其导通或关断为 RC 回路提供了放电或充电的通路。

OUT：输出端。

（2）用 555 构成秒脉冲信号发生器

如图 8.15 所示为 555 构成的多谐振荡器，接通电源后，其 OUT 端将输出矩形波，选择适当的元件参数即可得到符合要求的秒脉冲。

① 工作原理。电源接通后，V_{CC} 通过 R_1、R_2 向电容 C_1 充电。电容 C_1 上的电压按指数规律上升，当 C_1 上的电压上升到 $2/3V_{CC}$ 时，OUT 端输出电压 U_o 为零，电容放电；当电压下降到 $1/3V_{CC}$ 时，OUT 端输出电平为高电平，电容放电结束。这样周而复始便形成了振荡，从而在 OUT 端产生如图 8.16 所示矩形波。

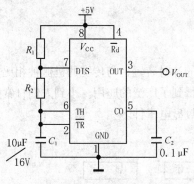

图 8.15　多谐振荡器

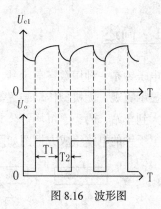

图 8.16　波形图

② 参数计算。

$$T_1=(R_1+R_2) \cdot C \cdot \ln \frac{V_{CC}-\frac{1}{3}V_{CC}}{V_{CC}-\frac{2}{3}V_{CC}}=(R_1+R_2) \cdot C \cdot \ln 2;$$

$$T_2=R_2 \cdot C \cdot \ln \frac{0-\frac{2}{3}V_{CC}}{0-\frac{1}{3}V_{CC}}=R_2 \cdot C \cdot \ln 2;$$

$$T = T_1+T_2=(R_1+2R_2) \cdot C \cdot \ln 2;$$

占空比 $q=\dfrac{T_1}{T}=(R_1+R_2)/(R_1+2R_2)$。

由 T、q 的表达式可推算出：当 R_1=30k，R_2=57.2k=（51+6.2）k 时，电路符合设计要求。

8.1.3　产品检测、调试

根据前面的讲述，可自行设计出产品的整体电路图并画出规范的 PCB 图，制作 PCB 板，选用合适的元器件组装电路。电路组装完成之后，应根据下列步骤对产品进行检测调试。

① 从 PCB 的设计到安装、焊接，每一步均应对照原理图反复检查，避免差错。

② 焊接前用万用表检查相关器件是否良好，尤其是有极性的器件及用过的器件。

③ 设计 PCB 时应将电源与秒脉冲分开，以利于分块检测。

④ 安装完成后，检测电源部分相关参数：变压器输出电压、7805 输入电压、电源空载输出电压、电源有载输出电压及有载输出电流。负载可选 1k 左右电阻。

⑤ 电源指标正常后，将电源与秒脉冲相接，观察两部分的指示灯 LD1、LD2，并用秒表根据 LD2 的闪烁频率计算秒脉冲输出信号周期的近似值。本中心示波器工作频率较高，无法准确显示秒脉冲波形。

8.2 数字电子钟的制作

8.2.1 简述

数字电子钟是一种用数字显示秒、分、时、日的计时装置，与传统的机械钟相比，它具有走时准确、显示直观、无机械传动装置等优点，因而得到了广泛的应用。小到人们日常生活中的电子手表，大到车站、码头、机场等公共场所的大型数显电子钟。

数字电子钟的电路组成方框图如图 8.17 所示。

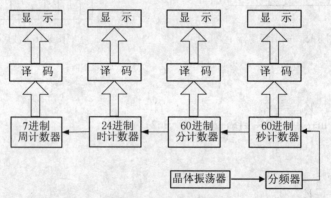

图 8.17 数字电子钟框图

由图 8.17 可知，数字电子钟由以下几部分组成：石英晶体振荡器和分频器组成的秒脉冲发生器；60 进制秒、分计数器，24 进制时计数器，7 进制周计数器以及秒、分、时、周的译码显示部分。

8.2.2 实训任务和要求

用中、小集成电路设计一台能显示周、时、分、秒的数字电子钟，要求如下：

① 由晶体电路或 555 时基电路产生 1Hz 标准秒信号；

② 秒、分为 00～59 六十进制计数器；

③ 时为 00～23 二十四进制计数器；

④ 周显示为周一～周日七进制计数器；

⑤ 自行设计符合要求的原理图及相应的 PCB 图；

⑥ 做出规范的 PCB 板；

⑦ 完成线路的安装、调试。

8.2.3 单元电路的设计

1. 秒脉冲的设计

秒脉冲的设计在前一课题已介绍过，请参阅，这里不再重复。

2. 计数器的设计

实现 N 进制计数的方法有多种，这里介绍用二-五-十进制计数器（74LS290）及双四位二进制计数器（74LS393）采用反馈复位法设计 N 进制计数器的方法。

（1）74LS290 介绍及使用

74LS290 是二-五-十进制异步加法计数器，逻辑简图如图 8.18 所示。其外引脚排列如图 8.19 所示。

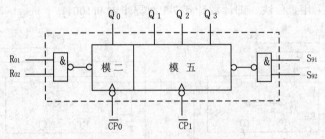

图 8.18　74LS290 逻辑图

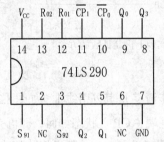

R_{01}、R_{02}：直接置"0"端，$R_{01} \cdot R_{02} = 1$ 时有效

S_{91}、S_{92}：直接置"9"端，$S_{91} \cdot S_{92} = 1$ 时有效

$\overline{CP_0}$、$\overline{CP_1}$：时钟控制端，下降沿有效

$Q_3 Q_2 Q_1 Q_0$：输出端

图 8.19　74LS290 外引脚图

74LS290 具有下述功能：

① 直接置 0（$R_{01} \cdot R_{02} = 1$）；

② 直接置 9（$S_{91} \cdot S_{92} = 1$）；

③ 二进制计数（$\overline{CP}_0$ 计数输入、Q_0 输出）；

④ 五进制计数（$\overline{CP}_1$ 计数输入、Q_3、Q_2、Q_1 输出）。

所以当 $S_{91} = S_{92} = 1$ 时，就将输出端置成 9，即 $Q_3 Q_2 Q_1 Q_0 = 1001$。当 $R_{01} = R_{02} = 1$，且 $S_{91} \cdot S_{92} = 0$ 时，就清零，即 $Q_3 Q_2 Q_1 Q_0 = 0000$。当 $S_{91} \cdot S_{92} = 0$ 和 $R_{01} \cdot R_{02} = 0$ 同时满足的前提下，可在时钟信号（$\overline{CP}$）下降沿作用下，实现加法计数。

74LS290 的使用。

① 用 74LS290 构成 8421-BCD 码计数器的接法如图 8.20 所示。图中 S_{91} 和 S_{92} 至少有一个输入为 0，R_{01} 和 R_{02} 也至少有一个输入为 0，计数脉冲从 $\overline{CP}_0$ 端输入，下降沿触发，实现模 2 计数 $(M_1=2)$，从 Q_0 输出；将 Q_0 连至 $\overline{CP}_1$，于是由 $Q_3 Q_2 Q_1$ 构成对 $\overline{CP}_1$ 进行模 5 计数 $(M_2=5)$。这样，构

成的计数器为模 10 计数点（$M = M_1 + M_2 = 10$）。

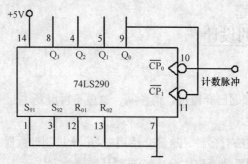

图 8.20　用 74LS290 构成的 8421 码十进制计数器

② 采用脉冲反馈法（也称复位法或置位法），可用 74LS290 组成任意进制计数器。如图 8.21 所示是用 74LS290 实现 7 进制计数的两种方案。图 8.21（a）采用复位法，即计数计到 7 时异步清零。图 8.21（b）采用置位法，即计数计到 7-1 时异步置 9(1001)。

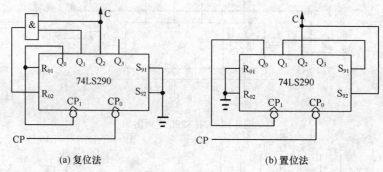

（a）复位法　　　　　　　　　　　（b）置位法

图 8.21　利用 74LS290 实现七进制计数的方法

（2）74LS393 介绍及使用

74LS393 是双四位二进制异步加法计数器（异步清零），其外引线排列如图 8.22 所示。其功能为：

① 异步清零端（CR）为高电平时，不管时钟端（$\overline{CP}$）状态如何，即可完成清除功能；

② 当 CR 为低电平时，在 $\overline{CP}$ 脉冲下降沿作用下进行加法计数操作，其功能如表 8.2 所示。

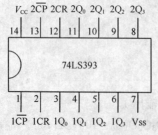

1$\overline{CP}$、2$\overline{CP}$: 时钟输入端，下降沿有效

1CR、2CR: 异步清零端，高电平有效

1Q_0-1Q_3, 2Q_0-2Q_3: 计数器输出端

图 8.22　74LS393 外引线排列图

表 8.2　　　　　　　　　　　　　　74LS393 功能表

输入		输出			
CR	$\overline{CP}$	Q_3	Q_2	Q_1	Q_0
H	×	L	L	L	L
L	↓	记数			

74LS393 的应用。利用 74LS393 采用反馈复位法设计十进制及六十进制计数器的方法如图 8.23 所示。至此，利用 74LS393 采用反馈复位法设计任意进制计数器的方法就不难掌握了，请参训者自行归纳总结。

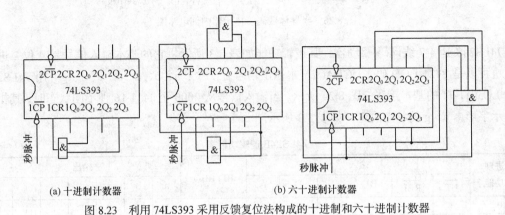

(a) 十进制计数器　　　　　　　　　　　　(b) 六十进制计数器

图 8.23　利用 74LS393 采用反馈复位法构成的十进制和六十进制计数器

3. 译码显示

在数字系统中，经常需要将数字、文字和符号的二进制编码翻译成人们习惯的形式直观地显示出来，以便查看。显示器的产品很多，如荧光数码管、半导体、显示器、液晶显示和辉光数码管等。数显的显示方式一般有三种：重叠式显示，点阵式显示和分段式显示。重叠式显示是将不同的字符电极重叠起来，要显示某字符，只需使相应的电极发光即可，如荧光数码管就是如此；点阵式显示是利用一定的规律进行排列、组合，显示不同的数字。例如火车站里显示列车车次，始发时间的显示，就是利用点阵方式显示的；分段式显示是指数码由分布在同一平面的若干段发光的笔画组成。如电子手表、数字电子钟的显示，就是用分段式显示的。

本次实训可选用常用的共阴极半导体数码管及其译码/驱动器，它们的型号分别为 LC5011-11：共阴数码管；74LS248：BCD 码 4-7 段译码/驱动器。译码/驱动显示的原理如图 8.24 所示。LC5011-11 和 74LS248 管脚排列如图 8.25 所示。

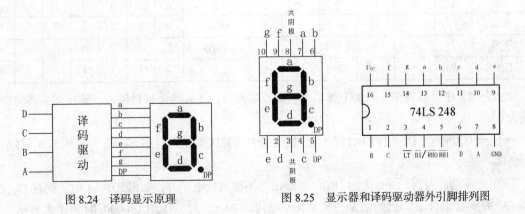

图 8.24　译码显示原理　　　　　　　　图 8.25　显示器和译码驱动器外引脚排列图

LC5011-11 共阴数码管其内部实际上是一个 8 段发光二极管负极连在一起的电路。如图 8.26（a）所示。当在 a、b……g、DP 段加上正向电压时，发光二极管就亮。比如显示二进制数 0101（即十进制数 5），只要使显示器的 a、f、g、c、d 段加上高电平就行了。同理，共阳极显示应在各段加上低电平，各段就亮，如图 8.26（b）所示。

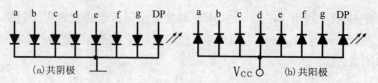

图 8.26　半导体数码管显示器内部电路图

　　74LS248 是 4-7 线译码/驱动器，其逻辑功能如表 8.3 所示。它的基本输入信号是 4 位二进制数（也可以是 8421-BCD 码）DCBA。基本输出信号有 7 个：a、b、c、d、e、f、g。用 74LS248 驱动 LC5011-11 的基本接法如图 8.24 所示。当输入信号从 0000 至 1111 16 种不同状态时，其相应的显示字形由 a～g 的状态决定，如表 8.3 所示。

表 8.3　　　　　　　　　　　　　　　　　74LS248 逻辑功能表

十进制或功能	输入						$\overline{BI}/\overline{RBO}$	输出						
	$\overline{LT}$	$\overline{RBI}$	B	C	D	A		a	b	c	d	e	f	g
0	1	1	0	0	0	0	1	1	1	1	1	1	1	0
1	1	×	0	0	0	1	1	0	1	1	0	0	0	0
2	1	×	0	0	1	0	1	1	1	0	1	1	0	1
3	1	×	0	0	1	1	1	1	1	1	1	0	0	1
4	1	×	0	1	0	0	1	0	1	1	0	0	1	1
5	1	×	0	1	0	1	1	1	0	1	1	0	1	1
6	1	×	0	1	1	0	1	1	0	0	1	1	1	1
7	1	×	0	1	1	1	1	1	1	1	0	0	0	0
8	1	×	1	0	0	0	1	1	1	1	1	1	1	1
9	1	×	1	0	0	1	1	1	1	1	0	0	1	1
10	1	×	1	0	1	0	1	0	0	0	1	1	0	1
11	1	×	1	0	1	1	1	0	0	1	1	0	0	1
12	1	×	1	1	0	0	1	0	1	0	0	0	1	1
13	1	×	1	1	0	1	1	1	0	0	1	0	1	1
14	1	×	1	1	1	0	1	0	0	0	1	1	1	1
15	1	×	1	1	1	1	1	0	0	0	0	0	0	0
灭灯	×	×	×	×	×	×	0(入)	0	0	0	0	0	0	0
灭零	1	0	0	0	0	0	0(出)	0	0	0	0	0	0	0
灯测试	0	×	×	×	×	×	1	1	1	1	1	1	1	1

　　从表 8.3 中可以看出，除了上述基本输入或输出外，还有几个辅助输入、输出端，其辅助功能为：

　　① 灭灯功能：只要 $\overline{BI}/\overline{RBO}$ 置入 0，则无论其他输入处于何状态，a～g 各段均为 0，显示器为整体不亮；

　　② 灭零功能：当 $\overline{LT}$ =1 且 $\overline{BI}/\overline{RBO}$ 作输出，不输入低电平时，如果 $\overline{RBI}$ =1 时，则在 D、C、B、A 的所有组合下，仍然都是正常显示。如果 $\overline{RBI}$ =0 时，DCBA≠0000 时仍正常显示，当 DCBA=0000 时，不再显示 0 的字型，而是 a、b、c、d、e、f、g 各段输出全为 0，与此同时，$\overline{RBO}$ 输出为低电平。

　　③ 灯测试功能：在 $\overline{BI}/\overline{RBO}$ 端不输入低电平的前提下，当 $\overline{LT}$ =0 时，则无论其他输入处于何状态，a～g 段均为 1，显示器这时全亮。常常用此法测试显示器的好坏。

4. 单元电路的实现

在清楚了各单元电路的工作原理及设计方法之后，下面要做的工作就是设计并实施图 8.17 所示数字电子钟组成图中的各功能部件。设计并实现各个功能部件应考虑以下因素：

① 尽量选用标准器件，避免繁琐的设计过程；

② 如果无现成的器件供选择，各个功能部件也应尽可能简单，做到最小化设计；

③ 特别要注意各部件之间交换信息的关系，尽量为最后的拼接提供便利条件。

在本例设计中，建议采用标准的 SSI 和 MSI 的 TTL 器件，例如：选用 74LS393 二-十进制计数器，组成电路中的计数器，计数器的每一位连接成 8421-BCD 码十进制计数器，计数脉冲的下降沿为有效作用边沿，清零信号以高电平为有效；选用译码、显示二合一器件，作为频率计的显示部件，电路就显得特别简练。

各单元电路设计完成之后，应通过实验检验其工作的正确性与可靠性。

8.2.4　系统合成

在各单元电路设计、检验完成之后的一项重要工作就是将各功能部件组装数字系统。这里要强调的是各单元电路之间的配合和协调一致问题。具体地说，各单元输入、输出信号应符合正常工作的要求，例如，计数器采用 74LS393 器件，则复位信号应是高电平有效，在一次完整的计数-显示周期之后，应该由复原电路送出正脉冲，以满足计数-显示-清零的操作过程。实际上，这一点已经在功能部件设计中做了考虑，从而使整个设计过程顺理成章。其次要注意，电路不可有影响可靠工作的现象或不能自启动的状态。

根据已确定的各单元功能部件，连接成数字电子钟，画出整体电路图。

8.2.5　产品组装、调试

按照"实训任务和要求"以及前一课题提供的思路，完成产品的组装。数字电子钟的调试重点在安装前集成电路的检测、各单元电路的检测以及集成电路的安装。

集成电路的检测，主要是在安装前看集成电路的引脚是否完整、有无变形，对重复使用的集成电路应检测其功能是否正常。

单元电路的检测，主要是看其能否完成预定的功能，其提供的信号是否及时、准确，符合要求。

集成电路的安装，主要是看集成电路的型号、位置是否准确；插接是否正确（缺口方向为定位标志），有无反接情形；引脚有无碰焊，印制导线有无短接、开路情形。

8.3　函数信号发生器的制作

8.3.1　信号发生器制作实训准备

1. 信号发生器的组成

信号发生器由以下几部分组成：

① ±12V 稳压电源电路；

② 方波产生电路；

③ 三角波产生电路；

④ 正弦波产生电路；

⑤ 总的信号输出电路。

2. 设计任务和要求

① 用 1N4007、LM7812、LM7912 设计出±12V 稳压电源电路。

② 用集成运算放大器设计出能产生方波、三角波、正弦波且频率和幅度可调的信号发生器。

要求：① 在给定的±12V 直流电源电压条件下，使用运算放大器设计并制作一个函数信号发生器。

② 信号频率：1kHz～10kHz

③ 输出电压：方波：　　　$V_{p-p} \leqslant 24V$

　　　　　　　三角波：$V_{p-p} \leqslant 6V$

　　　　　　　正弦波：$V_{p-p} > 1V$

④ 方波：上升和下降时间：≤10ms

⑤ 三角波失真度：≤2%

⑥ 正弦波失真度：≤5%

3. 可选用器件

① 1N4007、LM7812、LM7912；

② OP07、LM324；

③ 电阻、电容若干。

4. 集成电路引脚图

集成电路引脚图如图 8.27 所示。

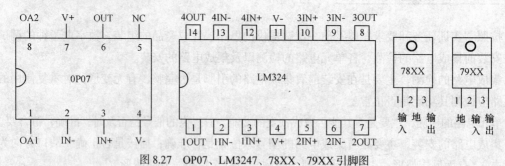

图 8.27　OP07、LM3247、78XX、79XX 引脚图

5. 设备和耗材

（1）设备

① 电脑一台（装有 Protel 99 软件）。

② 电烙铁。

③ 万用表。

④ 示波器。

（2）耗材

覆铜板、焊锡、松香、导线等。

8.3.2　实训过程设计

① Protel99 设计软件仿真的熟练使用。老师讲解，学生练习，4 课时。

② 信号发生器原理图设计，教师指导，4 课时。

③ 原理图的分析、过程、原则及方法，4 课时。

④ 原理图的绘制，教师指导，学生操作，12 课时。

⑤ PCB 图制作，教师指导，学生操作，24 课时。

⑥ 制作印刷电路板，教师讲解指导，学生操作，8 课时。

⑦ 安装、调试、检测教师指导，学生操作，10 课时。

⑧ 实训总结、考核，4 课时。

8.3.3　函数发生器电路设计及组成

1. 设计要点

产生正弦波、方波、三角波的方案有多种，如先产生正弦波，然后通过整形电路将正弦波变成方波。再由积分电路将方波变成三角波，也可以先产生三角波-方波，再将方波变成正弦波或将三角波变成正弦波。本次设计采用先产生方波—三角波，再将三角波变换成正弦波的电路设计方法，其电路组成框图如图 8.28 所示。

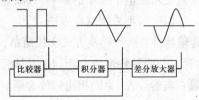

图 8.28　函数信号发生器组成框图

2. 方波—三角波产生电路

如图 8.29 所示电路能自动产生方波—三角波，其中运算放大器 U1、U2 选用运算放大器 OP07。电路工作原理如下：若断开 a 点，运算放大器 U1 与 $R1$、$R2$ 及 $R4$、R_{P1} 组成电压比较器，$R1$ 成为平衡电阻，$C1$ 称为加速电容，可加速比较器的翻转；运算放大器的反相端接基准电压，即 $V_-=0$，同相端 a 点接入电压 U_{ia}。比较器的输出 U_{o1} 的高电平等于正电源的电压 $+V_{CC}$，低电平等于负电源电压 $-V_{EE}(V_{CC}=V_{EE})$，当比较器的 $V_+=V_-=0$ 时，比较器翻转，输出 U_{o1} 从高电平 $+V_{CC}$ 跳到低电平 $-V_{EE}$，或从低电平 $-V_{EE}$ 跳到高电平 $+V_{CC}$，设 $U_{o1}=+V_{CC}$，则 $V_+=R2 \cdot V_{CC}/(R2+R4+R_{P2})+(R4+R_{P2})U_{ia}/(R2+R4+R_{P2})=0$，式中 R_{P1} 指电位器的调整值。将上式整理，得比较器的下门限电位 $U_{ia-}=-R2 \cdot V_{CC}/(R4+R_{P2})$ 若 $U_{o1}=-V_{EE}$，则比较器翻转的上门限电位：$U_{ia+}=R2V_{CC}/(R4+R_{P2})$。比较的门限电压 $U_{TH}=U_{ia+}-U_{ia-}=2R2 \cdot V_{CC}/(R4+R_{P2})$，a 点断开后，运算放大器 U2 与 $R3$、R_{P3}、$C2$ 及 $R5$ 组成反相积分器，其输入信号为方波 U_{o1}，则积分器的输出 $U_{o2}=-1/(R3+R_{P3})C2\int U_{o1}\mathrm{d}t$，当 $U_{o1}=V_{CC}$ 时，$U_{o2}=-1/(R3+R_{P3})C2 \cdot t$，当 $U_{o1}=-V_{EE}$ 时，$U_{o2}=-1/(R3+R_{P3})C2 \cdot t$。可见，当积分器的输入为方波时，输出是一个上升速率与下降速率相等的三角波。

a 点闭合后，则比较器与积分器首尾相连，形成闭环电路，则自动产生方波-三角波，三角波

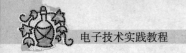
幅度为 $U_{02m}= R2 \cdot V_{CC}/(R4+R_{P2})$，方波-三角波频率为 $f=(R3+R_{P3})/[4R2(R4+R_{P2})C2]$。

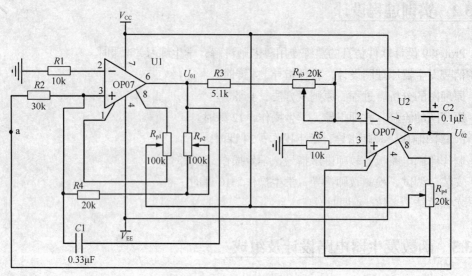

图 8.29　方波—三角波产生电路

3．三角波-正弦波信号变换电路

三角波变为正弦波的方法总的看来可以分为两类：一种是通过滤波器进行"频域"处理，另一种则是通过电路变换"时域"处理。具体有以下几种方案。

① 滤波器的优点是不太受输入三角波电平变动的影响，其缺点是输出正弦波幅度会随频率一起变化（随频率的升高而衰减）。我们一般不采用这种方法。

② 利用差分放大器的差模传输特性。这种转换方式比较简单，而且频带很宽。电路如图 8.30 所示。其中，晶体管选用差分对管，有两对特性完全相同的晶体管，R_{P1} 调节三角波的幅度，R_{P2} 调整电路的对称性，$C2$、$C3$ 为隔直电容，A3 为同相比例放大器。电路利用了差放的转移特性，将三角波近似逼近为正弦波。

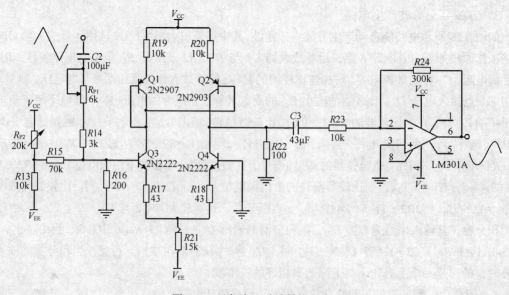

图 8.30　三角波-正弦波转换电路

8.3.4　电路的安装与调试

在安装调试多级电路时，通常按照单元电路的先后顺序进行分级安装调试与级联。

1. 方波—三角波发生器的装调

如图 8.29 所示，由于比较器 U1 与积分器 U2 组成正反馈闭环电路，同时输出方波与三角波，故这两个单元电路可以同时安装。需要注意的是，在安装电位器 R_{P2} 与 R_{P3} 之前，要先将其调整到设计值，否则电路可能会不起振。如果电路接线正确，则在接通电源后，U1 的输出 U_{o1} 为方波，U2 的输出 U_{o2} 为三角波，微调 R_{P2}，使三角波的输出幅度满足设计指标要求。调节 R_{P3}，则输出频率连续可变。

2. 三角波—正弦波变换电路的安装调试

三角波—正弦波变换电路的调试步骤如下。

（1）差分放大器传输特性曲线调试

如图 8.30 所示将三角波—正弦波变换电路输入三角波，经电容 $C2$ 输入差模信号电压 U_{id}=50mV，f_i=100Hz 的正弦波；调节 R_{P1} 及 R_{P2}，使传输特性曲线对称；再逐渐放大 U_{id}，直到传输特性曲线合适，记下此时对应的峰值 U_{idm}；移去信号源，再将 $C2$ 左端接地，测量差分放大器的静态工作点。

（2）三角波—正弦波变换电路调试

将图 8.29 中 U2 的 6 脚与图 8.30 中 $C2$ 连接，调节 R_{P1} 使三角波的输出幅度等于 U_{idm} 值，这时图 8.30 中 A3 的 6 脚输出的波形应近似于正弦波。

8.3.5　总结建议

该课题难度较大，对参数要求较高，但仍有提高改进的空间。比如，通过改变三角波积分电容的方法，还可以将频率覆盖扩展至 10Hz～100kHz 等。

此次的函数发生器设计重在设计和制作，虽然学生通过努力大多能把电路图接好，并使之正常工作，但对于电路本身的原理并不是十分熟悉。所以应该让学生单独设计、安装、调试，教师进行指导。

总的来说，通过本课题的设计、制作、调试，能进一步提高学生分析问题、解决问题的能力，提高学生的实践技能。

第9章

电子线路 CAD Protel 99 的使用

Protel 99 是 Protel 公司于 1999 年推出的电子电路设计软件，2000 年该公司又推出改进版 Protel 99 SE。Protel 99 集强大的设计能力、复杂工艺的可生产性、设计过程管理于一体，可完整实现电子产品从电学设计概念设计到生产物理生产数据的全过程。既满足了产品的高可靠性，又极大缩短了设计周期，降低了设计成本。

9.1 Protel 99 概述

Protel 99 功能强大，为我们进行电子电路原理图和印制板图的设计提供了良好的操作环境。Protel 99 除了具备以前版本所具备的功能外，还新增了许多功能，其运行环境也有一些变化。

9.1.1 Protel 99 的功能

1. 使用设计管理器

Protel 99 使用了设计管理器窗口界面，与 Windows 的资源管理器功能相似，它图示了设计项目内部各文件之间的关系，并对当前的设计项目实施有效的管理。

2. 文档统一管理

Protel 99 采用设计数据库文件来存放所有的文档文件，甚至可以包含其他 Windows 应用程序所创建的文档。这样对文档就可以方便的进行统一管理。

3. 方便的调用设计工具

Protel 99 为方便用户进行使用，提供了多种设计工具。例如，在设计原理图时，可以随时调出相关的连线、画图、电源的工具栏；在编辑印制电路板（PCB）图时，可以随时调出放置元件封装等工具栏。用户也可以进行多窗口编辑。

4. 同步设计

Protel 99 智能同步设计使得原理图和 PCB 图之间通过更新原理图和更新 PCB 图保持一致性。

9.1.2　Protel 99 运行环境

Protel 99 运行环境包括软件环境和硬件环境。

1. 软件环境

软件环境主要是指对操作系统的要求。Protel 99 要求运行在 Windows 95/98、Windows NT 4.0 或者更高版本。

2. 硬件环境

为了充分发挥 Protel 99 的强大功能，至少具备如下的硬件配置：

① CPU：Pentium 166 以上，或者其他公司的同等级的 CPU；

② 内存 YAM：32MB 以上；

③ 硬盘：剩余空间 400MB 以上；

④ 显示卡：显示卡内存在 1MB 以上；

⑤ 显示器：15 寸以上，显示分辨率在 800×600 以上。显示分辨率 1024×768 为 Protel 99 设计窗口的标准显示方式，显示分辨率为 800×600 时，浏览器窗口的下半部分将被截去，不过在设计器窗口进行的设计还可以进行。

9.1.3　Protel 99 的安装及文件组成

1. Protel 99 的安装

用户最好使用 Protel 99 的正版软件，正版软件功能完善、运行稳定、安全性好。在购买正版软件以前，也可以通过 http://www.protel.com 网站免费下载 Protel 99 最新试用版，不过只有 30 天的试用期。该软件安装简单，用户只需要根据安装过程中的提示一步步的操作，即可完成安装。

2. Protel 99 的文件组成

由于 Protel 99 引进了设计数据库文件，所有的原理图文挡、PCB 图文挡等设计文件都包含进了设计数据库文件中，设计数据库中的这些文挡仍然是一个独立的文件，文件类型往往通过文件扩展名加以区分，Protel 99 文件类型参见表 9.1。

表 9.1　　　　　　　　　　　　　　文件类型及其说明

文件扩展名	文件类型说明
.abk	自动备份文件
.ddb	设计数据库文件
.pcb	印制板图文件
.sch	原理图文件
.lib	元件库文件
.net	网络表文件
.prj	项目文件

续表

文件扩展名	文件类型说明
.pld	描述文件
.txt	文本文件
.rep	生成的报告文件
.ERC	电气法则测试报告文件
.XLS	元件列表文件
.XRf	交叉参考元件列表文件

9.2 Protel 99 原理图设计

9.2.1 进入 Protel 99 系统

进入系统，只要运行 Protel 99 的执行程序即可。启动应用程序后将出现 Protel 99 的启动画面，接着就进入 Protel 99 的主设计窗口 Design Explorer 99，如图 9.1 所示。

图 9.1 Protel 99 的主设计窗口

然后可进入原理图编辑器（SCH）。

① 利用菜单命令"File/New"来新建一个文件，将光标移到菜单"File/New"处，单击鼠标左键或按回车键进行确认即可。

② 执行"File/New"后，打开选择文件类型对话框，用鼠标单击原理图编辑器的图标。

③ 再用鼠标单击按钮"OK"后即可进入原理图编辑器。

9.2.2　Protel 99 菜单

Protel 99 的主菜单的主要功能是进行各种文件命令操作，设置视图的显示方式及编辑操作。它包括 File、Edit、View、Windows 和 Help 五个下拉菜单。

1．"File"菜单

"File"菜单主要用于文件的管理操作，如文件的打开、新项目的建立等，如图 9.2 所示。

"File"菜单的各选项功能如下。

New：新建一个空白文件，文件的类型可以是原理图 Sch 文件、印制电路板 PCB 文件、原理图元件编辑文件 Schlib、印制电路元件库编辑文件 PCBlib、文本文件以及其他文件等。选取此菜单项，将会显示"新文件"对话框，如图 9.3 所示。用户选择所需建立的文件类型，然后单击"OK"按钮即可。

图 9.2　File 下拉式菜单

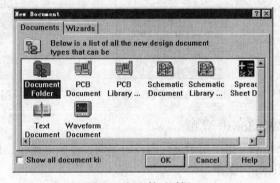

图 9.3　新文件对话框

New Design：新建一个设计库，所有的设计文件将在这个库中进行统一管理。用户可以输入新设计库的名称，如图 9.4 所示。

图 9.4　新建设计库对话框

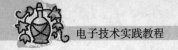
Open：打开已存在的设计库。

Close：关闭当前已经打开的设计文件。

Close Design：关闭当前已经打开的设计库。

Export：将当前设计库中的一个文件保存到其他路径。

Save All：保存当前所有已打开的文件。

Import：将其他类型的文件输入到当前设计库，成为当前设计库中的一个文件。

Import Project：输入一个已存在的设计库。

Link Document：输入其他类型的文件到当前设计库中。

Properties：管理当前设计库的属性。

Exit：退出 Protel 99 系统。

2. "Edit" 菜单

"Edit" 菜单用于进行对象的复制、剪切、粘贴、删除等编辑操作。其下拉式菜单如图 9.5 所示。

3. "View" 菜单

"View" 菜单用于管理设计管理器、状态栏、命令栏、工具栏、图标等的打开与关闭，如图 9.6 所示。

图 9.5　Edit 下拉式菜单

图 9.6　View 下拉式菜单

4. "Windows" 菜单

"Windows" 菜单用于进行窗口的平铺、重叠等操作，如图 9.7 所示。

5. "Help" 菜单

"Help" 菜单用于打开系统的帮助文件，如图 9.8 所示。

图 9.7　Windows 下拉式菜单

图 9.8　Help 下拉式菜单

9.2.3　原理图设计环境

1. 屏幕分辨率

建议用户选用大尺寸的显示器，并且将显示器的屏幕分辨率设置为 1024×768 点以上。若达不到上述要求，则某些控制面板就会被切掉一部分，此时，用户将无法使用到被切掉的那部分功能。

2. 窗口设置

（1）工具栏的打开与关闭

Protel 99 的工具栏有"Main Tools"（主工具栏）、"Wiring Tools"（画线工具栏）、"Drawing Tools"（绘图工具栏）、"Power Objects"（电源及接地工具栏）、"Digital Objects"（常用器件工具栏）、"Simulation Sources"（仿真信号源）、"PLD Tool"（PLD 工具）七种，利用这些工具可方便地绘制原理图。

打开或关闭主工具栏的方法是：执行菜单命令"View/Toolbar/Main Tool"即可。同理，其他工具栏的打开与关闭方法是选择"Tool bar"子菜单中响应选项即可。"Tool bar"子菜单如图 9.9 所示。

（2）画面显示状态的放大与缩小

电路设计人员在绘图的过程中，要查看整个原理图或查看某一局部，因此要经常更改显示状态，使绘图区放大或缩小。

① 在命令状态下的放大与缩小。当执行某些绘图命令时，无法将鼠标移出工作区去执行一般命令。此时要放大或缩小显示状态，必须使用功能键来实现，具体操作如下：

放大：按"Page Up"键，绘图区放大显示。

缩小：按"Page Down"键，绘图区缩小显示。

移位：按"Home"键，光标将移到绘图区中心位置显示。

更新：按"End"键，如果显示画面存在斑点或线条变形，软件会对其进行更新，恢复正确的显示画面。

② 空闲状态下的放大与缩小。

放大：用鼠标单击工具栏上的按钮或执行菜单命令"View/Zoom In"。

缩小：用鼠标单击工具栏上的按钮或执行菜单命令"View/Zoom Out"。

（3）图纸参数设置

执行菜单命令"Design/Options"，系统将弹出"Document Options"对话框，在此对话框中，可以完成有关电路图纸的参数设置，如图 9.10 所示。

图 9.9　Tool bar 子菜单

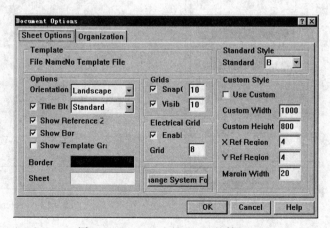

图 9.10　Document Options 对话框

① 图纸大小设置。在此对话框中，单击"Standard Style"的下拉按钮可选择图纸大小。它提供了多种标准纸型。

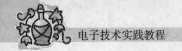

公制：A0（最大）、A1、A2、A3、A4（最小）。

英制：A（最小）、B、C、D、E（最大）。

ORCAD 图纸：Orcad A、Orcad B、Orcad C、Orcad D、Orcad E。

其他：Letter、Legal、Tabloid。

② 图纸方向设定。可通过图中的"Options"选项组来实现。该选项组包括了图纸方向、标题栏设定、边框设定等几部分。用鼠标单击"Orientation"下拉菜单，如图 9.11 所示。

Landscape：图形水平放置。

Portrait：图形垂直放置。

用鼠标单击"Title Block"下拉按钮，标题栏有 Standard（标准型）和 ANSI（美国国家标准协会）两种模式。

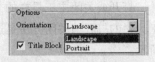

图 9.11　Orientation 下拉式菜单

③ 设置图纸颜色。设置图纸边框颜色，用鼠标单击"Border color"右侧的颜色块，可以弹出"Choose Color"对话框，如图 9.12 所示。在此选择好颜色后单击"OK"按钮即可。

设置图纸底色颜色，用鼠标单击"Sheet color"右侧的颜色快，可以弹出颜色对话框，在此选择好颜色后单击"OK"按钮即可。

④ 设置栅格。在 Girds 区域内：

Snap On（锁定栅格）：该项可以改变光标的移动间距，选中此项表示光标移动时以 Snap On 右边的设置值为基本单位跳动，系统默认值为 10；如果不选该项，则光标移动时以 1 个像素点为基本单位移动。

Visible（可见栅格）：图纸上实际显示的栅格的距离，无论设置多大，都不会影响到十字光标的位移量，即该项设置只影响到视觉效果。

⑤ 设置光标。光标是指在画图、放置元件和连接线路时的光标形状。执行菜单命令"Tools/Preferences"，系统弹出对话框，如图 9.13 所示。单击"Cursor type"右侧下拉按钮，从下拉列表中选择光标类型，共有"Large Cursor 90"、"Small Cursor 90"和"Small Cursor 45"三种形式可选。

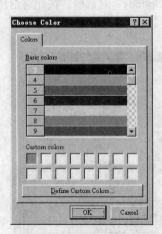

图 9.12　颜色选择对话框

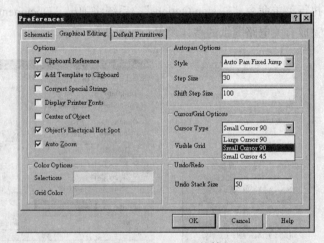

图 9.13　Preferences 对话框

9.2.4　添加元件库

在放置元件之前，必须先将该元件所在的元件库载入内存才行。如果一次载入过多的元件库，将会占用较多的系统资源，同时也会降低应用程序的执行效率。所以，通常只载入必要而常用的元件库，其他特殊的元件库在需要时再载入。

添加元件库的步骤如下。

① 单击设计管理器中的"Browse Sch"选项卡，再单击"Add/Remove"按钮，屏幕将出现如图 9.14 所示的"元件库添加、删除"对话框。也可以选取菜单"Design/Add/Remove Library"打开此对话框。

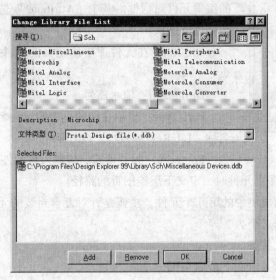

图 9.14　元件库添加删除对话框

② 在"Design Explorer 99 \ Library \ Sch"文件夹下选取元件库文件，然后双击鼠标或单击"Add"按钮，此元件库就会出现在"Selected Files"框中，接着重复上述步骤将所需要的元件库都添加进来。

③ 然后单击"OK"按钮，完成该元件库的添加。

9.2.5　放置元件

由于电路是由元件（含属性）及元件间的连线所组成，所以现在要将所有可能使用到的元件都放到空白的绘图页上。通常用下面几种方法来选取元件。

① 通过输入元件编号来选取元件。方法是：通过菜单命令"Place/Part"或直接单击电路绘制工具栏上的按钮，打开如图 9.15 所示的"Component Library Reference"对话框，在该对话框中输入元件的名称，例如"RES"。然后单击"OK"按钮，紧接着会打开如图 9.16 所示的"Designator"对话框，在此对话框中输入当前元件的流水号（如 R1）。再单击"OK"按钮，屏幕上将会出现一个可随鼠标指针移动的元件符号，将它移动到适当位置，然后单击鼠标左键使其定位即可。完成上述操作之后，系统会再次弹出"Component Library Reference"对话框，等待我们再次输入新的元件编号。

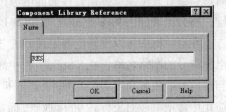

图 9.15　Component Library Reference 对话框

Part Fields 1-8	
Part Fields 9-16	Read-Only Fields
Attributes	Graphical Attrs

Lib Ref	RES2
Footprint	
Designator	R?
Part Type	RES2
Sheet Path	*
Part	1
Selection	☐
Hidden Pins	☐
Hidden Field	☐
Field Names	☐

OK	Help
Cancel	Global >>

图 9.16　Designator 对话框

假如现在还要继续放置相同形式的元件，就直接单击 "OK" 按钮，新出现的元件符号会依照元件封装自动地增加流水序号。若不再放置新的元件，可直接单击 "关闭" 按钮，关闭对话框。

在放置元件的过程中，元件的方向不合适，按空格键可旋转元件，每按一次空格键，元件旋转 90 度；若按下 "X" 键或 "Y" 键可在 X 方向或 Y 方向镜像，按 "Tab" 键可打开如图 9.16 所示的编辑元件对话框。其中 "Attributes" 选项卡的内容较常用，它包括以下选项。

Lib Ref：在元件库中所定义的元件名称，不会显示在绘图页中。

Designator：流水序号。

Part Type：显示在绘图页中的元件名称，默认值与元件库中名称 "Lib Ref" 一致。

Footprint：封装形式。应输入该元件在 PCB 库里的名称。

Sheet Path：成为绘图页元件时，定义下层绘图页的路径。

Part：设定同一个集成块中的第几个元件，主要是针对复合封装的元件而设的。如与门电路的第一个逻辑门为 1，第二个为 2 等。

Selection：切换选取状态。

Hidden Pins：是否显示元件的隐藏引脚。

Hidden Fields：是否显示 "Part Fields 1-8"、"Part Fields 9-16" 选项卡中的元件数据栏。

Field Name：是否显示元件隐藏栏名称。

② 从元件列表中选取。添加元件的另外一种方法是直接从元件列表中选取，该操作必须通过设计库管理器窗口左边的元件库面板来进行。

如何从元件库管理面板中取一个与门元件，如图 9.17 所示。首先在面板上的 "Library" 栏中选取 "Miscellaneous Devices .lib"，然后在 "Components In Library" 栏中利用滚动条找到 "AND" 并选定它。接下来单击 "Place" 按钮，此时屏幕上会出现一个随鼠标移动的 "AND" 符号，将符号移动到适当的位置后单击鼠标左键使其定位即可。

③ 放置电源与接地符号。Vcc 电源元件与 GND 接地元件有别于一般电气元件。它们必须通过菜单命令 "Place/Power Part" 或电路图绘制栏上的按钮来调用，此时窗口会有一个随鼠标指针移动的电源符号，按 "Tab" 键，将会出现如图 9.18 所示的 "Power Port" 对话框。

在对话框中可以编辑电源属性，在 "Net" 栏中修改电源符号的网络名称，在 "Style" 栏中修改电源类型。当前符号的放置角度为 "0 Degrees"（即 0 度），在实际

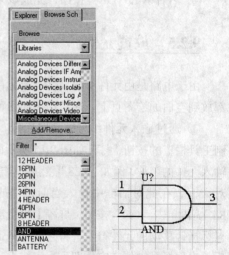

图 9.17　从列表中选取元件

应用中常把电源对象旋转 90 度放置，而接地对象通常旋转 270 度放置。电源与接地符号在 "Style" 下拉列表框中有多种类型可选择，如图 9.19 所示。

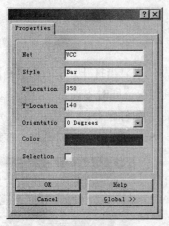

图 9.18　Power port 对话框

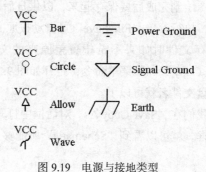

图 9.19　电源与接地类型

9.2.6　连接线路

所有元件放置完毕后，就可以进行电路图中，各对象间的连线（Wiring）。连线的主要目的是按照电路设计的要求建立网络的实际连通性。

要进行连线操作，可单击电路绘制工具栏上的按钮或执行菜单"Place/Wire"将编辑状态切换到连线模式，此时鼠标指针由空心箭头变为大十字。

将鼠标指针指向欲连线的元件引脚或导线端点，同时出现大黑点。单击鼠标左键，即可设置起点。

紧接着，随光标的移动即可拉出一条线，当到了连线的转弯处或到了欲连接的位置时，单击鼠标左键就完成这一段的连接。同时，该点也成为下一段导线的起点。若要以其他点为新的起点，则单击鼠标右键或按"Esc"键，将编辑状态切回到待命模式，放弃起点。

当我们完成了线路连接，连续击鼠标右键或按"Esc"键两下，即可结束画线状态。

更快捷的连线方法是：在待命模式下，单击鼠标右键，出现如图 9.20 所示的右键菜单，单击"Place Wire"菜单项就可以进行连线。

在某些情况下"Schematic"会自动在连线上加上接点（Junction）。但通常有许多接点要我们自己动手才可以加上。如默认情况下十字交叉的连线是不会自动加上接点的。

要放置节点，可单击电路绘制工具栏上的按钮或执行菜单"Place/Junction"，这时鼠标指针会由空心箭头变成大十字，且出现一个小黑点。将鼠标指针指向欲放置接点的位置，单击鼠标左键即可，如图 9.21 所示。单击鼠标右键或按"Esc"键退出放置接点状态。

图 9.20　单击右键的下拉式菜单

图 9.21　放置节点

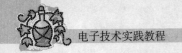

9.2.7　保存文件

电路图绘制完成后要保存起来，以供日后调出修改及使用。当打开一个旧的电路图文件并进行修改后，执行菜单"File/Save"可自动按原文件名将其保存，同时覆盖原先的文件。

在保存文件时如果不希望覆盖原来的文件，可采用换名保存的方法。具体方法是执行"File/Save Copy As..."菜单命令，打开如图 9.22 所示的"Save Copy As"对话框，在对话框中指定新的存盘文件名就可以了。

假如我们在"Save Copy As"对话框中打开"Format"下拉列表框，就可以看到"Schematic"所能够处理的各种文件格式。

Advanced Schematic Binary (*.sch)：Advanced Schematic 电路绘图页文件，二进制格式。

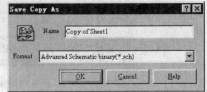

图 9.22　Save Copy As 对话框

Advanced Schematic ASCII (*.asc)：Advanced Schematic 电路绘图页文件，文本格式。

Orcad Schematic (*.sch)：SDT4 电路绘图页文件，二进制文件格式。

Advanced Schematic template ASCII (*.dot)：电路图模板文件，文本格式。

Advanced Schematic template binary (*.dot)：电路图模板文件，二进制格式。

Advanced Schematic binary files (*.prj)：项目中的主绘图页文件。

在默认情况下，电路图文件的扩展名为.Sch。

9.3　原理图元件编辑

在绘制电路原理图时，常常在放置元件之前，需要添加元件所在的库，这样很方便设计使用。尽管 Protel 99 内置的元件库已经相当完整，但有时还是无法从这些元件库中找到自己想要的元件，比如某种很特殊的元件或新开发出来的元件。在这种情况下，在进行电路工程设计时，我们就可以根据实际需要，绘制某些特殊的元件图，补充到元件库中，并随时可供调用。

在本节中，我们以创建一个七段数码管为例，来说明如何使用元件库编辑器创建新元件的方法步骤。

① 进入 protel 99 新建文件对话框，进入元件库编辑器主窗口，如图 9.23 所示，Protel 99 自动为这个新元件库打开一个空白的元件绘图页，如图 9.24 所示，并自动将其命名为 Component-1。

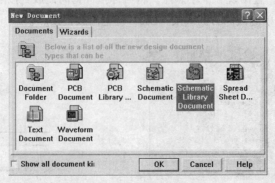

图 9.23　新建文件对话框

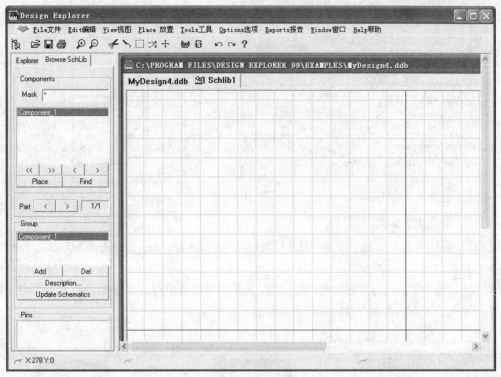

图 9.24　新元件绘图页

② 绘制七段数码管的外形轮廓——矩形，选择执行菜单命令 Place\Rectangle 或单击绘图工具栏上的按钮▨来绘制一个矩形，这就将编辑器的状态切换到画矩形模式。此时鼠标指针旁边出现一个大"十"字符号和一个预画矩形，将大"十"字指针移到坐标原点处（状态栏有指示 X：0，

Y：0），单击鼠标左键，来确定矩形左上角位置。然后移动鼠标指针到矩形的右下角（X：80，Y：-90），再单击鼠标左键，来确定矩形的右下角位置，就完成了矩形的绘制，如图 9.25 所示。双击鼠标右键，取消矩形的继续绘制。也可双击矩形，对其属性进行设置，这里从略。

③ 绘制七段数码管的"日"字形。绘制前先设置绘图页的属性，执行菜单命令 Options\Document Options 打开如图 9.26 所示的对话框，设置捕获栅格 Snap 的值为 5。执行菜单命令 Place\Drawing Tools\Lines 或单击绘图工具栏上的╱按钮，将编辑状态切

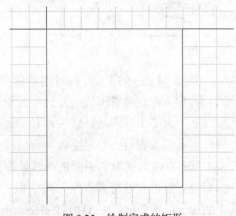

图 9.25　绘制完成的矩形

换到画直线模式。此时鼠标指针旁边会出现一个大"十"字符号。开始绘制"日"字形。如图 9.27 所示。

④ 将"日"字形的笔画加粗。将鼠标指针移到"日"字形的直线上，双击鼠标左键打开"PolyLine"对话框如图 9.28 所示，将对话框中的 Line Width 栏的设置 Small 改选为 Large。这样显示图形就变为如图 9.29 所示。

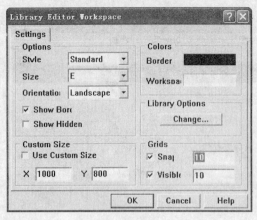

图 9.26　Library Editor Workspace 对话框

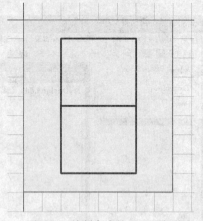

图 9.27　绘制完成的"日"字形

⑤ 绘制数码管右下角的小数点。可执行菜单命令 Place\Elipses，或单击绘图工具栏上的⬭按钮将编辑状态切换到绘制椭圆形或圆形状态。此时鼠标指针旁边出现一个大"十"字形符号和预画椭圆形或圆形，单击鼠标左键确定圆心位置，再单击左键确定圆形 X 轴半径和 Y 轴半径，最后单击右键取消实心圆的绘制。此时图形显示如图 9.30 所示。

图 9.28　PolyLine 对话框

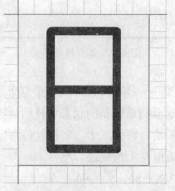

图 9.29　加粗后的"日"字形

图 9.30　绘制完成的小数点

⑥ 绘制元件的引脚。执行菜单命令 Place\Pins 或单击绘图工具栏的⬚按钮，可将编辑模式切换到放置引脚模式，此时鼠标指针旁边会出现一个大"十"字指针及三格长的短线，按空格键可让短线旋转，旋转至水平位置后，把短线移到合适位置，单击左键确定绘制的第一根引脚。单击右键取消引脚的继续绘制。然后将鼠标光标移到元件引脚短线上双击左键打开"Pin"对话框，将对话框中的 Name 栏设置为 A,Orientation 栏设置为 180 Degrees，Number 栏设置为 1，如图 9.31 所示。单击 OK 按钮，就完成引脚 A 的绘制并退出 Pin 对话框。依据上述操作方法完成其他引脚的绘制，如图 9.32 所示。此时七段数码管绘制完成。

⑦ 将新建元件存盘，执行菜单命令"File\Save Copy As"，打开一个对话框如图 9.33 所示，在 Name 栏中重新输入一个文件名，如："LED7"，单击"OK"按钮即可存盘。

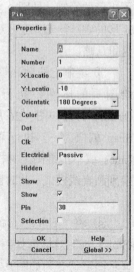

图 9.31　Pin 对话框

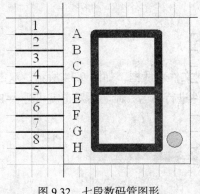

图 9.32　七段数码管图形

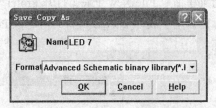

图 9.33　Save Copy As 对话框

9.4　PCB 设计

在本节中我们将学习 Protel 99 的另外一个重要功能——设计印制电路板图，这是电子电路设计人员使用 Protel 99 的主要目的。电路原理图完成以后，还必须设计印制电路板图，最后由制板厂家依据用户所设计的印制电路板图制作出印制电路板。印制电路板简称为 PCB（Printed Circuit Board）。

PCB 设计流程一般可分为以下六个步骤。

1. 绘制电路图

该步的主要工作是利用 Protel 99 来绘制电路原理图，这些工作就是前面所讲的内容。当所设计的电路图非常简单时，可以不进行原理图的绘制，而直接进行 PCB 设计，即有时可跳过这一步骤。

2. 规划电路板

绘制印制电路板之前，用户还要对电路板有一个初步的规划，它包括：定义电路板的尺寸大小及形状、设定电路板的板层等，以确定电路板的设计框架。这一步工作是在 PCB 编辑环境中完成。

3. 元件封装及载入网络表

该步的主要工作就是先将原理图中的所有电子元件进行封装（每类元件有固定的封装名）。将封装完成的原理图先生成网络表，再进行装入，此时元件的封装会自动放置在印制电路板图中。如前面没有生成网络表，则在该步中，可以用手工的方法放置元件。

4. 元件的布局

这一步可以利用自动布局和手工布局两种方式，将元件封装放置在电路板边框内的适当位置。这里的"适当位置"指元件所放置的位置能使整个电路板看上去整齐美观，并且元件所放置的位置有利于布线。

5. 布线

这步的工作是完成元件之间的电路连接，有两种方式：自动布线和手工布线。若在第三步中装入了网络表，则在该步中就可采用自动布线方式。在布线之前，还要设计好布线规则。

6. 文件的保存及输出

完成电路板的布线后，保存 PCB 图，然后利用各种图形输出设备，输出电路板的布线图。

9.4.1 进入 PCB 编辑器

执行菜单命令 File\New File,打开 Protel 99 新建文件对话框,如图 9.34 所示,双击 PCB 编辑器图标后自动生成一个 PCB 文件,可对该 PCB 文件进行命名,命名后双击就可进入 PCB 编辑器的界面。

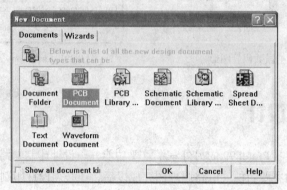

图 9.34 新建文件对话框

9.4.2 规划线路板

首先,定义板框。也就是板子的大小与形状。可利用程序提供的板框向导(此部分内容略),或将当前工作层切换到禁止布线层(KeepOut Layer),用菜单命令 "Place/Track",自行绘制板框,如图 9.35 所示。

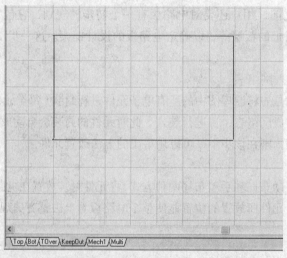

图 9.35 绘制板子边框

其次,进行工作层面的设置。执行菜单命令 "Design/Options",执行完此命令后会弹出对话框,如图 9.36 所示。在该对话框中,用鼠标单击 "Layers" 选项卡,即可进入工作层面设置对话框。该对话框中每一个工作层面前都有一个复选框。如果复选框中有符号 "√",则表明工作层面被打开,否则该工作层面处于关闭状态。当单击按钮 "All On" 时，将打开所有的工作层面；单击按钮 "All Off" 时，所有的工作层面将处于关闭状态；单击按钮 "Used On" 时，则可以由用户设定工作层面。

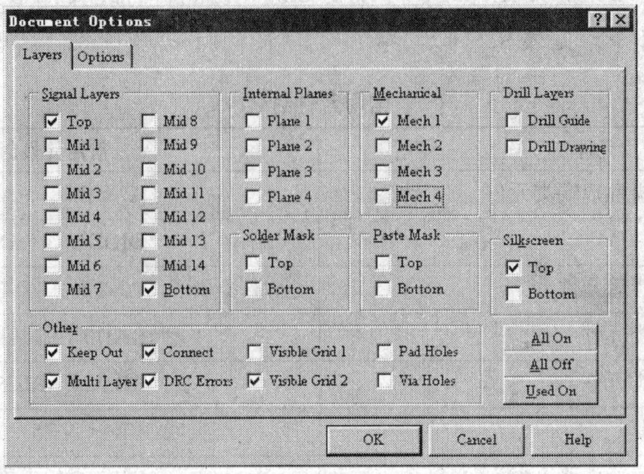

图 9.36　工作层面对话框

在图 9.36 所示的对话框中，用鼠标单击 Options 选项卡，可进行格点设置（Snap）、电气栅格设置（Electrical Grid）、计量单位设置等几部分，如图 9.37 所示。

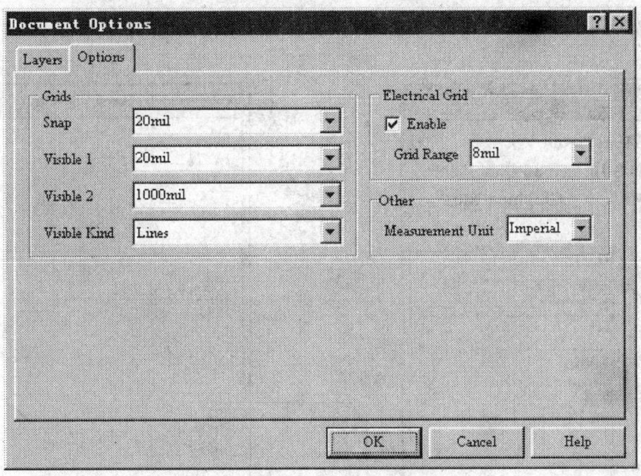

图 9.37　Options 选项卡

移动格点（Snap）：主要用于设置移动格点的间距。

可视格点（Visible）：主要用于设置光标移动格点的间距。

电气栅格设置：主要用于设置电气格点的属性。如选中 "Enable"，表示具有自动捕捉焊点的功能。

Gird range：用于设置捕捉半径。在布置导线时，系统会以当前光标为中心，以 Gird 设置值为半径捕捉焊点，一旦捕捉到焊点，光标会自动加到该焊点。

Measurement Unit：设置系统的度量单位，Imperial（英制）、Metric（米制），系统默认为英制。

9.4.3　元件封装及加载网络表

元件封装是指实际元件焊接到电路板时所指示的外观和焊接位置。因此不同元件可以共用同

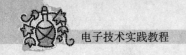

一个元件封装，如 8031、8255，它们都是双列直插 40 引脚器件，封装名称都是 DIP40；另一方面，同种元件也可以有不同的封装，如 RES2 代表电阻，它的封装形式有 AXIAL0.3、AXIAL0.4、AXIAL0.6 等。所以在取用焊接元件时，不仅要知道元件名称，还要知道其封装名称。现将常用元件的封装名称总结如下，见表 9.2。

表 9.2 　　　　　　　　　　　　常用元件封装

常用元件	常用元件封装形式
电阻类或无极性双端类元件	AXIAL0.3～AXIAL1.0
二极管类元件	DIODE0.4～DIODE0.7
小功率率三极管元件	TO-126、TO-39、TO-92A
无极性电容类元件	RAD0.1～RAD0.4
有极性电容类元件	RB.2/.4～RB.5/1.0
可变电阻类	VR1～VR5
双列直插式集成电路	DIPX（X 表示引脚个数）

元件封装可以在设计电路原理图时指定，也可以在引进网络表时指定，方法是双击要封装的元件，打开元件编辑属性对话框，如图 9.38 所示，在"Footprint"设置项内填入其封装名即可。

原理图中所有元件封装完毕后利用菜单命令 Design\Create Netlist 将该原理图创建网络表，创建完成的网络表如图 9.39 所示。系统生成一个与原理图文件命名相同的网络表文件。

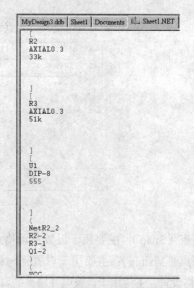

图 9.38　元件属性对话框　　　　　图 9.39　创建的网络表

网络表创建完成后，进入到 PCB 编辑器中准备加载网络表，但在加载前，需装入 PCB 所需的元件封装库，如果没有装入元件封装库，在装入网络表及元件的过程中，程序将会提示用户装入过程失败。

装入元件封装库。执行菜单命令"Design/Add/Remove Library"，弹出如图 9.40 所示对话框，在此对话框中，找出原理图中的所有元件所对应的元件封装库。选中这些库，用鼠标单击按钮"Add"，即可添加这些元件库。添加完毕，程序即可将所选中的元件库装入。

图 9.40　所需添加的封装元件库

装入封装元件库后加载网络表，用菜单"Design/Net list..."命令，按"Browser"按钮进入搜寻所要装入的网络表文件，然后单击"OK"按钮即可，如图 9.41 所示。网络表（或电路图）如有错误，或接口上有问题，都在此阶段中出现。当产生错误时，根据错误所在，回到"Sch"修改电路原理图。这一步是非常重要的一个环节，网络表是 PCB 自动布线的灵魂，也是原理图设计与印刷电路板设计的接口，只有将网络表装入后，才能进行电路板的布局与布线。

装入网络表后，单击"Execute"按钮，程序进行加载元件，形成如图 9.42 所示的画面。

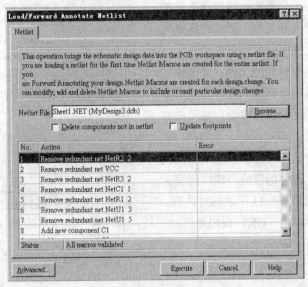

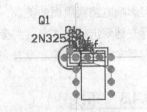

图 9.41　网络表信息　　　　　　　　图 9.42　加载完成后的元件

9.4.4　元件的布局

装入的元件堆在一起，紧接着是把元件平移开。Protel 99 提供了强大的自动布局功能，用户只要定义好规则，它可以将重叠的元件封装分离开来。执行菜单命令"Tools/Auto Place"，如图 9.43 所示。一般情况下，用户可以直接利用系统的缺省值。在单击"OK"按钮后，系统会提示元件自动布局已经结束。同时系统自动生成另一个 PCB 文件，将当前结果保存在此文件中，如 Place1.pcb。

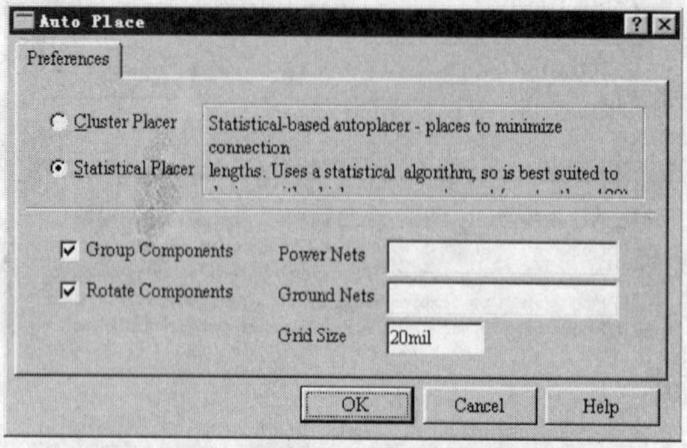

图 9.43　自动布局对话框

接着，执行菜单命令"File/Update PCB"，系统将会更新最初的 PCB 文件。在设计管理器中双击最初的 PCB 文件，可以看到此文件已经更新。

手工调整元件的布局，程序对元件的自动布局一般是以寻找最短布线路径为目标的，因此元件的自动布局往往不太理想，需要用户手工调整。手工调整，实际上是对元件进行排列、移动和旋转等操作。

元件的排列：执行菜单命令"Edit/Select/Inside Area"，选择需要进行排列的元件，再执行"Tools/Align Components/Sort and Arrange Components/All Components"命令，然后将光标指向其中一个元件，按鼠标左键，即可展开元件。紧接着拖曳元件，配合按 X、Y 和空格键来改变元件方向，以布置元件。

元件的移动：用鼠标左键单击需要移动的元件，并按住左键不放此时光标变为十字，表明已选中要移动的元件，然后拖曳鼠标，则十字光标会带动被选中的元件进行移动，将元件移动到适当位置后，松开鼠标左键即可。

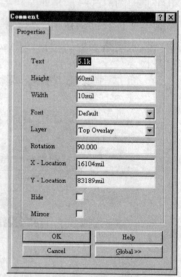

调整元件标注：元件的标注不合适虽然不影响电路的正确性，但影响电路板版面的美观，因此元件标注应当加以调整。用鼠标左键双击标注文字，则会出现如图 9.44 所示的对话框，用于设置文字标注属性。设置完成后单击"OK"按钮即可。

图 9.44　设置文字属性对话框

9.4.5　布线

执行菜单命令"Design/Rules"，进入以下对话框，如图 9.45 所示。用鼠标单击图中"Routing"选项卡，即可进行布线参数的设置。布线规则一般都集中在规则类中（Rule Classes）。

① 设置安全间距（Clearance Constraint）：将光标移动到"Clearance Constraint"处单击右键，在快捷菜单中选取"Add"命令，即可进入"安全间距设置"对话框，如图 9.46 所示。该对话框分为两大部分。

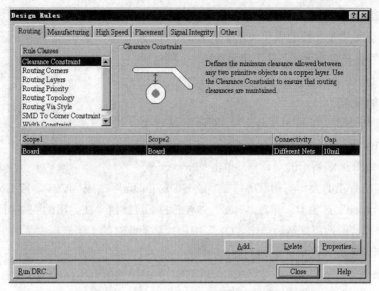

图 9.45　布线规则对话框

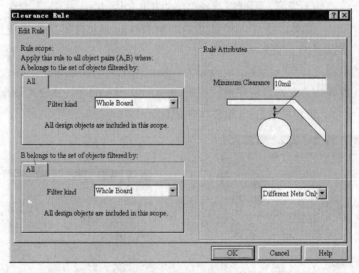

图 9.46　安全间距设置对话框

定义范围（Rule Scope）：主要用于本规则的适用范围，一般情况下，指定为该规则适用于整电路板（Whole Board）。

定义属性（Rule Attributes）：用户可以根据实际情况输入允许的元件之间的最小间距。

② 设置布线拐角模式（Routing　Corners）：操作方法同上，此处选取 45 度。

③ 设置布线工作层面（Routing　Layers）："Top Layer" 层选用 "Horizontal"；"Bottom Layer" 层选用 "Vertical"；其他层都用 Not Used。

④ 设置布线优先权（Routing　Priority）：设置为 "0"。

⑤ 过孔形式（Routing　Via　Style）：设置 Via Diameter（外径）为 0.5mm；设置 "Via Hole Size"（内径）为 0.2mm。

⑥ 布线线宽（Width　Constraint）：设置为 1mm。

⑦ 自动布线。执行菜单命令 "Auto Route/All"，如图 9.47 所示。

PCB 的自动布线功能相当强大，只要参数设置合理，元件布局妥当，系统自动布线的成功率几乎是 100%。自动布线结束以后，往往还存在一些不令人满意的地方，需要通过手工调整加以解决。例如：加上代表电源（VCC）/地（GND）输入端的焊盘。

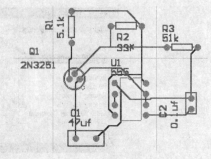

图 9.47　双面板布线

将工作层面切换到"Bottom Layer"（底层）；执行菜单命令"Place/Pad"，进入放置焊盘的工作；按键盘上的"Tab"键，弹出如图 9.48 所示的对话框。单击"Properties"选项卡，可以定义焊点的大小与形状等参数。将"Designator"改成　VCC（或 GND）。

单击"Advanced"选项卡，单击"Net"文本框的下拉按钮，在弹出的网络列表中选择 VCC（或 GND）所要连接的网络。然后单击"OK"按钮。移动此时的十字光标模式的鼠标，将焊盘移动到电路板适当的位置，再单击鼠标左键。

执行菜单命令"Place/Track"，将 VCC（或 GND）的焊盘与其所在的网络连接在一起。

⑧ 进行调整布线的工作。大致的过程是：

如发现第一条线布的不满意，则可以选择"Tools/Un-Route/Connection"命令，将该连线删除。利用"Toots/Un-Route"菜单，还可以将该网络的所有连线或元件的所有连线删除。重新利用"Place/Track"命令放置连线，直到满意为止。

由于电路板的电源线和地线上走的电流最大，所以应把它们加宽一些。方法是：移动光标，将光标指向电源线或地线。双击鼠标左键，出现如图 9.49 所示的导线属性对话框。在对话框中，将宽度"Width"设为 1.5mm，单击"OK"按钮确认。

图 9.48　焊盘属性对话框

图 9.49　导线属性对话框

9.4.6　文件保存及输出

PCB 图绘制完成后，需要对该文件进行保存，保存方法同 9.2.7 节原理图文件保存。下面介绍一下如何将 PCB 文件进行输出。最常用的方法是打印机输出。

在打印之前先设定一些参数，执行菜单命令 "File\Setup Printer"，出现如图 9.50 所示对话框。

在对话框中列出了几种打印设备，其中前三项是 Protel 99 自带的，后面各项则是根据在 Windows 里安装的打印机种类而定，此时安装的打印机类型是 HP1020，所以我们应该选择最后一项，是多层叠印。而第六项则是分层打印。再单击 "Options…" 按钮，进入如图 9.51 所示的打印选项对话框，进行设置打印效果。

图 9.50　打印机设置对话框

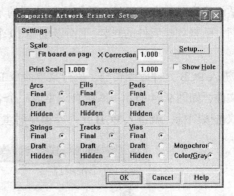

图 9.51　打印选项对话框

"Scale" 区域，可设置打印比例，通常我们选用默认值，即按实际大小打印。此区域下方有 "Arcs"、"Fills"、"Pads"、"Strings"、"Tracks" 及 "Vias" 区域，分别用于设定电路中的圆弧线、填充区域、焊盘、字符串、铜膜线及过孔的打印质量，每个区域都有 "Final"、"Draft"、"Hidden" 三种效果选项："Final" 选项设定精细打印，"Draft" 选项设定粗略打印，"Hidden" 选项设定不打印。通常我们只将焊盘和铜膜线设置为精细打印，其他设置为不打印。

"Monochrome" 选项设置是否采用单色打印。

"Color\Gray" 选项设置是否采用彩色或不同灰度的黑白打印。

"Show Hole" 复选框设置是否打印显示焊盘和过孔的钻孔。

"Setup…" 按钮设置打印机参数，与普通打印设置相同。

在图 9.50 所示对话框中单击 "Layers…" 按钮，出现如图 9.52 所示打印板层对话框。

在这个对话框中选择要叠印的板层，如果要改变某个板层的打印颜色时，只需单击该板层名称后的颜色方框，会出现一个对话框让用户选择颜色，如图 9.53 所示。通常情况下我们只将 "Signal Layers" 区域中的 "Top" 层和 "Bottom" 层选中且为黑色，"Others" 区域的 "Multi Layer" 层选中且为黑色。

图 9.52　打印板层对话框

图 9.53　颜色选择对话框

173

在板层和打印参数都设置完毕后，在图 9.50 所示对话框中，单击"Print"按钮即可打印。

9.5 PCB 元件库编辑器

我们在使用 Protel 99 绘制 PCB 图时，总是在元件库中直接调用元件封装，把它放置在编辑区中合适的位置。但有些时候，我们需要使用的某个元件封装，PCB 元件库中却没有提供。那就需要我们自己来创建元件的封装。下面以创建 10 个管脚的集成电路为例介绍一下如何创建新 PCB 元件。

① 进入 PCB 元件库编辑器。执行菜单命令 File\New，打开新建文件对话框，双击 PCB 元件编辑器文件，如图 9.54 所示。系统自动生成一个名称为 PCBLIB1 的文件，此时可对该文件改名。改名后双击该图标，就进入 PCB 元件库编辑器主窗口。

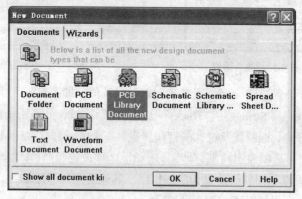

图 9.54 新建文件对话框

② 在创建新元件前往往需要先设置一些基本参数，如计量单位、过孔的内孔层等。执行"Tools\Library"菜单命令系统弹出如图 9.55 所示文件属性对话框。

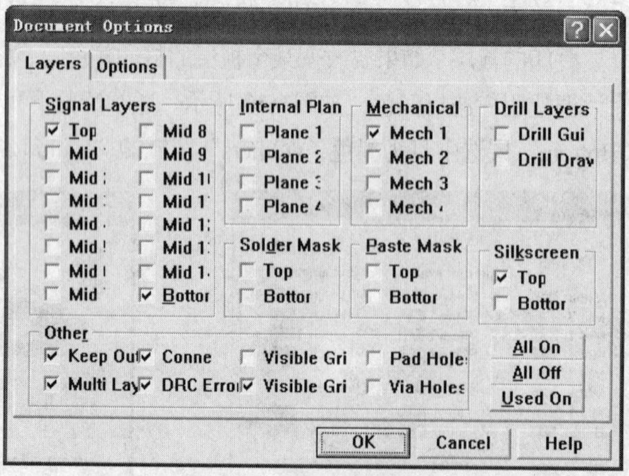

图 9.55 文件属性对话框

在 Layers 选项卡中可以选择元件封装的层参数，通常我们只选中 Pad Holes（焊盘内孔）和 Via Holes（过孔）两个复选框，其他选择缺省值。

单击 Options 标签，进入 Options 选项卡如图 9.56 所示。在该对话框中可设置 Snap（格点）、Electrical Grid（电气栅格）和 Measurement（计量单位）等。

图 9.56　Options 选项卡

设置结束后单击"OK"按钮，即可完成板面参数新的设置。

③ 放置焊盘。执行菜单命令 Place\Pad，也可单击绘图工具栏的 ◉ 按钮。执行完上述命令后鼠标指针附近出现一个大"十"字且中间有一个焊盘，随着鼠标指针的移动，焊盘跟着移动，焊盘移动到合适的位置后，单击鼠标左键，完成一个焊盘的放置。再连续放置九个焊盘，单击右键取消继续放置操作。双击第一个焊盘出现如图 9.57 所示对话框。在该对话框中可对焊盘的有关参数进行设置，X-Size 和 Y-Size 栏用来设置焊盘的横、纵向尺寸；Shape 栏用来选择设置焊盘的外形（有圆形、正方形、和正八边形）；Designator 栏指示焊盘的序号，将其改为 1，再依次将其他焊盘的序号分别改为 2～10。修改后如图 9.58 所示。

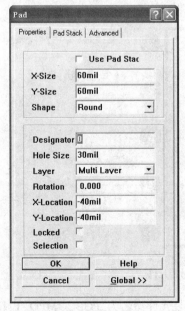

图 9.57　焊盘属性对话框

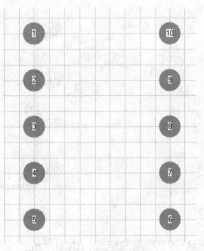

图 9.58　绘制的焊盘

④ 绘制元件封装的外形轮廓。执行菜单命令 Place\Track 后，将鼠标移到合适的位置，单击鼠标左键来确定元件封装外形轮廓线的起点，移动鼠标指针就出现一条预画直线，在合适的位置单击左键，即绘制出一条外形轮廓线，按此方法确定其他轮廓线，外形轮廓全部绘制完成，如图9.59 所示。

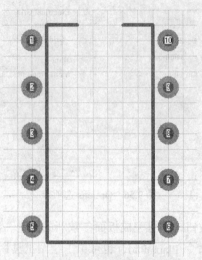

图 9.59 直线轮廓的绘制

⑤ 绘制封装元件顶端的半圆弧。可执行菜单命令 "Place\Arc" 或直接按绘图工具栏上的 按钮。将鼠标指针移到合适的位置，单击鼠标左键确定圆心的位置，移动鼠标指针，即出现一个半径随鼠标指针移动而变化的预画圆，单击鼠标左键确定圆弧半径，将鼠标指针移到预画圆的左端，单击鼠标左键来确定圆弧的起点，再将鼠标指针移到预画圆的右端单击鼠标左键来确定圆弧的终点，这样封装元件顶端的半圆弧就绘制好了，也完成了整个元件的绘制，如图 9.60 所示。

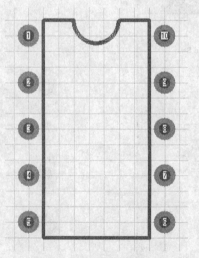

图 9.60 绘制完成的封装元件

⑥ 封装元件绘制完毕后，由于系统原来自动给封装元件命名为 PCBCOMPONENT-1，为方便使用，通常对其重新命名，单击左侧设计管理器中的 "Rename" 按钮，就可弹出如图 9.61 所

示对话框，在对话框中输入新的名称 DIP10，按下该对话框中的"OK"按钮，即可完成新元件的命名。

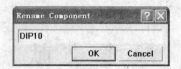

图 9.61　元件重命名对话框

⑦ 将封装元件存盘。执行菜单命令"File\Save"，将新建的封装元件保存。

⑧ 设定该封装元件的参考点，往往选择该元件的引脚 1 为参考点。执行菜单命令"Edit\Set\Reference\Pin1"。这样元件的参考点就设置好了，使得在今后使用该元件更加方便。

参 考 文 献

[1] 王延才电子线路 CAD Protel 99 使用指南. 主编，机械工业出版社，2001.5.

[2] 电子技术工艺基础. 王天曦，李鸿儒编著，清华大学出版社，2006.10.

[3] 电子产品制造技术. 王卫平主编，清华大学出版社，2005.1.

[4] 电子技术技能训练（第二版）. 张大彪主编，电子工业出版社，2005.1.